新文学选集

鲁彦选集

开明出版社

图书在版编目(CIP)数据

鲁彦选集/鲁彦著. —北京：开明出版社，2015.7（2023.2 重印）
（新文学选集. 第 1 辑）
ISBN 978-7-5131-2162-0

Ⅰ. ①鲁… Ⅱ. ①鲁… Ⅲ. ①小说集－中国－现代 Ⅳ. ①I246

中国版本图书馆 CIP 数据核字(2015)第 167544 号

责任编辑：卓玥　王月梅

书　名：鲁彦选集
出版人：陈滨滨
著　者：鲁　彦
编辑者：新文学选集编辑委员会
主　编：茅　盾
出　版：开明出版社(北京市海淀区西三环北路 25 号青政大厦 6 层)
印　刷：山东华立印务有限公司
开　本：148＊210　1/32
印　张：8.375
字　数：174 千字
版　次：2015 年 7 月第一版
印　次：2023 年 2 月第三次印刷
定　价：22.00

印刷、装订质量问题，出版社负责调换。联系电话：(010)88817647

鲁彦先生遗像

一九二八年二十八岁摄于镇海老家

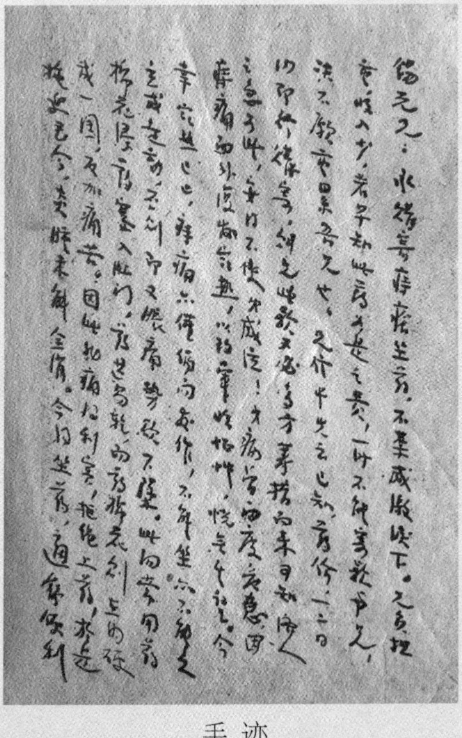

手 迹

一九二零年二十岁时摄
在北京开始文学生涯

一九三一年与家属摄于鼓浪屿

出版说明

新中国成立不久，中央人民政府文化部就成立了“新文学选集编辑委员会”，负责编选“新文学选集”，文化部部长茅盾任编委会主任，出版总署副署长叶圣陶、中宣部文艺处处长、作协党组书记兼副主席、《文艺报》主编丁玲、文艺理论家杨晦等任编委会委员。“新文学选集”1951 年由开明书店出版，是新中国第一部汇集“五四”以来作家选集的丛书。

这套丛书分为两辑，第一辑是“已故作家及烈士的作品”，共 12 种，即《鲁迅选集》《瞿秋白选集》《郁达夫选集》《闻一多选集》《朱自清选集》《许地山选集》《蒋光慈选集》《鲁彦选集》《柔石选集》《胡也频选集》《洪灵菲选集》和《殷夫选集》。“健在作家”的选集为第二辑，也 12 种，即《郭沫若选集》《茅盾选集》《叶圣陶选集》《丁玲选集》《田汉选集》《巴金选集》《老舍选集》《洪深选集》《艾青选集》《张天翼选集》《曹禺选集》和《赵树理选集》。

“选集”的编排、装帧、设计、印制都相当考究。健在作家选集的封面由本人题签。已故作家中，“鲁迅选集”四个字选自鲁迅生前自题的“鲁迅自选集”，其他作家的书名均由郭沫若题写。正文前印有作者照片、手迹、《编辑凡例》和《序》；“已故作家”的“选集”中有的还附有《小传》，《序》也不止一篇。初版本为大 32 开软精装本，另有乙种本（即普及本）。软精装本扉页和封底衬页居中都印有鲁迅与毛泽东的侧面头像，因为占的版面较大，格外引人注目。毛泽东在《新民主主义论》中称鲁迅“是文化新军的最伟大和最英勇的旗手”，“是中国文化革命的主将”，“不但是伟大的文学家，而且是伟大的思想家和伟大的革命家”，“鲁迅的方向，就是中华民族新文化的方向”，刊印鲁迅头像是为了突出鲁迅在新文学史上的权威地位，将鲁迅头像与毛泽东头像并列刊印在一起，则寄寓着以鲁迅为代表的“五四”新文学发展的最终方向，就是走向 1942 年以后的文艺上的“毛泽东时代”。学习毛泽东《在延安文艺座谈会上的讲话》，实践毛泽东提出的革命文艺发展的正确方针，是新中国文学发展的必由之路。

“已故作家”中，鲁迅、朱自清、许地山、鲁彦、蒋光慈五人“因病致死”；瞿秋白、郁达夫、闻一多、柔石、胡也频、洪灵菲、殷夫七人都是“烈士”，是被反动派杀害的。鲁迅和瞿秋白是“左联”主要领导人；蒋光慈、洪灵菲、胡也频、柔石、殷夫都是“左翼作家”。闻一多、朱自清是“民主主义者和民主个人主义者”，但他们“在美国帝国主义者及其走狗国民党反动派面前站起来了”，“闻一多拍案而起，横眉怒对国民党的手枪，宁可倒下去，不愿屈服。朱自清一身重病，宁可饿死，不领美国的‘救济粮’。他们是我们民族的脊梁”，“表现了我们民族的英雄气概”。① “已故作家”和“烈士作家”选集的出版，“正说明了中国人民的、革命的文学和文化所走过来的路，是壮烈的”②。

“健在作家”中郭沫若位居政务院副总理兼文教委主任，是国家领导人。茅盾“是党的最早的一批党员之一，曾积极参加党的筹备工作和早期工作”，③ 又是新中国的文化部部长、作家协会主席，身份特殊。洪深、丁玲、张天翼、田汉、艾青、赵树理等都是党员作家。叶圣陶、巴金、老舍、曹禺等人在文学上的成就自不待言，又都是我党亲密的朋友，是“进步的革命的文艺运动”(茅盾语）的参与者，是“革命文艺家”④。

“健在作家的作品”，由作家本人编选，或由作家本人委托他人代选。“已故作家及烈士的作品”，由编委会约请专人编选。《郁达夫选集》由丁易编选、《洪灵菲选集》由孟超编选，《殷夫选集》由阿英编选，《柔石选集》由魏金枝编选，《胡也频选集》由丁玲编选，《蒋光慈选集》由黄药眠编选，《闻一多选集》和《朱自清选集》均由李广田编选，《鲁彦选集》由周立波编选，《许地山选集》由杨刚编选。编委会约请的编选者

① 毛泽东：《别了，司徒雷登》，《毛泽东选集》第4卷，人民出版社1991年版，第1496页。

② 冷火：《新文学的光辉道路——介绍开明书店出版的“新文学选集”》，《文汇报》1951年9月20日第4版。

③ 胡耀邦：1981年4月11日在沈雁冰追悼会上的致词。

④ 冷火：《新文学的光辉道路——介绍开明书店出版的“新文学选集”》，《文汇报》1951年9月20日第4版。

多为名家，且与作者交谊深厚，对作者的创作及其为人都有深切的了解，能够全面把握作家的思想脉络，准确地阐述其作品的文学史意义。《鲁迅选集》和《瞿秋白选集》则由“新文学选集编辑委员会”编选，规格更高。

这套丛书的意义首先在于给“新文学”定位。《编辑凡例》中说：“此所谓新文学，指‘五四’以来，现实主义的文学作品而言”；“现实主义是‘五四’以来新文学的主流”；“新文学的历史就是批判的现实主义到革命的现实主义的发展过程”。这种独尊“现实主义的文学”的做法，把浪漫主义、象征主义以及意识流小说等许许多多优秀的文学作品挡在“新文学”的门槛之外了，在今天看来不免“太偏”，可在新中国成立伊始的“大欢乐的节日”里，似乎是“全社会”的“共识”。《编辑凡例》还说：“这套丛书既然打算依据中国新文学的历史发展的过程，选辑‘五四’以来具有时代意义的作品”，使读者“藉本丛书之助”，“能以比较经济的时间和精力对于新文学的发展的过程获得基本的初步的知识”，从而点出了这部“新文学选集”的“文学史意义”：编选的是“作品”，展示的则是“新文学的发展的过程”。把“现实主义的文学”作为“新文学”的主流，以此来筛选作品；重塑“新文学”的图景；规范“新文学史”的写作；建构“新文学”的传统；回归“完整的理论体系和最高指导原则”；为新中国的文学创作提供借鉴和资源，乃是这套“新文学选集”的意义和使命所在，因而被誉为“新文学的纪程碑”。

遗憾的是这套丛书未能出全。“已故作家及烈士的作品”

只出了11种，《瞿秋白选集》未能出版。瞿秋白曾经是中共的“领袖”，按当时的归定：中央一级领导人的文字要公开发表，必须经中央批准。再加上瞿秋白对“新文学”评价太低，他个别文艺论文中的见解与“左翼”话语相抵牾，出于慎重的考虑，只好延后。健在作家的选集也只出了11种，《田汉选集》未能出版。他在1955年人民文学出版社出版的《〈田汉剧作选〉后记》中对此做了解释：

> 当1950年新文学选集编辑委员会编选五四作品的时候，我虽也光荣地被指定搞一个选集，但我是十分惶恐的。我想——那样的东西在日益提高的人民的文艺要求下，能拿得出去吗？再加，有些作品的底稿和印本在我流离转徙的生活中都散失了，这一编辑工作无形中就延搁下来了。

“作品的底稿和印本”的“散失”，并不是理由；“惶恐”作品“在日益提高的人民的文艺要求下，能拿得出去吗?”，这才是“延搁”的主因。出版的这22种选集中，《鲁迅选集》分上、中、下三册，《郭沫若选集》分上、下二册，其馀20位作家都只有一册，规格和分量上的区别彰显了鲁迅和郭沫若在我国现代文学史上崇高的地位，鲁迅是新文化运动的旗手和主将，郭沫若是继鲁迅之后的又一位“主将”和“向导”①，从而为鲁郭茅巴老曹的排序定下规则。

鉴于这套丛书的重要意义，本社依开明版重印，并保留原有的风格，以飨读者。

开明出版社

① 周恩来：《我要说的话》，重庆《新华日报》1941 年 11 月 17 日第 1 版。

编辑凡例

一、此所谓新文学，指“五四”以来，现实主义的文学作品而言。如果作一个历史的分析，可以说，现实主义是“五四”以来新文学的主流，而其中又包括着批判的现实主义（也曾被称为旧现实主义）和革命的现实主义（也曾被称为新现实主义）这两大类。新文学的历史就是从批判的现实主义到革命的现实主义的发展过程。一九四二年毛主席在延安文艺座谈会的讲话发表以后，革命的现实主义文学便有了一个新的更大的发展，并建立了自己完整的理论体系和最高指导原则。

二、现在这套丛书就打算依据这一历史的发展过程，选辑“五四”以来具有时代意义的作品，以便青年读者得以最经济的时间和精力获得新文学发展的初步的基本的知识。本来这样的选集可以有两种方式，一是按照作品时代先后，成一总集，又一是个别作家各自成一选集；这两个方式互有短长，现在所采取的，是后一方式。这里还有两个问题须要加以说明。第一，这套丛书既然打算依据中国新文学的历史发展的过程，选辑“五四”以来具有时代意义的作品，换言之，亦即企图藉本丛书之助而使读者能以比较经济的时间和精力对于新文学的发展的过程获得基本的初步的知识，因此，我们的选辑的对象主要是在一九四二年以前就已有重要作品出世的作家们。这一个范围，当然不是绝对的，然而大体上是有这么一个范围，并且也在这一点上，和《人民文艺丛书》作了分工。第二，适合于上述范围的作家与作品，当然也不止于本丛书现在的第一、二两辑所包罗的，我们的企图是，继此以后，陆续再出第三、四……等辑，而使本丛书的代表性更近于全面。

三、本丛书第一、二两辑共包罗作家二十四人，各集有为作家本人自选的，也有本丛书编委会约请专人代选的，如已故诸作家及烈士的作品。每集都有序文。二十馀年来，文艺界的烈士也不止于本丛书所包罗的那几位，但遗文搜集，常苦不全，所以现在就先选辑了这几位，将来再当增补。

新文学选集编辑委员会

一九五一年三月，北京

序

周立波

我和鲁彦相处的日子很少，但在选编他的遗作时，我常常记起一件事情来。

那是一九三九年在桂林的事。有一天，我们同到街上走，碰到几个陌生的孩子在路边玩耍，鲁彦就站住，和他们亲切的谈笑，久久不想离开。这事给我留下深刻的印象。中年人是爱孩子的，但大都是爱自己的孩子，像鲁彦一样的把马路上的孩子当作自己的儿女般的欢喜，在旧社会里是很少见到的。鲁彦的这种情感，充分的表现在他的小说《小小的心》里。

鲁彦虽然也有奔放的、呼号的诗篇，但大多数作品是对于旧社会的现实生活的细致的刻画。他生活在中小资产阶级的环境里，凭锐敏的眼力，他看透了旧社会的不合理，目击了在封建主义和帝国主义压迫之下的贫苦人民所受的恐怖与灾难。他也看见了一般小康人家的家庭里，都充满着争吵和不安。人们为个人的利益，为几个小钱，一点小事和一些闲气，往往闹得神鬼不宁，打得头破血流，彼此之间常常只有欺骗和倾轧，人生显得这样的无情，这样的黯淡，缺乏清早的灿烂的阳光，这使怀着一颗炽烈的心的人，无法找到安慰。在《童年的悲哀》里，鲁彦描写了一个雇工，叫做阿成哥。这是一个正派的、愉快的、多才多艺的人物，是他所肯定的旧社会里的好人。他给阿成哥安排了一个悲惨的命运。阿成哥死后，代表作者情感的书中的“我”叹息说：“我过的艰苦和烦恼的日子太多了，我看不见幸福的一线微光。”

“看不见幸福的一线微光，”这也许是鲁彦喜欢孩子的原因之一吧。他爱孩子的“漂白的纸一样的心”，这样，使他看不惯旧社会的骚扰和苦难的眼睛，可以暂时的获得休息。

鲁彦的生活经历并不很丰富，正如他自己说的，总觉得“生活还不够”。又因为没有投身到人民解放斗争的主流里，对于人民用自己的力量来解放自己的可能还没有充分的看清。因此，他一写到战祸与灾难，自己总有救世救人的心愿，而又感到自己的无力，“咒诅着社会，又翻不过这世界”（《秋夜》）。他的这种无力的叹息，也表现在《厦门印象》里，在那篇报告里，他看到了帝国主义侵略的罪恶，看到了帝国主义对殖民地的愚民政策，以及帝国主义强盗统治之下的人口买卖、械斗和鼠疫、人民受着无穷无尽的灾祸与苦难，被压榨得透不过气来。鲁彦叹息道：“天灾人祸，未来在那里呢？”

追求未来，而又看不见未来在哪里，是表现在鲁彦许多作品里的主要的思想。

鲁彦热烈的同情劳动人民，但对于他们的生活，因为接触不多，理解还不够深刻。他的长篇小说《愤怒的乡村》，在描写旧中国的乡长一流人的时候，是出色的，但是其中的青年农民华生，却未免带着知识分子的一些特有的情感。《黄金》里的泥水匠，不像农村里的手工业者，倒像流氓无产者。但是他的《李妈》却是一篇逼真的描写了农妇出身的娘姨的小说。熟悉上海娘姨生活的人，就会惊讶于他的描写的真实。娘姨李妈是一个遭了天灾人祸，从农村里逃难出来的寡妇，为着要养活她心爱的儿子阿宝和她自己，李妈跑到上海做娘姨，开始作工的时候，她正直，努力，日夜劳苦，对主人诚实得和自己一样，东家还不把她当做人看待。往后，她反抗了。她用欺瞒手段，揩油办法，来报复主人，来谋得自己生活的暂时的解决。李妈也想："她和她的丈夫命运坏，阿宝的命运也许要好些，谁能说他不会翻身呢?"这和他的别的许多小说一样，也把希望放在渺茫的未来。在这小说里，充分说明了鲁彦对于旧社会的剥削阶级的极端的仇视和对于被压迫者的深切的同情。但他是从他的正直的人道的立场来看这些个别的事例，他看不见阶级与阶级之间的严重的斗争，看不见工人农民的解放运动的胜利的前途。他所写的李妈的反抗，只是个人的对立。李妈的希望，只是渺茫的希望，"阿宝的命运也许要好些，"只是"也许"，而不是"必然"，她看不见工农阶级胜利的必然。

在没有天灾人祸的地方，在平静的乡村，鲁彦描写了一些小资产阶级的家庭，这些人家，也并不平静。像《桥上》中的伊新叔，《黄金》里的如史伯伯，《屋顶下》的本德婆婆，都没有把希望放在未来。他们只想维持现状，但当"工业文明"开始侵入乡村，帝国主义的商品泛滥于中国的时候，小康之家要维持现状，也是很难的。他们走着下坡路，显出不安和烦恼，他们的不安和烦恼，正如茅盾先生所说的：“正是工业文明打碎了乡村经济的应有的人们的心理状况。”（茅盾：《王鲁彦论》）

在鲁彦生活的当时，也有对于旧社会的现状毫无怨言的人物，那就是《胖子》里的大少爷，一个十足的剥削阶级的寄生者。对于这种人，鲁彦是投以讽刺之笔的。这种人物成天不干活，“吃完就睡，睡起又吃”。他所担心的是长得太肥了，太太不爱他。小说的结尾是在大热天里，大少爷慌慌忙忙的从家里走出，为的是找医生打针，使他变瘦点。这就是他的生活的高尚的目的。

一般的说，鲁彦是不长于讽刺的，他的小说病暴露了庸医的害人，但也不能算是讽刺的佳品，然而《胖子》却是一篇隽妙的作品。

鲁彦的文章风格很朴素。他对于自己描写的对象都非常熟悉；各种人物，甚至于动物的心理和行动，都写得很逼真而且很深刻。事件发展的过程也写得很好。《屋顶下》的本德婆婆和她儿媳的关系，由互相体贴，到互相猜疑，到互相辱骂，发展得非常之自然。《桥上》中的林吉康，把伊新叔逼得一天紧一天。《黄金》里的如史伯伯的处境，一步比一步紧迫，到最后，简直使人透不过气来。在《小小的心》里，他细腻的描写着阿品的心，为我们展开了儿童的复杂的心理。一枝被压抑的幼芽，有时沉郁，有时高兴，有时多情，并不如我们想象的简单。在《钓鱼》里，鲁彦展露了他的丰富的精密的钓鱼的知识。而在《童年的悲哀》里，他显出自己是一个胡琴的行家，音乐的知己。对于描写的事物，应有细致的体察和精确的知识，是小说家必具的条件之一。

鲁彦的作品，有一些受着鲁迅的影响，特别是对于现实的忠实描写这一点，他是受了鲁迅的现实主义的薰陶的，他所接受的近代西洋文学的影响，也很显著。除了《兴化大炮》以外，他的所有的小说都是采用近代西洋小说的手法。故事性不强，日常生活描画很细腻，人物心理分析很深刻，这些西洋小说的特点，构成了鲁彦小说的主要的部分。《兴化大炮》却是一篇不同的作品，这是运用民间传说的体裁写出来的故事性较强的小说。在这篇作品里，鲁彦虽然没有展露他所擅长的对于日常生活的细致的描写，但这种有头有尾的故事性较强的结构，也颇引人入胜的。

鲁彦是一个认真的小说家。据我所知，无论怎样的穷困，他都没有向国民党反动派屈膝，他始终如一，用文学来鼓舞人们对于祖国美好的未来的不息的追求。由于没有参加人民解放斗争的主流，他未能反映群众斗争的澎湃的，灿烂的一面，但他还是忠实的描写了革命前夜，或是远离革命根据地的城乡的各种各样的人生，而这也是重要的。他是在穷困里寂寞的死去的。在国民党野蛮统治的社会里，这是一个认真的忠于人民的作家的不算稀有的遭遇。

今天，鲁彦追求的人民的美满的未来，在毛主席和中国共产党的领导下，经过了多年的斗争之后，已经变成了现实。要是他能活到今天的话，他一定会怀着无限的欢快凝视着幸福的人民。他不幸早逝，这不能不使知道他的朋友们抱着深深的悼惜之情，追怀之意。

这里所选十五篇，不一定就是他的代表之作，不过读者可以从这里看出他的创作的各个时期的面貌，并且从这里，年青的读者可以了解过去的中国是什么样子，我们是从什么样的状态里，走向幸福的今天的。要是读者对于他所描写的旧生活感到窒息的话，你会更加懂得我们今天幸福的珍贵吧。

一九五〇年十月，北京

目次

秋　夜

“醒醒罢，醒醒罢，”有谁敲着我的纸窗似的说。

“呵，呵——谁呀?”我朦胧的问，揉一揉睡眼。

黑沉沉的看不见一点什么，从帐中望出去。也没有人回答我，也没有别的声音。

“梦罢?”我猜想，转过身来，昏昏的睡去了。

不断的犬吠声，把我惊醒了。我闭着眼仔细的听，知道是邻家赵冰雪先生的小犬，阿乌和来法。声音很可怕，仿佛凄凉的哭着。中间还隔着些呜咽声。我睁开眼，帐顶映得亮晶晶。隔着帐子一望，满室都是白光。我轻轻的坐起来，掀开帐子，看见月光透过了玻璃，照在桌上、椅上、书架上、壁上。

那声音渐渐的近了，仿佛从远处树林中向赵家而来，其中似还夹杂些叫喊声。我惊异起来，下了床，开开窗子一望，天上满布了闪闪的星，一轮明月浮在偏南的星间，月光射在我的脸上，我感着一种清爽，便张开口，吞了几口。犬吠声渐渐的急了。凄惨的叫声，时时间断了呻吟声，听那声音似乎不止一人。

“请救我们被害的人……我们是从战地来的……我们的家

屋都被凶恶者占去了，我们的财产也被他们抢夺尽了……我们的父母兄弟姊妹多被他们杀害尽了……”惨叫声突然高了起来。

仿佛有谁泼了一盆冷水向我的颈上似的，我全身起了一阵寒战。

“吞下去的月光作怪罢，”我想。转过身来，向衣架上取下一件夹袍，披在身上。复搬过一把椅子，背着月光坐下。

“请救我们没有父母的人，请救我们无家可归的人！……”叫声更高了。有老人、青年、妇女、小孩的声音。似乎将到村头赵家了。犬吠得更厉害，已不是起始的悲哭声，是一种凶暴的怒恨声了。

我忍不住了，心突突的跳着。站起来，扣了衣服，开了门，往外走去。忽然，又是一阵寒战。我看看月下的梧桐，起了恐怖。走回来，从枕头底下拿出一支手枪，复披上一件大衣，倒锁了门，小心的往村头走去。

梧桐岸然的站着。一路走去，只见地上这边一个长的影，那边一个大的影。草上的露珠，闪闪的如眼珠一般，到处都是。四面一望，看不见一个人，只有一个影子伴着我孤独着。“今夜有许多人伴我过夜了，”我走着想，叹了一口气。

奇怪，我愈往前走，那声音愈低了，起初还听得出叫声，这时却反而模糊了。“难道失望的回去了吗?”我连忙往前跑去。

突突的脚步声，在静寂中忽然在我的后面跟来，我骇了一跳，回头一看，什么也没有。

“谁呀?”我大声的问。预备好了手枪，收住脚步，四面细看。

突突的声音忽然停止了，只有对面楼屋中回答我一声“谁呀?”

“呵，弱者!”我自己嘲笑自己说，不觉微笑了。“这样的胆怯，还能救人吗?”我放开脚步，复往前跑去。

静寂中听不见什么，只有自己突突的脚步声。这时我要追的声音，几乎听不见了。

“不要失望，不要失望，困苦者！我便是你们的兄弟，我的家便是你们的家！请回转来，请回转来!”我急得大声的喊了。

“不要失望，不要失望，困苦者！我便是你们的兄弟，我的家便是你们的家！请回转来，请回转来!”四面八方都跟着我喊了一遍。

静寂，静寂，四面八方都是静寂，失望者没有回答我，失望者听不见我的喊声。

失望和痛苦攻上我的心来，我眼泪簌簌的落下来了。

我失望的往前跑，我失望的希望着。

“呵，呵，失望者的呼声已这样的远了，已这样的低微了！……”我失望的想，恨不得，多生两只脚拼命跑去。

呼的一声，从草堆中出来一只狗，扑过来咬住我的大衣。我吃了一惊，站住左脚，飞起右脚，往后踢去。它却抛了大衣，向我右脚扑来。幸而缩得快，往前一跃，飞也似的跑走了。

喽喽的叫着，狗从后面追来。我拿出手枪，回过身来，砰的一枪，没有中着，它的来势更凶了。砰的第二枪，似乎中在它的尾上。它跳了一跳，倒地了。然而叫得更凶了。

我忽然抬起头来，往前面一望，呼呼的来了三四只狗。往后一望，又来了无数的狗，都凶恶的叫着。我知道不妙，欲向原路跑回去，原路上正有许多狗冲过来，不得已向左边荒田中乱跑。

我是什么也不顾了，只是拼命的往前跑。虽然这无聊的生活不愿意再继续下去，但是死，总有点害怕呀。

呼呼呼的声音，似乎紧急的追着，我头也不敢回，只是匆匆迫迫越过了狭沟，跳过了土堆，不知东西南北，慌慌忙忙的跑。

这样的跑了许久，许久，跑得精疲力竭，我才偷眼的往后望了一望。

看不见一只狗，也听不见什么声音，我于是放心的停了脚，往四面细望。

一堆一堆小山似的坟墓，团团围住了我，我已镇定的心，不禁又跳了起来。脚旁的草又短又疏，脚轻轻一动，便刷刷的断落了许多。东一株柏树，西一株松树，都离得很远，孤独的站着。在这寂寞的夜里，凄凉的坟墓中，我想起我生活的孤单与漂荡，禁不住悲伤起来，泪儿如雨的落下了。

一阵心痛，我扭缩的倒了……

“呵——”我睁开眼一看，不觉惊奇的叫了出来。

一间清洁幽雅的房子，绿的壁，白的天花板，绒的地毡，从纱帐中望出去。我睡在一张柔软的钢丝床上。洁白的绸被，盖在我的身上。一股沁人的香气充满了帐中。

正在这惊奇间，呀的一声床后的门开了。进来的似乎有两个人，一个向床前走来，一个站在我的头旁窥我。

“要茶吗，鲁先生?”一个十六七岁的女郎轻轻的掀开纱帐，问我。

“如方便，就请给我一杯。劳驾。”我回答说，看着她的乌黑的眼珠。

“很便，很便”她说着红了面，好像怕我看她似的走了出去。

不一刻，茶来了。她先扶我坐起，复将茶杯凑到我口边。

“这真对不起，”我喝了半杯茶，感谢的说。

“没有什么，”她说。

“但是，请你告诉我，这是什么地方，你姓什么?”

“我姓林，这里是鲁先生的府上，”她笑着说，雪白的脸上微微起了两朵红云。

“哪一位鲁先生?”

“就是这位，”她笑着指着我说。

“不要取笑，”我说。

“唔，你到处为家的人，怎的这里便不是了。也罢，请一个人来和你谈谈罢。”她说着出去了。“好伶俐的女子，”我暗自的想。在我那背后的影子，似乎隐没了。一会儿，从外面走进了一个人。走得十分的慢，仿佛踌躇未决的样子。我回过头去，见是一个相熟的女子的模样。正待深深思索的时候，她却掀开帐子，扑的倒在我的身上了。

“呀!”我仔细一看，骇了一跳。

过去的事，不堪回忆，回忆时，心口便如旧创复发般的痛，它如一朵乌云，一到头上时，一切都黑暗了。

我们少年人只堪往着渺茫的未来前进，痴子似的希望着空虚的快乐，纵使悲伤的前进，失望的希望着，也总要比回头追那过去的影快乐些罢。

在无数的悲伤的前进，失望的希望着者之中，我也是一个。我不仅是不肯回忆，而且还竭力的使自己忘却。然而那影子真厉害，它有时会在我无意中，射一支箭在我的心上。

今天这事情，又是它来找我的。

竭力想忘去的二年前的事情，今天又浮在我眼前了。竭力想忘去的二年前的一个人，今天又突然的显在我眼前了。最苦的是，箭射在中过的地方，心痛在伤过的地方。

扑倒在我身上呜咽着的是，二年前的爱人兰英。我和她过去的历史已不堪回想了。

“呵，呵，是梦罢，兰英?”我抱住了她，哽咽的说。

“是呵，人生原如梦呵……”她紧紧的将头靠在我的胸上。

“罢了，亲爱的。不要悲伤，起来痛饮一下，再醉到梦里去罢。”

“好!”她慨然的回答着，仰起头，凑过嘴来。我们紧紧的亲了一会。俄顷，她便放了我，叫着说，“拿一瓶最好的烧酒来。松妹。”

“晓得,”外间有人答应说。

我披着衣起来了。

“现在是在夜里吗?”我看见明晃晃的电灯问。

“正是,”她回答说。

“今夜可有月亮?可有星光?”

“没有。夜里本是黑暗,哪有什么光,”她凄凉的说。

我的心突然跳动了一下,问道:

“呵,兰英,这是什么地方?我怎样来到这里的?”

“这是漂流者的家,你是漂流而来的,”她笑着回答说。

“唔,不要取笑,请老实的告诉我,亲爱的,”我恳切的问。

“是呵,说要醉到梦里去,却还要问这是什么地方。这地方就是梦村,你现在做着梦,所以来到这里了。不信吗?你且告诉我,没有到这里以前,你在什么地方?”

我低头想了一会,从头讲给她听。讲到我恐慌的逃走时,她笑得仰不起头了。

“这样的无用,连狗也害怕,”她最后忍不住笑,说。

“唔,你不知道那些狗多么凶,多么多……”我分辩说。

“人怕狗,已经很可耻了,何况又带着手枪……”

“一个人怎样对付?……而且死在狗的嘴里谁甘心?……”

“是呵,谁肯牺牲自己去救人呵!……咳,然而我爱,不肯牺牲自己是救不了人的呀……”她起初似很讥刺,最后却诚恳的劝告我,额上起了无数的皱纹。

我红了脸,低了头的站着。

“酒来了,”说着,走进来了那一位年青的姑娘,手托着盘。

“请不要回想那过去，且来畅饮一杯热烈的酒罢，亲爱的。”她牵着我的手，走近桌椅旁，从松妹刚放下的盘上取下酒杯，满满的斟了一杯，凑到我的口边。

“呵——”我长长的叹了一口气，一饮而尽。走过去，满斟了一杯，送到她口边，她也一饮而尽。

“鲁先生量大，请拿大杯来，松妹，”她说。

“是，”松妹答应着出去了，不一刻，便拿了两只很大的玻璃杯来。

桌上似乎还摆着许多菜，我不曾注意，两眼只是闪闪的在酒壶和酒杯间。兰英也喝得很快，不曾动一动菜，一面还连呼着“松妹，酒，酒”，松妹“是，是”的从外间拿进来好几瓶。

我们两人，只是低着头喝，不愿讲什么话，松妹惊异的在旁看着。

无意中，我忽然抬起头来。兰英惊讶似的也突然仰起头来，我的眼光正射到她的乌黑的眼珠上，我眉头一皱，过去的影刷的从我面前飞过，心口上中了一支箭了。

我“啊”的一声，拿起玻璃杯，狠狠的往地上摔去，砰的一声，杯子粉碎了。

我回过头去看兰英，兰英两手掩着面，发着抖，凄凉的站着，只叫着“酒，酒”。我忽然被她提醒，捧起酒壶，张开嘴，倒了下去。

我一壶一壶的倒了下去，我一壶一壶的往嘴里倒了下去……

一阵冷战，我醒了。睁开眼一看，满天都是闪闪的星。月亮悬在远远的一株松树上，我的四面都是坟墓；我睡在濡湿的草上。

“呵，呵，又是梦吗？”我惊骇的说，忽的站了起来，摸一摸手枪，还在身边，拿出来看一看，又看一看自己的胸口，叹了一口气，复放入衣袋中。

“砰，砰，砰……”忽然远远的响了起来。随后便是一阵凄惨的哭声，叫喊声。

“唔，又是那声音？”我暗暗的自问。

“这是很好的机会，不要再被梦中的人讥笑了！”我鼓励着自己，连忙循着声音走去，

“砰，砰，砰……”又是一排枪声，接连着便是“隆隆隆”的大炮声。

我急急的走去，急急的走去，不一会便在一条生疏的街上了。那街上站着许多人，静静的听着，又不时轻轻的谈论。我看他们镇定的态度，不禁奇异起来了，于是走上几步，问一个年青的男子。

“请问这炮声在什么地方，离这里有多少远？”

“在对河。离这里五六里。”

“那末，为什么大家很镇定似的？”我惊奇的问。

“你害怕吗？那有什么要紧，我们这里常有战事，惯了。你似乎不是本地人，所以那样的胆小。”他反问我，露出讥笑的样子。

“是，我才从外省来。”我答应了这一句，连忙走开。

“惯了，”神经刺激得麻木便是“惯了”。我一面走一面想。“他既觉得胆大，但是为什么不去救人？——也许怕那路上的狗罢？”

叫喊声，哭泣声，渐渐的近了，我急急的，急急的跑去。

“请救我们虎口残生的人……请救我们无家可归的人……请救我们无父母兄弟妻女的人……你以外的人死尽时，你便没有社会了，你便不能生存了……死了一个人，你便少了一个帮手了，你便少了一个兄弟了……”许多人在远处凄凄的叫着，似像向我这面跑来，同时炮声，枪声，隆隆，砰砰的响着。

我急急的，急急的往前跑。

“唫！站住，”一个人从屋旁跳出来，拖住我的手臂。“前面流弹如雨，到处都戒严，你却还要乱跑，不要命吗？”他大声的说。

“很好，很好，”我挣扎着说。“不能救人，又不能自救，没有勇气杀人，又没有勇气自杀，咒诅着社会，又翻不过这世界，厌恨着生活，又跳不出这地球，还是去求流弹的怜悯，给我幸福罢！……”

脱出手，我便飞也似的往前跑去。只听见那人“疯子！”一句话。

扑通一声，不提防，我忽然落在水中了。拼命挣扎，才伸出头来，却又沉了下去。水如箭一般的从四面八方射入我的口、鼻、眼睛、耳朵里……

“醒醒罢，醒醒罢！”有谁敲着我的纸窗，愤怒似的说。

“呵，呵——谁呀？”我朦胧的问，揉一揉睡眼。

黑沉沉的看不见一点什么，从帐中望出去。没有人回答我，只听见呼呼的过了一阵风。随后便是窗外萧萧的落叶声。

“又是梦，又是梦！……”我咒诅说。

柚　子

秋天，是萧瑟的秋天，枪声恩惠的离耳后的第三天，战云怜悯的跨过岳麓山后的第三天。

我忧郁的坐在楼上。

无聊的人，偏偏走入了无聊的长沙！

你们要恶作剧，你们尽去作罢，你们的头生在你们的颈上，割了去不会痛到我的颈上来。你们喜欢用子弹充饥，你们就尽量去容纳罢，于我是没有关系的。

于我有关系的只有那岳麓山，好玩的岳麓山。只要将岳麓山留给我玩，即使你们将长沙烧得精光，将湘水染成了血色——换一句话说，就是你们统统打死了，于我也没有关系。

我没有能力可以阻止你们恶作剧，我也不屑阻止你们这种卑贱的恶作剧，从自由论点出发，我还应该听你们自由的去恶作剧哩。

然而不，我须表示反对，反对你们的恶作剧。这原因，不是为着杀人，因为你们还没有杀掉我，是为着你们占据了我要去玩的岳麓山，我所爱的岳麓山。

呵，我的岳麓山，相思的我的岳麓山呀！

自然，命运注定着，不论哪家得胜，我总有在岳麓山巅高歌的一天，然而对于我两个朋友匆匆而来，匆匆而去的事，我总不能忘记你们的赐与。

他们是同我一样的第一次到你们贵处来，差不多和我同时踏入你们热气腾腾的辉煌的邦国。然而你们给他们的赐与是什么呢？是战栗和失色！可怜的两位朋友，他们平生听不见枪炮声，于是特地似的跑到长沙来，饱尝了一月，整整的一月的恐怖和忧愁。

他们一样的思慕着岳麓山，但是可怜的人，战云才过岳麓山，就匆匆的离开了长沙，怕那西风又将战云吹过来。咳咳，可怜的朋友，他们不知岳麓山从此就要属于我们，却匆匆的走了。

从很远很远的地方来到长沙，连脚尖触一触岳麓山脚下的土的机会也没有，这是何等的不幸呀！

我独自的坐在楼上，忧郁咬着我的心了。我连忙下了楼，找着 T 君说，“酒，酒！”拖着他就走。

未出大门就急急的跑进来了一个孩子，叫着说，“看杀人去呵！看杀人去呵！”

杀人？现在还有杀人的事情？“在哪里？在哪里？”我们急急的问。

“浏阳门外？”

呵，呵，浏阳门外！我们住在浏阳门正街！浏阳门内！这样的糊涂，住在门内的人竟不知道门外还有一个杀人场——刑场！假使有一天无意中闯入了刑场“擦”的一声，头飞了去又怎样呢？——不错，不错，这是很痛快的，这是很幸福的，这绝对没有像自杀时那样的难受，又想死，又怕死！这只是一阵发痒的风，吹过颈上，于是，于是就进了幸福的天堂了！

一阵“大——帝”的号声送入我们的耳内，我们知道那就是死之庆祝了。于是我们风也似的追了去，叫着说，“看杀人呀！看杀人呀！”

街上的人都蜂拥着，跑的跑，叫的叫，我们挽着手臂，冲了过去，仿佛T君撞倒了一个人，我在别人的脚上踏了一脚。但这有什么要紧呢？为要扩一扩眼界——不过扩一扩眼界罢了——看一看过去不曾碰到过，未来或许难以碰到的奇事，撞倒一二个人有什么要紧呢？况且，人家的头要被割掉，你们跌了一跤又算什么！托尔斯泰先生说过，“自由之代价者，血与泪也，”那末，我们为要得到在这许多人马中行走的自由，自然也只好请你们出一点血与泪的代价了。

牵牵扯扯的挽着臂跑，毕竟不行。要去看一看这空前的西洋景——不，这是东洋景，不得不讲个人主义，我便撇了T君拼着腿跑去。

浏阳门外的城基很高，上面已站满了人，跑上去一看，才知道刑场并不在这里，那一伙“大——帝”着的兵士被一大堆人簇拥着在远远的汽车路上走。

“呵，呵！看杀人，看杀人呀！”许多人噪杂的嚷着，飞跑着。

这些人，平常都是很庄严的，我从没有看见他们这样的扰嚷过。三天前，河干的枪炮声如雷一般的响，如雨一般的密，街上堆着沙袋，袋上袋旁站着刺刀鲜明的负枪的兵，有时故意将枪拟一拟行人，“得得”的扳一扳枪机，他们却仍很镇静，保持着庄严的态度，踱方步似的走了过去。偶然，有一个胆怯的人慌头慌脑的走过，大家就露出一种轻笑。平常我和T君跳着嚷着在街上走，他们都发着酸笑，他们的眼珠上露着两个字：疯子！现在，现在可是也轮到你们了，先生们！——不，我错了，跳着嚷着的不过是一般青年人和小孩们罢了，先生们确实还保持着人类的庄严呢！

我和T君跟着许多人走直径，从菜田中穿到汽车路上。从人丛中，我先看见了鲜明的刺刀，继而灰色的帽，灰色的服装。追上这排兵，看见了著黄帽黄衣，挂着指挥刀，系着红布的军官们。

“是一个秃头！是一个强壮的人！”T君伸长着头颈，一面望着，一面这样的叫着说。

“在哪里？在哪里？”我跑着往前看，只是看不见。

“那高高的，大概坐在马上，或者有人挟着走吧，你看，赤着背，背上插着旗！——呵，雄纠纠的！……”

“唔，唔，秃头，一个大好的头颅！”我依稀的从近视镜中望见了一点。

“二十年后又是一个好汉！”

忽然，在我们前后面跑的人都向左边五六尺高的墓地跳了上去，我知道到了。

“这很好，杀了头就葬下，看了杀，就躺下！来罢，来罢，朋友，到坟墓里去！”我一面叫着T者，一面就往上跳。

“咦，咦，等我一等，不要背着我杀，不要辜负了我来看的盛意，不要扫我的兴！”我焦急的暗祷着，因为只是跳不上那五六尺高的地方。

“快来，快来！”T 君已跳上，一面叫着，一面却跑着走了。

“咳，咳，为了天下的第一件奇事，就爬罢，就如狗一样的爬吧！”我没法，便决计爬了。毕竟，做了狗便什么事情都容易，这五六尺高并不须怎样的用力，便爬上了。

大家都已一堆一堆的在坟尖上站住，我就跑到 T 君旁边，拖着他的臂站下，说：

“要杀头了！要杀头了！”

“要杀头了，要杀头了！”T 君和着说。

我的眼用力的睁着，光芒在四面游荡，寻找着那秃头。

果然，那秃头来了，赤着背，反绑着手，手上插着一面旗。一阵微风，旗儿“轻柔而美丽的”飘扬着。

一柄鲜明的大刀，在他的后面闪烁着。

“他哭吗？他忧愁吗？”我问 T 君说。

“没有——还忧愁什么？”T 君看了我一眼。

“壮哉！”

只见——只见那秃头突然跪下，一个人拔去了他的旗子，刀光一闪，说时迟，那时快，只听见“好！”的一声，秃头像皮球似的从颈上跳了起来，落在前面四五尺远的草地上，鲜红的血从空颈上喷射出来，有二三尺高，身体就突的往前扑倒了。

“呵，咳！呵，咳！……”我和T君战栗的互抱着，仿佛我们的颈项上少了一件东西。

“不，不要这样的胆怯，索性再看得仔细一点！”T君拖着我，要向那人群围着的地方去。

“算了罢，算了罢，”我钉住了脚。

于是T君独自的跑去了。

“不错，不错，不要失了这千载难逢的机会！”我念头一转，也跑了过去。

人们围着紧紧的，我不敢去挤。只伸长了脖子，站着脚尖，望了下去：有一双青白的脚，穿着白的布袜，黑的布鞋，并挺在地上，大腿上露着一角蓝色的布裤。

“走，走！”有人恐怖的喝着，我吓了一跳，Z拔起脚就跑。

回过头去一看，见别人仍静静的站在那里，我才又转了回去，暗暗埋怨着自己说，“这样的胆怯！”

这时一个久为风雨所侵染的如棺材似的东西，正向尸身上罩了下去，于是大家便都嚷着“去，去”，走了。

“呵，咳！呵，咳！”我和T君互抱着，离开了那里，仿佛颈项上少了一件东西。

有一只手，红的手，拿着一团红的绳子，在我们的眼前摇过。

重担落在我们的心上，我们的脚拖不动了，我们怕在坟墓里，也怕离开坟墓，只是徐缓的摇着软弱的腿。

“这人的本领真好，只是一刀！”有一个人站在坟尖上和一个年青的人谈论着。

“的确，的确，这人的本领真好，这样的一刀痛快得很，不要一分钟，不要一秒钟，不许你迟疑，不许你反悔，比忸忸怩怩的自杀好得多了。这样的死法是何等的痛快，是何等的幸福呀!”我对T君说。

“而且光荣呢，有许多人送终!”T君看了我一眼说。

“不错，我们从此可以骄傲了，我们的眼睛竟有看这样光荣而幸福的事情的福气，”我说。

“然而也是我们眼睛的耻辱哩!”T君说，拖着我走到汽车路上。

路的那一边有几间屋子，屋外围着许多人，我们走近去一看：前面有一块牌，牌上贴着一张大纸，上面横书着“罪状”二字，底下数行小字：

“查犯人王……向……今又当军事紧急……冒充军人，入县署强索款项……斩却示众！……”

“呵，他还与我同姓呢，T君!”我说。

“而且还和你一样的强壮哩!”T君的眼光箭似的射在我的眼上。

我摸一摸自己的头，骄傲的说，“我的头还在我的颈项上呢！小心你自己的罢!”

T君也摸了一摸，骄傲的摇了一摇头。

“仿佛记得许多书上，说从前杀头须等圣旨，现在县知事要杀人就杀人，大概是根据自由论罢。这真是革命以后的进步!”我挽着T君的臂，缓缓的走着，说。

“从前杀头要等到午时三刻，还要让犯人的亲戚来祭别，现在这些繁文都省免了，真是直截了当！”T君说。

“真真感激湖南人，到湖南才一月，就给我们看见了这样稀奇的一幕，在故乡，连听一听关于杀头的新闻也没有福气！”

“这就是革命发源地的特别文化！——哦，太阳看见这文化也羞怯了，你看！”T君用手指着天空。

西南角的惨淡的云中羞怯的躲藏着太阳。

“看见这样灿烂的湖南，谁敢不肃静回避！”

“呵，咳，怎么呢？我走不动了！”T君靠着我站住了。

“是不是你的脚和他的一样青白了？”我说。

“唔，唔……”T君又勉强的走了。

“你们从什么地方来？”一个湖南有名的音乐家在浏阳门外碰到我们。

“看东洋景——不，湖南景，杀人！”我们回答说。

“难过吗？”

“哦，哦……”

“回去做一个歌来，填上谱子，唱！”他笑着说，走了过去。

“艺术家的残忍？”T君说。

“这不算什么，”我说，“我回去还要做一篇小说公之于世呢！”

“这什么价钱？”路上摆着一担柚子，我拿起一个问卖柚子的说。

“四个铜子。”

“真便宜！湖南的柚子真多，而且也真好吃！买一二个罢？”我向T君说。

的确，柚子的味道真好，又酸又甜，价钱又便宜。我和T君都喜欢吃酸的东西：今年因为怕兵摘，所以种柚子的人家在未熟时就都摘来出卖了，这未成熟的柚子酸得更厉害，凑巧配我们两人的胃口，我们到湖南后第一件合意的就是这柚子，几乎天天要吃一个。

“你说这便宜的东西像什么？”T君拿起一个，右手丢起，左手接下，说，“又圆又光又便宜！”

呵，呵，这抛物线正如刚才那颗秃头落下去的样子，我连忙放下自己手中的一个，拔起脚步就跑。

“湖南的柚子呀，湖南人的头呀！”我和T君这样的叫着跑回了学校。

“你还要吃饭，你的头还在吗？”吃晚饭时我看着T君说。

“你呢？留心那后面呵！一霎那——”

我们都吃不下饭去，仿佛饭中有一颗头，带着鲜红的血。

“这在我们不算什么，这里差不多天天要杀人，况且今天只杀了一个！”坐在我们的对面一个人说。

“呵，原来如此，多谢你的指教！”

“柚子呀，湖南的柚子呀！”T君叹息似的说。

“这样便宜的湖南的柚子呀！”

李　妈

一

她在丁老荐头行的门口，已经坐了十四天了。这十四天来，从早到晚，很少离开那里。起先五六天，她还走开几次，例如早上须到斜对面的小菜场买菜，中午和晚间到灶披间去煮饭。但五六天以后，她不再自己煮饭吃了。她起了恐慌。她借来的钱已经不多了，而工作还没有到手。她只得每餐买几个烧饼，就坐在那里咬着。因为除了省钱以外，她还不愿意离开那里。她要在那里等待她的工作。

丁老荐头行开设在爱斯远路的东段。这一带除了几家小小的煤炭店和老虎灶之外，几乎全是姑苏和淮扬的荐头行。每一家的店堂里和门口，都坐满了等待工作的女人：姑娘，妇人，老太婆；高的矮的，瘦的肥的，大脚的小脚的，烂眼的和麻脸的……各色各样的女人都有，等待着不识的客人的选择。凡在这里缓慢地走过，一面左右观望的行人，十之八九便是来选择女工的。有些人要年轻的，有些人要中年的，也有些人要拣年老的。有的请去梳头抱小囝，有的请去煮饭洗衣服，也有的请去专门喂奶或打杂。

她时时望着街上的行人，希望从他们的面上找到工作的消息。但十四天过去了，没有人请她去。荐头行里常常有人来请女工，客人没有指她，丁老荐头也没有提到她；有时她站了起来，说，“我去吧！”但是客人摇一摇头。每天上下午，她看见对面几家和自己邻近几家的女人在换班，旧的去了，新的又来了。就是自己的荐头行里的女人也进进出出了许多次。有些运气好的，还没有坐定，便被人家请去了，只有她永久坐在那里等着，没有谁理她。

街上的汽车，脚踏车，人力车，不时在她的眼前轧轧地滚了过去，来往的人如穿梭似的忙碌。她的眼睛和心没有一刻不跟着这些景物移动。坐得久了，她的脑子就昏晕起来，像轮子似的旋转着旋转着，把眼前的世界移开，显出了故乡的景色……

她看见了高大的山，山上满是松柏和柴草，有很多男人女人在那里砍树割柴，发出丁丁的斧声，和他们的笑声，歌声，说话声，叫喊声打成了一片混杂的喧哗。她的丈夫也在那里，他已经砍好了一担柴，挑着从斜坡上走了下来。他的左边是一个可怕的深壑，她看见他的高大的担子在左右晃摇，他的脚在战栗着。

“啊呀！……”她恐怖地叫了起来。

她醒了。她原来坐在丁老荐头行的门口。对面的不是山，是高耸的红色的三层楼洋房。忙碌地来去的全是她不相识的男女。晃摇着的不是她丈夫的柴担，是一些人力车，脚踏车，她的丈夫并没有在那里。她永不会再看见他。他已经死了。

那已经是两年以前的事情。正如她刚才所看见的景象一般，她的丈夫和许多乡人在山上砍柴的时候，突然来了一些兵士。他们握着枪，枪上插着明晃晃的刺刀，把山上的樵夫们围住了，“男的跟我们去搬东西，女的给我们送饭来！”一个背斜皮带的官长喊着说。大家都恐怖地跟着走了，没有谁敢说一个“不”字。她只走动一步，便被一个士兵用枪杆逼住胸膛，喊着说，“不许跑！跑的，要你狗命！你妈的！”她的丈夫和许多乡人就在这时跟着那些兵走了。从此没有消息。有些人逃回来了。有些人写了信回来，当了兵。有些做苦工死了。也有些被枪炮打成了粉碎。但她的丈夫，没有人知道。因为在本地一起出发的，一到军队里便被四处分开。“不会活着了！”她时常哭号着。有些人劝慰着她，以为虽然没有生的消息，可也没有死的消息，希望还很大的。但正因为这样，更使她悲痛。要是活着，他所受的苦恐怕更其说不出的悲惨的。

他并没有什么财产留给她。他们这一家和附近的人家一样，都是世代砍柴种田。山是公的，田是人家的。每天劳碌着，都只够吃过用过。他丈夫留给她的财产，只有两间屋子和两堆柴蓬。但屋子并不是瓦造的，用一半泥土，一半茅草盖成，一年须得修理好几回。所谓两间，实际上也只和人家的一间一样大。两堆柴蓬并不值多少钱，不到一年，已经吃完了。幸亏她自己还有一点力，平常跟着丈夫做惯了，每天也还能够砍一点柴，帮人家做一点田工。然而她丈夫留给她的还有一个更大的债。那便是他们的九岁的儿子。他不像别的小孩似的，能够帮助大人，到山上去拾柴果或到田里去割草。他生得非常瘦小羸弱，一向咳呛着，看上去只有五岁模样。

这已经够苦了。但几个月前却又遭了更大的灾祸。那便是飓风的来到。不，倘若单是飓风，倒还不至弄到后来那样，那一次和飓风一起来的还有那可怕的大水。飓风从山顶上旋转下来，她的屋子已经倒了一大半，不料半夜里山上又出蛟了。山洪像倾山倒海似的滚下来，仿佛连她脚下的土地也被卷着走了。她把她的儿子系在几根木头上，自己攀着一根大树，漂着走。幸亏是在山岙里，不久就被树木和岩石挡住。但是他们所有衣服用具全给水氽走了，连一根草也不曾留下。她的邻近的人家都和她差不多，没有谁可以帮助他们母子。她没有办法，只得带着儿子，在别一个村庄上的姑母家里住了几个月。但是她的姑母也只比她好一点，附近的地方也都受着兵灾水灾，没有什么工作可以轮到她，前思后想，只得听着人家的话，把儿子暂时寄养在姑母家里，答应以后每个月寄三元钱给他，她自己跟着信客往上海来了。上海有一个远亲在做木匠，她找到了他，请他给她寻一个娘姨的东家。于是她的远亲费尽了心血，给她找到一家铺保，继进了丁老荐头行的门。

但是十四天过去了，丁老荐头还没有把她介绍出去。有些东家面前，丁老荐头不敢提起，有些东家看了她几眼，便摇了摇头。荐头行里的女人虽然各县各省的都有，都很客气的互相招呼着，谈笑着，但对她却显得特别的冷淡，不大理睬她。有时来了什么东家，一提到她，或者她自己站了起来说，“我去，”大家就嘻嘻笑了起来。这是一种多么难以忍受的耻辱，她通红着脸低下头去，几乎要哭了出来。就是丁老荐头对她也没有好面色，常常一个人喃喃的说，“白坐在这里！白坐在这里！”

她的眼前没有一条路。她立刻就要冻饿死了。冬天已将来到，西风飒飒地刮着，她还只穿一件薄薄的单衣。她借来的两元钱，现在只剩了几个银角了。每天吃两顿，一顿三个烧饼，一天也要十八个铜板，这几个银角能够再维持几天呢？她自己冻死饿死，倒还不要紧，活在这世上既没有心灵上的安慰，也没有生活的出路，做人没有一点意味，倒不如早点死了。然而她的阿宝又怎么办呢？他的唯一的儿子！她的丈夫留下来的只有这一根骨肉，她可不能使他绝了烟火。她现在虽然委托了姑母，她可必须按月寄钱去，姑母自己也有许多孩子，也一样地过不得日子。她要是死了，姑母又怎能长久抚养下去？

现在，阿宝在姑母家里已经穿了夹衣吗？每餐吃的什么呢？她不能够知道。她只相信他已经在那里一样地受着冻挨着饿了。她仿佛还听见他的哭泣声，他的喊“妈妈”声，他的可怕的连续的咳呛声……

“我们笑的并不是你！你却掉下眼泪来了！”坐在她左边的朱大姐突然叫着说。

她醒了。她原来坐在丁老荐头行的门口，眼泪流了一脸。

“我在想别的事情！”她说着，赶忙用手帕揩着面孔和眼睛。

她的模糊的含泪的眼睛，这时看见一辆新式的发光的汽车在她脚边驰了过去。那里面坐着一对阔绰的夫妇，正偏着头微笑地向她这边望着。他们的中间还坐着正和阿宝那样大小的孩子，穿着红绿的绒衣，朝着她这边伸着手指……

她觉得她脚下的地在动了，在旋转了，将要翻过来了……

二

“李妈！现在轮到你啦！”丁老荐头从外面走了回来，叫着说。

她突然从昏晕中惊醒过来，站起在丁老荐头面前。她看见他的后面还立着一个男工。

“东家派人来，要一个刚从乡里来的娘姨，再合适没有啦。你看，阿三哥，”他回头对着那个站在背后的人说，“这个李妈刚从乡下出来，再老实没有啦！又能吃苦，挑得起百把斤的担子哩！”

“好吧，”阿三哥打量了她一下，说，“就带她去试试看。”

她的心突突跳了起来，脸全红了。她是多么喜欢，她现在得到了工作。她有了命了！连她的阿宝也有了命了！

“哈哈哈！‘老上海’不要，要乡下人！土头土脑的，请去做菩萨！”陈妈笑着说，故意做着丑脸。

大家都笑了。有几个人还笑得直不起腰来。

她的头上仿佛泼了一桶水似的，脸色变得铁青，胸口像被石头压着似的，透不出气。

“妈的！尖刻鬼！”丁老荐头睁着眼睛，骂着说，“谁要你们这些‘老上海’！刁精古怪的！今天揩油，明天躲懒！还要搬嘴吵架！东家要不恨死你们这班‘老上海’，今天就不会要乡下人啦！”

“一点不错！丁老荐头是个明白人！你快点陪她去吧！我到别处去啦！”阿三哥说着走了。

李妈心上的那块石头落下去了。她到底还有日子可以活下去。现在她的工作终于到手了。而且被别人嘲笑的气也出了一大半了。

丁老荐头亲自陪了她去。他的脸色变得很高兴，对她客气了许多，时时关照着她：

“靠边一点，汽车来啦！但也不要慌！慌了反容易给它撞倒！……站着不要动！到了十字路口，先要看红绿灯。红灯亮啦，就不要跑过去。……走吧！绿灯亮啦！不要慌！汽车都停啦！……靠这边走，靠这边走！在那里好好试做三天再说，后天我会来看你，把事情弄好的。……这里是啦，一点点路。吉祥里。”

“吉祥里！”李妈低低的学着说。她觉得这预兆很好。她正在想，好好的给这个东家做下去，薪工慢慢加起来，把儿子好好的养大。十年之后，他便是一个大人，可以给她翻身了。

“弄内八号，跟我来。”

李妈的心又突突的跳了。再过几分钟，她将走进一座庄严辉煌的人家，她将在那里住下，一天一天做着工。她将卑下地尊称一些不相识的人做“老爷”，“太太”，“小姐”，“大少爷”，她将一切听他们的命令和指挥，她从今将为人家辛苦着，不能再像从前似的要怎样就怎样，现在她自己的手脚和气力不再受她自己的支配了……

丁老荐头已经敲着八号的后门，已经走进去了。

她惧怯地站住在门外，红了脸。这是东家的大门了，没有命令，她不敢贸然走进去。

“太太，娘姨来啦，一个真正的乡下人，刚从乡里来的，”丁老荐头在里面说着。

“来了吗？在哪里？”年青太太的声音。

“在门外等着呢——李妈！进来！”

她吃惊地提起脚来。她现在踏着东家的地了。这是多么可怕的一个地方，它是她的东家所有的。她小心地轻轻的走了进去，像怕踏碎脚下的地一样。

“就是她吗？”

“是的，太太！”丁老荐头回答着。

她看见太太的眼光对她射了过来，立刻恐惧地低下了头。她觉得自己的头颈也红了。

什么样的太太，她没有看清楚。她只在门边瞥见她穿着一身发光的衣服，连面上也闪烁地射出光来。她恐惧得两腿颤抖着。

“什么地方人？”

“苏州那边！”丁老荐头给她回答着。

“是在朱东桥，太太，”李妈纠正丁老荐头的话。

“几时到的上海？”

“二十几天啦，”她回答说。

“给人家做过吗？”

“还没有。”

“这个人非常老实，太太！”丁老荐头插入说。“‘老上海’都刁不过。太太用惯了娘姨的，自然晓得。”

“家里有什么人？”

“只有一个九岁的儿子，没有别的人……他……”

“带来了吗？”太太愕然的问。

“没有，太太，寄养在姑母家里。”

“那还好！否则常常来来去去，会麻烦死啦！……好，就试做三天。”

“好好做下去，李妈，东家再好没有啦！”丁老荐头说着又转过去对太太说，“人很老实的，太太，有什么事情问我就是！今天就写好保单吗，太太？”

“试三天再说！”

“不会错的，太太！你一定合意！有什么事情问我就是，今天就写好保单吧，免得我多跑一趟！……不写吗？不写也可以，试三天再说！那末我回去啦，好好的做吧，李妈！我过两天再来。东家再好没有啦。太太，车钱给我带了去吧！”

“这一点路要什么车钱！”

“这是规矩，太太，不论远近都要的。”

“难道在一条马路上也要？”

“都是一样，太太，保单上写明了的。你自己带来的也要。这是规矩。我不会骗你！”

“你们这些荐头行真没有道理！那里有这种规矩！就拿十个铜板去买香烟吃吧！”

“起码两角，太太，保单上写明了的！我拿保单给你看，太太！”

“好啦好啦！就拿一角去吧，真没有道理！”

“马马虎虎，马马虎虎！不会错的，太太！后天我来写保单，不合意可以换！再会再会！李妈，好好做下去！我后天会来的。”

“真会敲竹杠！”太太看他走了，喃喃的说，随后她又转过身来对李妈说，“我们这里第一要干净。地板要天天拖洗。事情和别人家的一样，不算忙。大小六个人吃饭。早上总是煮稀饭，买菜，洗地板，洗衣服，煮中饭。吃过饭再洗一点衣服，或者烫衣服，打扫房间，接着便煮晚饭——你会煮菜吗？”

“煮得不好，太太！”

“试试看吧！你晚上就睡在楼梯底下。早上要起得早哩！懂得吗？”

“懂得啦，太太！”

“到楼上去见见老太爷和老太太，顺便带一点衣服来洗吧！”

李妈跟着太太上去了。她现在才敢大胆地去望太太的后身。她的衣服是全丝的，沙沙地微响着，一会儿发着白光，一会儿发着绿光。她的裤子短得看不见，一种黄色的丝袜一直盖到她的大腿上。她穿着高跟的皮鞋，在楼梯上得得的响着。李妈觉得非常奇怪，这样鞋子也能上楼梯。

“娘姨来啦，”太太说。

李妈一进门，只略略望了一望，又低下头来。她看见两个很老的人坐在桌子边，不敢仔细去看他们的面孔。

“叫老太爷，老太太！”太太说。

“是！老太爷，老太太！”

“才从乡里出来哩！”太太和他们说着，又转过身来说，“到我的房间来吧！”

李妈现在跟着走到三层楼上了。房间里陈列些什么样的东西，她几乎睁不开眼睛来！一切发着光！黄铜的床，大镜子的衣橱，梳妆台，写字台……这房间里的东西值多少钱呢？她不知道。单是那个衣橱，她想，也许尽够她母子两人几年的吃用了。

“衣橱下面的屉子里有几套里衣，你拿去洗吧！娘姨！”

李妈连忙应声蹲了下去。现在她的手指触到了那宝贵的衣橱的底下了。这是她有生以来的第一次。她的手指在战栗着，像怕触下衣橱的漆来。她轻轻地把它抽出来了。那里紧紧的塞满了衣服。

“数一数！一共几件？”

她一件一件拿了出来：四双袜子，五条裤子，三件汗衫，三件绒衣。

“一共十五件。太太！”

“快一点拿到底下去洗！肥皂，脚盆，就在楼梯下！”

“是，太太！”她拿着衣服下去了。

洗衣服是李妈最拿手的事情。她从小就给自己家里人洗衣服，一直洗到她有了丈夫，有了儿子，来到上海的荐头行。这十五件衣服，在她看来是不用多少时候的。她有的是气力。

她开始工作了。这是她第一次给人家做娘姨，也就是做娘姨的第一次工作。一个脚盆，一个板刷，一块肥皂，水和两只手，不到半点钟，已经有一半洗完了。

“娘姨！”太太忽然在三层楼的亭子间叫了起来。

李妈抬起头来，看见她伸着一个头在窗外。

“汗衫怎么用板刷刷？那是丝的，晓得吗？还有那丝袜！”

李妈的脸突然红了。她没有想到丝的东西比棉纱的不耐洗。她向来用板刷洗惯了衣服的。

“晓得啦，太太！”她在底下回答着。

“晓得啦，两三元钱一双丝袜哩！弄破了可要赔的！”

她的脸上的红色突然消散了。她想不到一双丝袜会值两三元钱，真要洗出破洞来，她怎么赔得起？据丁老荐头行里的人说，娘姨薪工最大的是六元，她新来，当然不会赚得那么多，要是弄破一双丝袜，不就是白做大半个月的苦工吗？她想着禁不住心慌起来。她现在连绒布的里衣也不敢用板刷去刷了，只是用手轻轻的搓着，擦着。绒布的衣服虽然便宜，她可也赔不起。何况这绒布又显然是特别漂亮，有颜色有花纹的。

但是过了一会，太太又在楼窗上叫了：

“娘姨！快一点洗！快要煮饭啦！这样轻轻的搓着，搓到什么时候！洗衣服不用气力，洗得干净吗？”

李妈慌了。她不知道怎样才好：又要快，又要洗得白，又要当心损伤。她不是没有气力，也不是不肯用出来，是有气力无处用。气力用得太大了，比板刷还厉害，会把衣服扯破的。这不像走路，可以快就快，慢就慢；也不像挑柴割稻，可以把整个气力全用出来。这样的衣服，只有慢慢地轻轻地搓着擦着的。然而怎么办呢？她一点也想不出来。

时候果然不早了。少爷和小姐已经从学校里回来。他们望了她一眼，没有理她，便一直往楼上走去，小姐大约有十岁了，少爷的身材正像她的阿宝那样高矮。然而都长得红红的，胖胖的，一点不像阿宝那么青白，瘦削。阿宝全是因为在肚子里没有好好调养，出胎后忍饥受冻的缘故。

想到阿宝，她禁不住心酸起来，连眼泪也流出来了。现在天气已经冷了，“谁知道他现在穿着什么衣服？又谁晓得他病倒了没有？姑母怎样在那里过活？她的孩子们有没有和阿宝吵架呢？……”

“娘姨！”太太的叫声又响了，同时还伴着脚步声，她下楼来了。“不必洗啦！等你慢慢的洗完，大家要饿肚啦！不看见少爷小姐回来了吗？快到厨房去煮饭吧！”

李妈慌忙站了起来，向厨房里去，预备听太太的吩咐。

“慢点慢点，把脚盆推边一点，不要碍着路，吃过晚饭再洗！”

“是，太太！”李妈又走了转来。

“好啦！到楼上去量两升米来！——喂！空手怎么拿！真蠢！淘米的箕子在厨房里！”

李妈愈加慌了。她拿着淘米的箕子，两手战栗着，再向楼上走了去。

“娘姨！米放在二层楼亭子间里！——亭子间呀！喂，那是前楼！不是亭子间！就是那间小房间呀！——门并没有锁！把那把子转动一下就开了！——喂，怎么门也不晓得开！真是蠢极啦，怎么转了又松啦，推开去再松手呀！——对啦！进去吧！麻布袋里就是米！”

李妈汗都出来了，当她从楼上下来的时候。太太心里急得生了气，她也急得快要哭出来。一切的事情，在她都是这样的生疏，太太一急，她愈加弄不清楚了。她并不生得蠢。她现在是含着满腹的恐慌。她怕太太不要她在这里，又怕弄坏了东西赔不起。

这一餐晚饭是怎样弄好的，她忙到什么样子，只有天晓得。一个屋子里的人都催着催着，连连的骂了。老爷回来的时候，甚至还拍着桌子。太太时时刻刻在厨房里蹬着脚。“这样教不会！这样教不会！真蠢呀！怎么乡下人比猪还不如！”

李妈可不能忍耐。她想不到头一天就会挨骂。她也是一个人，怎么说她比猪还不如！倘不是为的要活着，她可忍受不了，立刻走了。她的的眼泪时时涌上了眼眶。但是在太太的面前，她不敢让它流出来。她知道，倘若哭了出来，太太会愈加不喜欢她的。

这一天的晚饭，她没有吃。她的心里充满了忧虑，苦痛和恐怖。

三

第三天下午，李妈又坐在丁老荐头行的门口了。她白做了三天苦工，没有拿到一个钱，饿了两餐饭，受了许多惊恐，听了许多难受的辱骂。只有丁老荐头却赚到了四角车钱。荐头行里的人还都嘲笑着她。她从前只想出来给人家做娘姨，以为比在乡里受苦好些，现在全明白了：娘姨是最下贱的，比猪还不如！

然而她现在不做娘姨，还有别的出路吗？没有！她只能再坐到丁老荐头行的门口来。她不相信她自己真是一个比猪还不如的蠢东西。她在乡下也算是一个聪明能干的女人。她做过和男人一样的事情，生过小孩，把他养大到九岁。娘姨所做的事情，无非是煮饭，洗衣，倒茶，听使唤的那些事情。三天的试工，虽然因为初做不熟识，她可也全做了。为什么东家还要骂她比猪还不如呢？她可也是一个人！倘有别的路好走，她决不愿意再给人家做娘姨。倘没有阿宝，她也尽可在乡里随便的混着过日子。然而阿宝，他现在是在病着，是在饿着。她现在怎样好呢？一到上海，比不得在乡里，连穷邻居也没有了。一个女人，孤零零的，现在连吃烧饼的钱也快没有了哩！

她想着想着，不觉又暗暗的流下泪来。

然而希望也并不是没有的。她还有一个阿宝。他现在已经九岁了。一到二十岁，便是一个大人。她和她的丈夫命运坏，阿宝的命运也许要好些。谁能说他不会翻身呢？十年光阴不算长，眨一眨眼，就过了。现在只要她能够忍耐。那一个东家固然凶恶，什么话都会骂，别的东家也许有好的。况且那三天，本来也该怪自己，初做娘姨，不懂规矩，又胆小。现在不同些了。她已经不是乡下人，她曾经在上海做过三天工。她算是一个“新上海”了，

“在上海做过吗?”新的东家又派人来，指着她问了。

“做过啦！很能干，洗得很白的衣服，煮的菜也还吃得！人又老实!”丁老荐头代她回答说。

于是李妈有运气，又有了工作了。丁老荐头仍然亲自陪她去。

新的东家的屋子也在巷堂里，也是三层楼，只是壁的颜色红了一些，巷堂里清净了一些。李妈走到那里，觉得有点熟识似的，没有从前那样生疏而且害怕了。

太太和老爷的样子都还和气，没有从前那个东家的可怕。人也少，他们只有三个孩子，大的还住在学校里。

“事情很少，李妈，好好做下去吧！东家再好没有啦!”丁老荐头又照样说着，拿了车钱走了。

李妈自己也觉得，东家比较的好了。事情呢，却没有比从前那一家少。这里虽然没有老太爷和老太太，却多了一个五六个月的孩子，要给他洗屎布尿布，要抱着他玩，但这在李妈倒不觉得难。她有的是气力，她自己也生过孩子，弄惯了的。她现在很愿意小心地，吃苦地做下去。

新的东家也觉得李妈还不错，第三天丁老荐头来时，决计把她留下了。

“每个月四元工钱！”太太说。

“多出一元吧，太太！”丁老荐头代李妈要求说。

“做得好，以后再加！”

李妈听着这话非常高兴。她想，单是四元工钱，她每月寄三元给姑妈作阿宝的伙食费外，还有一元可以储蓄，几年以后就成百数了。做得好不好，全在她自己，她那里会不好好的做下去，那末，加起薪工来，她的钱愈可积得多了。

她这样想着，心里喜欢起来，做事愈加用力，愈加快了。天还没有亮，她便起来，生着了炉子，把稀饭煮在那里，一面去倒马桶，扫地，抹桌子，洗茶杯，泡开水。随后三少爷醒来了，她去给他换衣服，洗脸，喂稀饭，抱着他玩。太太和二少爷起来后，她倒好脸水，搬出稀饭来给他们吃，自己就空着肚子，背着三少爷，到小菜场买菜去。回来后报了账，给太太过了眼，收拾起碗筷，把冷的稀饭煮熟，侍候老爷吃了，才将剩下来的自己吃，有时剩的不多，也就半饿着开始去洗衣服，一直到煮中饭。预备好中饭，到学校里去接十岁的二少爷。吃了饭又送他去。下半天，抱孩子，洗地板。晚饭后还给三少爷做衣服，或给二少爷补破洞。她忙碌得几乎没有一刻休息，晚上总在十一二点才睡觉，可是天没亮又起来了。

这样的不到半个月，她不但不觉得苦，反而觉得自己越做越有精神了。她的每一个筋骨像愈加有力起来，肚子也容易饿了。

“做人只要吃得下饭，便什么都不怕啦！”她常常自己安慰自己说。

然而这在东家却有一件不高兴的事。以前饭剩得少，也吃一个空，现在饭剩得多，也吃一个空。肚子总是只有那么大，怎么会越吃越多呢？每次量米的时候，太太都看着，现在她明明多量了半升了。

“娘姨！米多了，怎么没有剩饭呀！”太太露着严厉的颜色问了。她的心里在怀疑着李妈偷了米去。

“不晓得怎的，这一晌吃得多了。”李妈回答着，她还不会猜想到太太心里什么样的想法。

“是你量的米，煮的饭！不晓得！这一晌并没有什么客人，哼！”

“想是我这几天胃口好，多吃了一些。”

“谅你吃得来多少！除非你还有一个吃生米的肚子！”

李妈的面色转青了。她懂得这话的意义。她想辩白几句，但是一想到吃东家的饭，便默着了。没有办法，只好忍耐，她想。

然而这在东家，却是等于默认了。太太在时时刻刻注意她，二少爷仿佛也在常常暗中跟着她的样子。她清早开开后门去倒马桶，好几次发现太太露出半个头在亭子间的窗口。早晨买菜去，太太一样一样叮嘱了去：

“白菜半角，牛肉一角半，豆腐六个铜板，洋蕃薯半角……”她说着就数出刚刚不多也不少的钱来。

“牛肉越买越少啦！只值得一角铜钱！白菜又坏！那里要十二个铜板一斤，”当李妈回来的时候，太太这样气愤地说。

有几次，太太还故意叫她在家多洗一点东西，自己却提着篮子，亲自买菜去了。

李妈渐渐不安了。她每次买菜，没有一次不拣了又拣，这里还价，那里还价，跑了半天才把最上算的买了来。她自己没有赚过一个铜板。她不是不晓得赚钱，是她不愿意。她亲眼看见许多娘姨在小菜场买的一角钱菜，回来报一角半的账。有时隔壁的林妈还教她也照着做：东家叫你买一斤白菜，你只买十二两；十二铜板一斤的，告诉她十六个铜板！但是李妈不愿意，她觉得这样很卑贱。做得规矩，东家喜欢，自然会加薪工的。然而像她这样诚实，东家却把她和别的娘姨一样看待了。虽然不像以前那个东家似的恶狠狠地骂她，说的话可更叫她受不住，面色也非常难看。

“揩油吃油！吃油揩油！”这已经不止一次了，二少爷在她的面前故意这样似唱非唱的说着走了过去，有时还假装不经意的踢她一脚。

有一次，当她要洗衣服，向太太去要肥皂的时候，太太几乎骂了：

“前天才交给你，今天又来拿！难道这东西不值钱，还是我们偷来的？前天的哪里去啦？狗拖去了吗？……”

她并不计算一下，这两天来，李妈洗了多少衣服，也不想一想，二少爷在学校里做点什么，一套一套的衣服全弄得墨迹，泥迹，而三少爷的衣服是满了奶迹屎迹尿迹的；也不会仔细看一看，给他们洗得多么白。

东家完全把她当做一个什么都要揩油的人了。他们随便什么都收藏了起来，要用的时候，让李妈自己去讨，又用眼睛钉着她。他们有什么寻不着，也来问李妈，仿佛她不仅会揩油，而且还会挖开他们的箱子偷东西似的。

李妈现在只有一肚子的闷气，说不出话来，也没有对谁可以说。她本来已经没有几个亲人，一到上海连半个也没有了。有一次隔壁的林妈在后门口找着她说几句闲话，立刻被太太责备了一场，像怕她们在串通着做什么勾当似的。她想到从前丈夫在的时候，有说有笑，自由自在，用自己的气力，吃自己的饭，禁不住眼泪簌簌滚了下来。她现在过着什么样子的日子，她日夜劳苦着，仅仅为了四元钱的代价，诚实得和对自己一样，东家却还不把她当做一个人看待！她怎能吃得下饭，安心做下去呢？

“现在越来越不成样啦！”太太又埋怨了。“只看见你一个人坐着胡思乱想，事情也不做！要享福，到家里去！躲什么懒！”

太太给她的工作愈加多了。她想：你越躲懒，我越叫你多做一点！一天到晚不让她休息。扫了地不久，又叫她去扫了。才洗过地板，又在催着去洗了。刚刚买了香烟来，又叫她去买花生米，买了花生米回来，又叫她去买鸡蛋糕。不往街上跑，便在家里抱小孩，小孩睡了，便去补旧衣服。现在不要穿的东西也从箱底里翻出来了。

“混账！不愿意做，就滚蛋！”太太愈加凶了。她也和从前那一个东家似的骂了起来。

李妈怎能受得住？她至少也得还几句嘴的。然而吃她的饭又怎样做呢？她能够不吃她的饭，再坐到丁老荐头行的门口去吗？别人的讥笑，丁老荐头的难看的脸色，且不管他，只是她吃什么呢？她的阿宝怎样过日子呢？她不是每个月须寄钱给姑母吗？现在已经到上海一个月多了，还没有弄到一个钱！这一个月的薪工虽说是四元，已经给丁老荐头拿了八角荐头钱去了。如果再换东家，她又须坐在荐头行里等待着，谁能知道要等一个月还是半个月才再找到新的东家呢？即使一去就有了东家，四元钱一个月的薪工，可又得给丁老荐头扣去八角钱的荐头钱，一个月换一个东家，她只实得三元二角薪工，一个月换二次东家，她愈加吃亏，只实得二元四角，好处全给丁老荐头得了去，他两边拿荐头钱，连车钱倒有五六元。万一再是这里试三天，那里试三天，又怎么样呢？她一个人只要有饭吃还不要紧，她的阿宝又怎样活下去呢？

她这样一想，不觉愣住了。她没有别的办法，她只有忍辱挨骂的过下去，甚至连打，也得忍受着的。

但是东家看出她这种想头，愈加对她凶了。每一分钟都给她派定了工作，不让她休息。而且骂的话比从前的东家还厉害了。老爷也骂，二少爷也骂，偶然回来一次的大少爷也骂了。一天到晚。谁也没有对她好面色，好听的话。

李妈终于忍耐不住了。不到一个月，只好走了。

“人总是人！不是石头，也不是畜牲！”她说。

四

李妈现在又坐在丁老荐头行的门口了。她要找一个好的东家。她想，所有做东家的人决不会和从前两个东家一般恶。

但是在最近的半个月中，她又一连的试做了三次，把她从前的念头打消了。

“天下老鸦一般黑!”这是她所得到的结论。这个刻薄，那个凶，全没有把娘姨当做人看待。没有一个东家不怕娘姨偷东西，时时刻刻在留心着。也没有一个东家不骂娘姨躲懒的。做得好是应该，做得不好扣工钱，还要挨打挨骂。

“到底也是人！到底也是爹娘养的!”李妈想。她渐渐发气了。

“没有一家会做得长久!”这不仅她一个人是这样，所有的娘姨全是这样的。丁老荐头行里的娘姨没有一个不是去了又来，来了又去。她亲眼看见隔壁的，对面的荐头行里的娘姨也全是如此。

然而这些人可并没有像她那样的苦恼，她们都比她穿得好些，吃得好些。她们并没有从家里寄钱来，反而她们是有钱寄到家里去的。她们一样有家眷。有些人甚至还有三四个孩子，也有些人有公婆，也有些人有吃鸦片的丈夫。

李妈起初没注意，后来渐渐明白了。她首先看出来的是，那些“老上海”不做满三天就被人家辞退。李妈见着荐头行把保单写定以后，以为她们一定会在那里长做下去，但不到一个月，她们却又回来坐在荐头行的门口了。

“试做三天，不是人家就留了你吗？怎么不到一个月又回来了呢?”

“你想在那一个东家过老吗？不要妄想!”“老上海”的娘

姨回答她说。

“那末你不是吃了亏？白付了荐头钱，现在又丢了事？”

“还不是东家的钱！傻瓜！”

李妈不明白。她想：东家自己付的荐头钱更多，哪里还会再给娘姨付荐头钱？但是她随后明白了：那是揩了油。她已经亲眼看见过别的娘姨是怎样揩油的。她觉得这很不正当。做娘姨的好好做下去，薪工自然会——

她突然想到那些东家了：他们都是这样说的，可是以后又怎么样呢？不加薪工，还要骂，还要打！不揩油，也当做揩油！不躲懒，也是躲懒，谁能做得长久呢？

李妈现在懂得了。她可也并不生来是傻瓜！

新的东家又有了。她不再看做可以长久做下去。三天一过，她准备着随时给东家辞退了。

“娘姨，这东西哪里这样贵呀？”

“你自己去买吧！看看别的娘姨怎样买的！”她先睁起眼睛来，比东家还恶。

“咳！难道问你不得！”

“早就告诉过你，几枚铜板一斤！不相信我，另外请过一个，我也做不下去！”她拿起包袱要走了。

“走就走！”太太说着。但是她心里一想，丁老荐头来一次要车钱，换娘姨又得换保单，换保单又得出荐头钱，也划不来，只好转湾了。“我随便问问你，你就生气啦！我并没有赶你走！”

李妈又留下了。她可并不愿意走。然而她也仍然随时准备着走。

“上午煮了这许多菜，怎么就没有啦，娘姨。”

“剩下的菜谁要吃！倒给叫化子的去啦！”

“什么话！这样好的菜也倒掉了！”太太发气了。

“你要吃，明天给你留着！我可不高兴吃！”

第二天她把剩菜全搬出来了，连剩下的菜汤也在内。

太太气得面色一阵青一阵红，说不出话来。她要退了她，又觉得划不来，而且荐头行里的娘姨全是一个样：天下的老鸦一般黑！反而吃亏荐头钱，车钱！她又只得忍住了。

“衣服洗得快一点，不好吗？娘姨，老是这样慢！”

“你只晓得洗得慢！不晓得脏得什么样！”她站了起来，把衣服丢开了。“我不会做，让我回去！”但是太太不说要她走，她也不走了。她索性每天上午不洗衣服了，留到下午去洗。每天晚上，吃完饭，她便倒在床上，想她自己的事情，或者和别的娘姨闲谈去了。

“晚上是我自己的工夫！”她说。“管不得我！”

老爷常常在外面打麻将，十二点钟以后才回来。她不高兴时，就睡在床上不起来，让太太自己去开门。

“门也不开吗？”

“我睡熟了，哪里听见！比不得你们白天好睡午觉！”

有时李妈揩了油，终于给太太查出来了。但是她毫不怕，也不红脸。她泰然的说：

“哪一个娘姨不揩油！不揩油的事情谁高兴做！一个月只拿你这一点工钱，我们可也有子女！”

她的脾气越变越坏了。东家的小孩，也都怕了她，她现在不肯再被他们踢打，她睁着凶恶的眼睛走了近去，打他们了。

然而东家有的是钱，终于不得不多花一点荐头钱和车钱，又把她辞退了。

李妈可并不惋惜，她只要在那里做上一个礼拜，她就已经赚上了个把月的工钱哩！

五

她又坐在丁老荐头行的门口了。她现在已经是一个十足的“老上海”。那里的娘姨不再讥笑她，谁都同她要好了。

“现在你和我们是一伙啦！”别的人拍拍她的腿子说。

丁老荐头也对她特别看重起来。每次的事情，就叫她去挡头阵。

她现在不愁没有饭吃了。这家出来，那家进去；那家出来，这家进去。丁老荐头行成了她的家，一个月里总要在那里住上几天。

每次当汽车在她的面前呜呜地飞似的驰过去的时候，她仿佛看见了她的阿宝坐在那车里。

“现在我们也翻身啦！”她喃喃地自言自语的说。

兴化大炮

唔！话说当时真命天子元宝皇帝在位，四夷臣服，天下太平无事……福建省兴化府东临大海，西负名山，南通晋江，北达闽侯，气候温和，无冰雪落鼻之忧，亦无炎日裂肤之虑，万物滋长，欣然勃然，满山满野，长年一派葱翠，那里的居民熙熙攘攘，耕的耕，织的织，捕鱼的捕鱼，打猎的打猎，都是丰衣足食，好不快活自在！

可是，圣主在位，必有祥瑞。一年春天，兴化府的兴化谷中忽然出现了一棵小小的奇树。它的本干短矮，包满了剥落的黑皮，远远望去，好像烂布包扎着的臃肿的腿子；上面枝桠纷歧，长着厚的长的粗的叶；它的外形有如翻了骨的纸伞；夹生在高大的榕树、杉树和柴草中间，起初并不会触动人家的注意。但一到二月底，它开起花来了。它细小得和碎米一样大，花和苞几乎难以分辨，互相拥挤着，重叠着，在各个枝叶间；黄色，有点沉浓的气息。过了不久，枝上便结出累累的小的果实。

“哦！”在那里砍柴的云恩公有一次忽然注意地望了许久，哼出这一个字来。“把这一树的野果砍下来，晒干了，倒抵得过一担干柴，”他想。兴化谷中的野草野木多得很，他常常发现新奇的种类，从来不觉得稀奇，这次照例的毫不爱惜地把它砍下来了。几点钟之后，他已把这株果树四分五裂地夹杂在乱柴中间，晒在义利村自家屋前的草场上。

第二天早上，他忽然看见他的阿毬用唾挂包了一大包东西，口里含着什么，从外面跳了进来。一看见他正坐在堂屋里，阿毬便仓皇地向厨房跑去。

“又偷什么东西吃了!”云恩公发着气，追上几步，把阿毬从门限里抓了出来。孩子恐怖地叫了一声，唾挂里的果实全倾落在地上，正是昨天云恩公从兴化谷砍来的。

“狗养的!”拍的一个耳光，“叫你不要乱吃东西！连这柴果也偷吃了!”他一面骂着，一面把阿毬按倒地上。“柴果也吃起来，怪不得肚子生虫，一天拉三四回矢！……”

“阿哥先吃……”孩子颤动地说。

“什么!”

“阿哥先吃……阿姐也吃……大家都说好吃……”

“什么！大家都吃了吗？毒死了怎么办呢?”云恩公有点着急了。他丢下阿毬赶快走了出去。

走到草场上，云恩公呆住了。不但阿哥也吃，阿姐也吃，那里还围着七八个邻居的孩子，四个妇人，连他的妻子也在内，都在吃那果实，大家的手里还满满的抓了一把，满地是壳和核。

“阿呀!”他叫着说，“蛇虫吃过的东西，你们不怕有毒吗?”

“你来尝一尝吧，多么甜呵，”他的妻子笑着回答说，“你哪里砍来的这好果子啊？吃一个试试看呀！”她说着，剥了一个，送到云恩公的嘴边来。

“胡闹！”他推开妻子的手说，“说不定有毒呢！”

“那里的话！壳闭得好好的，你吃一个就晓得了……”她说着，把那个洁白鲜嫩的果子塞进了云恩公的嘴里。

云恩公将信将疑的，把滑溜溜的果肉轻轻啃了一下——果然甜美无比，他检查那核，光泽，黄黑，不像有毒，只有壳的内面的细致的花纹使他不能完全放心。他终于不敢把肉吞下去，虽然他很爱那味道。

但是当夜他得了一个奇异的梦：他看见他的屋前屋后长满了那种果树，每株相距，几乎只有五步，上面的枝叶交叉地，重复地连接着，织成了天幕，枝上累累地悬着果实。“倘使都变成了钱，我们就富了……”他这样想着，果实便纷纷落了下来，发出叮当的响声，地上重重叠叠的都是钱，闪耀得便他眼花缭乱。“梦！”他想，抹一抹眼睛，果然醒来了。他躺在床上，阳光已从窗隙穿进来。他离了床，惋惜地开开窗子——呵，外面真的长满着那种果树了，他的白胡须父亲在树下对他摇着手，一脸笑容的说，“看呵，天赐奇果，我们从此要富了！”“哪有的事！”他想，“又是做梦，父亲似乎早已过了世的！”他又抹了抹眼睛——这回可真的醒来了。他的妻子正在脚后打着鼾，阿毯躺在他的手弯里，外面静悄悄的。现在他睡不着了，左思右想，总觉得这梦有作用。那果实的味道确实甜美，他想着不由得流出唾沫来。“看呵，天赐奇果，我们从此要富了！”要不是天赐，那里有这样甜美的味道？要不是天赐，兴化谷又那来这果树？说它有毒，原是他自己太小心了，不看见家里的人都好好睡着吗？而且，这是罪过的，对着天赐的果树这样说！

天才黎明，一直没有合眼的云恩公首先起来了。他走到草场上去寻那果树，只看见一些树枝，果壳和核，一个果实也找不出。他不觉惋惜起来，觉得自己辛辛苦苦地砍了回家，还不曾吃过一颗。低着头踱进堂屋，他忽然发现门限边一个咬了一半的果实了。那便是昨天阿毡被他抓着时吐在地上的。上面已经黏满了尘土。他连忙把它拾起，在袖子上擦了一擦，塞进嘴里。天哪！这明明是仙果，这味道怎能说得出呀！

“自然是仙果呵！”他的妻子听他讲完了梦中所见的事情，说，“我们从此要富了！”

“怎么能够富呢？”

“种起来！还怕没有人来买！”

云恩公点了点头。他觉得这话正和他的梦相合——从此要富了。吃饱早饭一面叫孩子们拾集地上的果核，一面自己背了锄头往兴化谷去。他先满山走了一遍，留心地查看还有相同的树没有，最后终于只将那一株没有枝叶的根掘了回来，栽在自己的屋前，又五步一株的，把那些果核也在屋前屋后栽下。

这仙果的消息很快的传了开去，附近的人都好奇地到义利村朝家屋来看了，云恩公笑容满面的带领着他们，指手划脚地讲给他们，关于仙果的一切。但是，大家却暗中讪笑着，对着这棵没有枝叶的矮小的树根。“看明年怎样吧！”他们说。

云恩公不息地勤劳着，带着一家人每天在屋前屋后掘土，灌水，挑粪。但是两个月过去了，没有长出一枝芽来，掘出果核一看，早已腐烂了。只有那一株树根上面抽出了几根嫩枝。从此来看的人渐渐少了，都说云恩公做老梦。但云恩公却愈加相信起来，他的阿毬本是生着病的：面黄，骨瘦，爱吃，爱拉，肠胃有虫。他曾给他吃过好几种草药，没有一点效。现在阿毬渐渐肥了，面孔红了，不再闹吃，每天一次硬而且长的大便。不必疑惑，这一定是仙果吃好的。大的企图虽然没有成功，不能立刻实现他父亲所显示的梦，但最有把握的一株可存在着，而且希望也早已在那里生长了。慢慢来呵，做什么要急呢！

看呀，夏天秋天冬天过去，新的春天又来了。仙树的枝叶不是已经被云恩公的勤劳的手弄得茂盛起来了吗？这一个春天里虽然没有开花结果，但是它的枝叶显然在那里努力着。明年，难保它不开起花来！这是多么叫人喜欢，阿毬现在不但肥了，而且聪明了！

云恩公耐心地勤劳地培养着，一年又过去了。它和阿毬一样地长进着，高了许多，茂盛了许多，但花苞可仍没有结。讥笑他的人渐渐多了。说是不会再开花结果的。没有亲眼看见果实的人，还说他撒谎。云恩公和妻子确信第三年会开花，仍不息地培养着。

可是第三年又只见它高了许多，茂盛了许多，依然没有开花。云恩公的妻子现在也有点怀疑了。她想，大概是搬了地方，所以不会开花吧。她主张再把它搬到原地方去，但云恩公却不信这个，他说既是仙树，自然不像普通的果树容易开花。“仙树又哪里可以任你搬到这里？”她反驳说。“你忘记了我父亲的话吗？天赐的呀！”云恩公这样的回答。“你不要忙，越不容易开花的树越宝贵，如果它五年十年不开花，说不定上次吃了仙果的人会长生不老呢！”

云恩公这样相信着，不息地工作，到了第五年春天，仙树终于开花了。它的花苞结得那么多，好像雨点一样；黄色，有沉浓的气息。

但是正当花苞陆续开放，渐渐变成小的果实的时候，云恩公忽然在欢乐中生起急病来了：一面发着烧，一面发着冷，几次失了知觉，讲着人家听不懂的话。全家的人焦急着，忙碌着，给他请医，给他求菩萨，都没有一点效。“倘能拖延到仙果成熟的时候，便不要紧了，”他们这样说。但是仙果还早得很，它现在最大的还只像鼻孔那么大，等它成熟，怕不要两三个月，云恩公这种病如何拖延得下去呢！几天以后，云恩公已经完全是另外一个人了。一身瘦得只剩了一层干瘪的、黄色的皮，两眼陷了进去，颊骨凸了出来，好不可怕！大家正在急着没有办法的时候，却忽然出了一件意外的救星。那就是顽皮的阿毬不知怎样的从树上偷了几颗较大的仙果来了。自从他母亲在果子才结成的时候，告诉他说好吃得很以来，他几乎天天在树下望着，开着口流着唾沫。他现在已经九岁了，爬树钻洞的本领颇不小，每当没有人看见的时候，爬到仙果树上去偷摘未熟的仙果。这一次摘下来的几颗正是顶大的，半熟的。他一面吃着，一面走到厨房去，被他母亲看见了。“什么！——哪里来的——拿来给我！”但阿毬却舍不得，仓卒地退向堂屋去了。“你这小鬼！”刚刚走出厨房的门限，他母亲就抓住了他，拍的一个耳光，“你老子病得要死，找不到一个大的仙果救命，你却偷了来只管自己吃！”她捻住了阿毬的两腮：“吐出来给我！”阿毬终于苦恼地把手中的一个和口里的半个交了出来……虽然还没有全熟；可已不小。不用说，云恩公吃了，病就渐渐好了。一两个月以后，成熟的仙果慢慢多了，云恩公时常摘来吃，身体也就肥了起来。邻近的人早已知道了这消息，都来买了。一个小钱买十个，不能再多。它很快的就被摘得精光。

“样子正像龙的眼睛，也像龙的眼睛一样宝贵，就叫它做龙眼吧。聪明的阿毬发明这龙眼可以吃，他吃了愈加聪明起来，救了老子的命，又叫它做智果吧。”云恩公给仙果定了这样的两个名字。从此龙眼树就每年或多或少的开花结果起来。

不久，龙眼这名字和它的功用传遍远近了。它能祛热，除寒，健脾，补身，壮筋骨，活血脉，杀虫，止泻……一句话，百病皆治！老的小的这样说，男的女的这样说，病人和医生也这样说。无论哪个生了病，只要等到龙眼一点成熟，他就有命了！很多的人想在自己的屋子前照样栽一株，但是它的核和它的枝怎样也不肯抽芽。义利村朝家屋前的龙眼树是独一无偶的。云恩公自己，也想把它繁殖起来，像梦中所见的一样，屋前屋后都是五步一株的龙眼树，但他怎样也想不出方法来。然而这样就够好了，每年的收入维持他一家有馀而且如前所说，当时正是圣主在位，天下太平无事，兴化府居民都是丰衣足食，没有盗劫等事，云恩公一家自有专利之权的。

云恩公死的时候，朝家屋已经翻了新，他的两个儿子，阿牛和阿毴，还分得许多田地。待到阿牛和阿毴的儿子接上来，朝家屋添造了两倍的新屋了。这样的传下去，直到云恩公的第十二世孙，朝家的人口愈加兴旺起来，朝家屋竟绵延到五里路外兴化谷的山脚下。龙眼树已经长得比楼屋还高。朝家的子孙每年轮流着管理，当办云恩公的祭祀。因为子孙多了起来，它的价钱也跟着提高，这时已卖到十个小钱一个龙眼了。朝代早早已换了两三个，天下常常不太平，捐税一年一年的多了。因此朝家的子孙渐渐为了这株树起争执。大家都希望自己的屋前有一株龙眼树，可是怎样也想不出法子，龙眼照例是一年结得多，一年结得少，有时甚至不开花，运气坏的还得贴本钱，分配得不平均，便吵起来，骂起来，打起官司来。朝家的子孙从前是一个心的，现在四分五裂了，有时我联这个，你联那个，背着明晃晃的枪刀，摆成可怕的阵势械斗着。从前龙眼是救命的仙果，现在变了杀人的根源了。县官好几次想把这株龙眼树连根掘了起来，可是朝家的子孙又不肯。于是到了云恩公的第十五世孙，朝家衰败了。很多的人因这株龙眼树流了可怕的血，断了烟火。许多房子烧成了灰烬。

正当朝家的子孙走入这灭亡的道路的时候，一年夏天，忽然来一队过客。“唔！很好吃，”其中一个大商人尝了尝龙眼，这样说。乡人告诉他这是仙果，可以医治百病以后；他提议要买龙眼树了。他出了很大很大的价钱，一定要把龙眼树搬到广东岭南地方去。但是朝家的子孙依然舍不得，他们宁愿为了这株龙眼树闹得朝家的烟火完全绝灭。给大商人挑担的一个随从却献了一个方法：买它一根树枝，可并不砍下来，用破瓿盛土挂在树上，把树枝的中段埋在土里，明年再来拿。朝家的子孙答应了，要他先付一半的价钱，还有五十千明年再交。他们想，这是蠢法子，决不会成功的。

可是第二年大商人再来时，爬开破瓿里的一点土，他们惊讶得伸出了舌头：那里另外生了根了！这方法叫做“接”，大商人告诉他们说。

云恩公的子孙们从此学会了聪明了。他们不再打架，一家一家的“接”起龙眼树来。不到二十年，义利村满是葱绿的龙眼树，果然如云恩公梦中所见的，每株只距离五步远，密密连接着。时候久了，不但义利村，兴化谷，遍地都是龙眼树，连石塘，东山，下林……一句话，兴化府到处都有龙眼树了。再过一些年代，邻近的几县也学着栽培起来。龙眼的价钱也就跟着便宜了：遇着大年，一文钱可以买到一百五十个龙眼。于是朝家的子孙又起恐慌了。十几代来，他们都是高价的专利，现在龙眼多了，却卖不出去了。这五步一株的果树，每年的出产好不惊人，每家每天摘下来，大大小小的人当点心吃，当饭吃，口不停的嚼着，手不停的剥着，还只见龙眼在树上裂了壳，腐了肉，纷纷下坠，它已变成普通的果实，不复受人的重视和珍爱。

过了不久，朝家子孙中一个叫做桂元的终于想出了一种方法：他把龙眼晒干，装了一只船，带着他的儿子正全、二全、三全，沿海北驶，到处上岸去叫卖。闽侯已有不少的人家栽种，浙江省温州府人口不多，且对龙眼是仙果，将信将疑，台州、象山强盗多，有钱的人少，都不容易销售。他们眼看计划将要失败，正预备转舵南归的时候，却忽然一阵大风一把船吹到一个奇异的地方。这里的房屋栉次鳞比的连接着，人口非常稠密，乞丐强盗一个也没有，富人非常的多。原来这就是浙江省宁波府的境内了。他们从未听见过“龙眼”这两个字，也从未见到过这样的果实，头一次听到见到，早已惊奇不小，又听见是天赐的仙果，可以治百病，马上争着来买了。不到三天，一船的龙眼就卖得精光。桂元赚了钱，立刻带了他的三个儿子，正全、二全、三全，下船南归。第二年，他们装了十只大船，一直驶向宁波，靠岸不到三天，也就卖完了。从此桂元年年和他的儿子去宁波，他的名声在宁波渐渐大了起来，几乎无人不知桂元了。夏天一到，宁波人便喊着“桂元要来了，桂元要来了！”最后终于顺口把龙眼喊成了“桂元”。

过了几年，一个聪明的宁波富翁叫做孙冰的看着这样好的买卖，便把女儿嫁给正全，和桂元成了亲戚，亲自送他们到兴化去，“接”了几株桂元树回来。他想，倘能因为这段亲事，宁波也种起桂元来，岂不是树了万世之基！所以他毫不惋惜地把最爱的最聪明而且美丽的女儿嫁到隔海过洋的兴化去了。可是不幸得很，他没有这样福气，宁波的气候地土和兴化的大不相同，种了几次，一株也活不成，一到秋天，它就萎枯死了。这使富翁孙冰气得一病几个月起不得床。女儿已经白白的送给人家，他至少想报一点仇了。想来想去，他终于有了一种办法：桂元壳不要丢弃，它的效用和桂元肉一样大，可以泡茶吃。他把这方法传了开去，大家立刻相信了。肉可做补药，自然壳也可以！结果，桂元的销路打了一个大折头。

但是，种智果，卖智果，智果吃大的人却也有着聪明的办法。正全、二全、三全，自从他父亲桂元去世后，不久就想出了方法：他们造起大的炉灶，把新鲜的龙眼加火烘焙，随后用黄色的颜料涂在龙眼壳上。他们说，太阳晒干的靠不住，常常会发霉，腐烂，不涂颜料的容易进湿气——但是壳可从此不能当补品了！

这话有道理，宁波人全相信，过去的桂元的确常常发现发霉，腐烂，涂了颜料，剥出来的肉果然都是好的了，而且黄色的外壳又是多么好看。但是孙冰富翁可不服，他知道这是火烘的，火气大，有燥热。他告诉人家，不宜多吃，每人每天最多只能吃十六颗，八颗十颗最适宜，不然，便会给它补倒。这话也有它的道理，宁波人也全相信。孙冰富翁和兴化人是有着密切的关系的，谁不知道。

然而，这在正全、二全、三全，也并不为难。他们已经发明了修剪树叶的方法：龙眼快要开花以前，他们删去了一大批枝叶，开花时再删去一批，开完花再删去一批。果子虽然少了许多，每一颗都是大的，重的。宁波人喜欢大的，好看的正合适得很。宁波人说焙干的龙眼有火气，告诉自己的小孩们说，这里气候比宁波热，更不宜吃，又可以多出许多龙眼，多卖许多钱。这岂不是完全一样？不但一样，而且从此正全、二全、三全的名字在宁波出名了，他们的名字就变成了最好的桂元的名号，这时兴化的龙眼树早已遍地皆是，其他树木多被人家掘去，替代了龙眼树。正全兄弟们所发明的各种方法，也已为大家所知道，照样的学着做，照样的运到宁波去。只要是顶大的，壳厚到两指捻不碎的涂黄色的桂元，宁波人就认为是最好的正全、二全、三全。

可是过了若干年代，云恩公的后代出了一个怪人。他生得巨头方额，浓眉粗鼻，有犀利的眼光，爽直的脾气，读书知礼，能言善辩，绰号叫做大炮。他眼看着兴化人怕吃的，认为吃了要生病，有火气的焙干的龙眼，涂上了有毒的颜料，运到宁波去当唯一的补品，赚了大钱回来，心里愤愤不平。他又看着最晓得吃新鲜龙眼的兴化人，是挑选不大不小，壳薄核小肉厚味甘的，却把壳大核大肉薄味淡的运到宁波去，当做最好的桂元，更加怒火上冲。

“这简直是太骗人了，我们兴化人，”他说，“宁波人又何其蠢！我得凭我三寸不烂之舌，把这事情矫正过来！”

“事情早已这样摆布好，一代二代……也不晓得传了几百年了，你还有什么话说，少放一点空大炮吧，”他的大哥绰号叫做圆眼的讥笑地对他说。

大炮圆睁着冒火的眼睛：“我偏要办一批真正的好货到宁波去，让宁波人知道！我会告诉他们怎样正确地分别龙眼的好坏！”

“宁波人早就惯了，不会相信你，不会买你的龙眼！”

“同你打下赌来！做不到，我就不再回来，把店铺和龙眼树全归了你！”

于是大炮就自己动手起来，挑选壳最薄，核最小，肉最厚，味最甜，不大也不小的新鲜龙眼三百担焙干了，不涂颜色。装载上几只民船，浩浩荡荡驶向宁波口岸而去。船到宁波，他把亲手写成的几百张广告，叫人贴在通衢大街，自己又带了几个帮手，担了货样，往富家大户去游说，把龙眼一个一个剥了开来请人家尝试，说明壳厚核大的毛病，涂色的有弊无益……

但是，理由虽然简单，容易明了，宁波人却早已吃惯了不知多少年代，不肯轻易听信大炮的话。没有涂色的，小的，不好看，这是宁波人的第一种理由。价钱便宜的不是好货，这是宁波人第二种理由。从来没有看见过不涂色的桂元，这是第三种理由。世世传下来，正全、二全、三全以外，都不是顶好的，这是第四种理由……一句话，理由多着，任凭你大炮说得天花乱坠，烂了三寸之舌，也没有人相信。

大炮可真糟了。他的三百担龙眼除了送给人家尝试以外，竟找不到一个小小的主顾，宁波人向来就不喜欢“大炮”这东西，它实弹的能杀人放火，空的是牛皮！这次像有谁故意作弄大炮似的。立刻就用他的名字代替了他所带来的“桂元”。“大炮？不是真正的桂元！”大家这样说着，摇了一摇头，微笑地射出轻蔑的眼光来。

大炮不能回家了。他讨厌兴化人，也讨厌宁波人。既然打下赌来不回兴化，就只得在宁波住下。他改了职业，做了木匠，讨了一个宁波老婆，生了几个儿子，永久流落在宁波，每年兴化桂元进口的时候，他就拍着桌子，操着兴化口音骂了起来：“古怪①的兴化人！古怪的宁波人!”他一直到死，再也不吃桂元。只有他的大哥绰号叫做圆眼的，心里时时记念着，他每年到宁波来做生意时，给他另外带来了一些不大不小，壳薄核小，肉厚味甘，没有涂色的真正龙眼。这是他所喜欢的，才感慨地尝了几颗。他死的时候，立了一张遗嘱：子孙们不许吃桂元，只许吃他大哥带来的那一类圆眼。遗嘱上还写着理由：桂元是壳厚，核大，肉薄，味淡，并不能补身治百病，只有圆眼壳薄，核小，肉厚，味甘，可当补品。

他死了以后，他的子孙服从着他的遗命，从不吃桂元，但吃圆眼的后代所送赠的圆眼。时候久了，戚族的关系渐渐疏淡，大炮的子孙常常吃不到圆眼。只有某一年天下大乱，长毛围住了兴化城，兴化人才仓忙地把没有十分成熟的龙眼随便烘了一下，来不及涂颜料，偷偷地从兴化府涵江镇装上民船，驶到宁波来。价钱卖得非常便宜，宁波人很少有人家看得上眼，说这是大炮的圆眼。因为没有真正的桂元进口，才不得已的买了一些。大炮的子孙这一年算是吃了一个痛快。可是这离开大炮死的时候已经几百年了。

唔！……

① “古怪”二字在兴化人有刁皮刻薄之义。

小小的心

赖友人的帮助，我有了一间比较舒适而清洁的住室。淡薄的夕阳的光在屋顶上徘徊的时候，我和一个挑着沉重的行李的挑夫穿过了几条热闹的街道，到了一个清静的小巷，我数了几家门牌，不久便听见我的朋友的叫声。

“在这里!”他说，一手指着白色围墙中间的大门。

呈现在我的眼前的是一座半旧的三层洋楼：映在夕阳中的枯黄的屋顶露着衰疲的神情；白的墙壁现在已经变成了灰色，颇带几分忧郁；第三层的楼窗全开着，好几个百叶窗的格子斜支着；二层楼的走廊上，晾着几件白色的衣服。

我带着几分莫名的怅惘，跟着我的朋友走进了大门。这里有很清鲜的空气，小小的院子中栽着几株花木。楼下的房子比较新了一点，似乎曾经加过粉饰的工夫、厅堂中挂满着字画，一个穿西装的中年男子在那里和我的朋友招呼。经过他的身边，我们走上了一条楼梯。楼上有几个妇人和孩子在楼梯口观望着我们。楼上的厅堂中供着神主的牌位，正中的墙壁上挂着一副面貌和善的老人的坐像，从香烛中出几缕残烟，带着沉幽的气息，供桌外面摆着两张方桌，最外面的一张桌上放着几双碗筷，预备晚餐了。我的新的住室就在厅堂东边第一间，两个门：一个通厅堂，一个朝南通走廊的两扇玻璃门。从朝东的窗子望出去，可以看见邻家园子里的极大的榕树。床铺和桌椅已由我的朋友代我布置好，我打发挑夫走了，便开始整理我的行李。

妇人和孩子们走到我的房里来了，眼中露着好奇的光。

“请坐，请坐，”我招待她们说。

她们嘻嘻笑着，点了点头，似乎会了意。

“这是二房东孙先生的夫人，”我的朋友指着一位面色黝黑的三十馀岁的妇人，对我介绍说。

“这位老太太是住在厅堂那边，李先生的母亲，”他又指着一个和善的白头发的老妇人，说。

“这两位女人是他们的亲戚……”

“啊！啊，请她们坐罢，”我说。

她们仍嘻嘻的笑着，好奇的眼光不息的在我的身上和我的行李上流动。

最后我的朋友操着流利的本地话和她们说了。他是在介绍我，说我姓王，在某一个校当教员，现在放了假，到某一家报馆来做编辑。

“上海郎？①”那位老太太这样的问。

“上海郎，”我的朋友回答说。

我不觉笑了。这样的话我已经听见不少的次数，只要是讲

① 厦门音“人”读为“郎”。

普通话，或者是说类似普通话的人，在这里是常被本地人看做上海人的。“上海”，这两个字在许多本地人的脑海中好像是福建以外的一个版图很大的国名，它包含着：辽宁，吉林，黑龙江，河北，河南，山东，江苏，浙江，山西，陕西，甘肃，四川，湖北，湖南，江西，……一句话，这就等于中国的别名了。我的朋友并非不知道我不是上海人，只因这地方的习惯，他就顺口的承认了。

“上海郎！红阿！①”忽然一个孩子在我的身边低声的试叫起来。

黄昏已在房内撒下了朦胧的网，我不十分能够辨别出这孩子的相貌。他约莫有四五岁年纪，很觉瘦小，一身肮脏的灰色衣服，左眼角下有一个很长的深的痕，好像被谁挖了一条。

“顽皮的孩子！”我想，心里颇有几分不高兴。虽然是孩子，我觉得他第一次这样叫我是有点轻视的意味的。

“阿品！”果然那老太太有点生气了，她很严厉的对这孩子说了一些本地话，“——红先生！”

“红先生……”孩子很小心的学着叫了一句，声音比前更低了。

“红先生！”另外在那里呆望着的三个小孩也跟着叫了起来。

我立刻走过去，牵住了他的小手，蹲在他的面前。我看见他的眼睛有点润湿了。我抚摩着他的脸，转过头来向着老太太

---

① 厦门音，“王”读为“红”。

说，“好孩子哪！”

“好孩寄？——Peh！①”她笑着说。

“里姓西米？②”我操着不纯粹的本地话问这孩子说。

“姓……谭！”他沉着眼睛，好像想了一想，说。

“他姓陈，”我的朋友立刻插入说，“在这里，陈字是念做谭字的。”

我点了一点头。

“他是这位老太太的外孙——喔，时候不早了，我们出去吃饭吧！”我的朋友对我说。

我站起来，又望了望孩子，跟着我的朋友走了。

阿品，这瘦小的孩子，他有一对使人感动的眼睛。他的微黄的眼珠，好像蒙着一层薄的雾，透过这薄雾，闪闪的发着光。两个圆的孔仿佛生得太大了，显得眼皮不易合拢的模样，不常看见他的眨动，它好像永久是睁开着的。眼珠往上泛着，下面露出了一大块鲜洁的眼白，像在沉思什么，像被什么所感动。在他的眼睛里，我看见了忧郁，悲哀。“住在外婆家里，应该是极得老人家的抚爱的——他的父母可在这里？”在路上，我这样的问我的朋友。

“没有，他的父亲是工程师，全家住在泉州。”

“那末，为什么愿意孩子离开他们呢？”我好像一个侦探似的，极想知道他的一切，“大概是因为外婆太寂寞了吧？”

---

① “坏”读为 Peh。

② “你”读为“里”；“什么”读为“西米”。

“不，外婆这里有两个孙子，不会寂寞的。听说是因为那边孩子太多了才把他送到这里来的哩！”

“喔——”

我沉默了，孩子的两个忧郁的眼睛立刻又显露在我的眼前，像在沉思，像在凝视着我。在他的眼光里，我听见了微弱的忧郁的失了母爱的诉苦；看见了一颗小小的悲哀的心……

第二天早晨，阿品独自到了我的房里。“红先生！”他显出高兴的样子叫着，同时睁着他的沉思的眼睛凝望着我。我叫着他的名字，走过去牵住了他的小手。这房子，在他好像是一个神异的所在，他凝视着桌子、床铺，又抬头凝望着壁上的画片。他的眼光的流动是这样的迟缓，每见着一样东西，就好像触动了他的幻想，呆住了许久。

“红先生！”他忽然指着壁上的一张相片，笑着叫了起来。

我也笑了，他并不是叫那站在他的身边的王先生，他是在和那站在亭子边，挟着一包东西的王先生招呼，我把这相片取下来，放在椅子上。他凝视了许久，随后伸出一只小指头，指着那一包东西说了起来。我不懂得他说些什么，只猜想他是在问我，拿着什么东西。“几本书，”我说。他抬起头来望着我，口里咕噜着。“书！”我更简单的说，希望他能够听出来。但他依然凝视着我，显然他不懂得。我便从桌上拿起一本书，指着说，“这个，这个，”他明白了，指着那包东西，叫着“兹！兹！”“读兹？”我问他说。“读兹，里读兹！”他笑着回答。“这个叫西米？”我指着茶壶。“队阁。”“这叫西米？”我指着茶杯。“队杯。”“队阁，队杯！队阁，队杯！”我重覆的念着。想立刻记住了本地音。“队阁，队杯！队阁，队杯！”他笑着，缓慢的张着小嘴，泛着沉思的眼睛，故意反学我了。薄的红嫩的两唇，配着黄黑残缺的牙齿，张开来时很像一个破烂了的小石榴。

从这一天起，我有了一个很好的教师了，他不懂得我的话，我也不懂得他的话，但大家叽哩咕噜的说着，经过了一番推测，做姿势以后，我们都能够了解几分。就在这种情形中，我从他那里学会了几句本地话。清晨，我还没有起床的时候，他已经轻轻地敲我的门。得到了我的允许，他进来了。爬上凳子，他常常抽开屉子找东西玩耍。一张纸，一枝铅笔，在他都是好玩的东西。他乱涂了一番，把纸搓成团，随后又展开来，又搓成了团。我曾经买了一些玩具给他，但他所最爱的却是晚上的蜡烛。一到我房里点起蜡烛，他就跑进来凝视着蜡烛的溶化，随后挖着凝结在烛旁的馀滴，用一只洋铁盒子装了起来。我把它在火上烧溶了，等到将要凝结时，取出来捻成了鱼或鸭。他喜欢这蜡做的东西，但过了几分钟，他便故意把它们打碎，要我重做。于是我把蜡烛捻成了麻雀，猴子，随后又把破烂的麻雀捻成了碗，把猴子捻成了筷子和汤匙，最后这些东西又变成了人，兔子，牛，羊……他笑着叫着，外婆家里一个十二三岁的丫头几次叫他去吃晚饭，只是不理她。“吃了饭再来玩吧，”我推着他去，也不肯走。最后外婆亲自来了，她严厉地说了几句，好像在说：如果不回去，今晚就关上门，不准他回去睡觉，他才走了，走时还把蜡烛带了去。吃完饭，他又来继续玩耍，有几次疲倦了就躺在我身上，问他睡在这里吧，他并不固执的要回去，但随后外婆来时，也便去了。

阿品有一种很好的习惯，就是拿动了什么东西必定把它归还原处。有一天，他在我抽屉里发现了一只空的美丽的信封盒子。他显然很喜欢这东西，从家里搬来了一些旧的玩具，装进在盒子里。摇着，反覆着，来回走了几次，到晚上又把玩具取出来搬回了家，把空的盒子放在我的抽屉里。盒子上面本来堆集着几本书，他照样地放好了。日子久了，我们愈加要好起来，像一家人一样，但他拿动了我的屋子里的东西，还是要把它放在原处。此外，他要进来时，必定先在门外敲门或喊我，进了门或出了门就竖着脚尖，握着门键的把手，把门关上。

阿品的舅舅是一个画家，他有许多很好看的画片，但阿品绝不去拿动他什么，也不跟他玩要。他的舅舅是一个严肃寡言的人，不大理睬他，阿品也只远远地凝望着他。他有三个孩子，都穿得很漂亮，阿品也不常和他们在一块玩要。他只跟着他的公正慈和的外婆。自从我搬到那里，他才有了一个老大的伴侣。虽然我们彼此的语言都听不懂，但我们总是叽哩咕噜的说着，也互相了解着，好像我完全懂得本地话，他也完全懂得普通话一样。有时，他高兴起来，也跟我学普通话，代替了游戏。

“茶壶，”我指着桌上的茶壶说。

“茶涡！”他学着说。

“茶杯！”

“茶杯！”

“茶瓶！”

“茶饼！”

“这个叫西米？”我指着茶壶，问他。

“茶饼！”他睁着眼睛，想了一会，说。

“不，茶壶！”

“茶涡！”

“这个？”我指着茶杯。

“茶杯！”

“这个？”我指着茶壶。

“茶涡！”他笑着回答。

待他完全学会了，我倒了两杯茶，说：“请，请！喝茶，喝茶！”

于是他大笑起来，举着说：“请，请，喝茶，喝茶！里夹，里夹！①”

“你喝，你喝！”我改正了他的话。

他立刻知道自己说错了，又哈哈大笑起来。随后却又故意说：“你喝，你喝！里夹，里夹。”

“夹里，夹里！”我紧紧地抱住了他，吻着他的面颊。

他把头贴着我的头，静默地睁着眼睛，像有所感动似的。我也静默了，一样地有所感动。他，这可爱的阿品，这样幼小的时候，就离开了他的父母，失掉了慈爱的亲热的抚慰，寂寞伶俐地寄居在外婆家里，该是有着莫名的怅惘吧？外婆虽然是够慈和了，但她还有三个孙子，一个儿子，又没有媳妇，须独

① 你吃，你吃！

自管理家务，显然是没有多大的闲空，可以尽量的抚养外孙，把整个的心安排在阿品身上的。阿品是不是懂得这个，有所感动呢？我不知道。但至少我是这样地感动了。一样的，我也离开了我的老年的父母，伶仃地寂寞地在这异乡。虽说是也有着不少的朋友，但试问有什么样的爱情能和生身父母的爱相比呢？……他愿意占有我吗？是的，我愿意占有他，永不离开他！……让他做我的孩子，让我们永久在一起，让胶一般的把我们黏在一起……

“但是，你是谁的孩子呢？你姓什么呢？”我含着眼泪这样地问他。

他用惊异的眼光望着我。

“里姓西米？”

“姓谭！”

“不，”我摇着头，“里姓王！”

“里姓红，瓦姓谭！”

“我姓王，里也姓王！”

“瓦也姓红，里也姓红！”他笑了，在他，这是很有趣味的。

于是我再重复的问了他几句，他都答应姓王了。外婆从外面走了进来，听见我们的问答，对他说：“姓谭！”但是他摇一一摇头，说：“红。”有些人对他取笑说，你就叫王先生做爸爸吧，他就笑着叫我一声爸爸。

这原是徒然的事，不会使我们满足，不会把我们中间的缺陷消除，不会改变我们的命运的，但阿品喜欢我，爱我，却是足够使我暂时自慰了。

一次，我们附近做起马戏来了。我们可以在楼顶上望见那搭在空地上的极大的帐棚，帐棚上满缀着红绿的电灯，晚上照耀得异常的光明，军乐声日夜奏个不休。满街贴着极大的广告，列着一些惊人的节目，狮子、熊、西班牙女人、法国儿童、非洲男子……登台奏技，说是五国人合办的，叫做世界马戏团。承朋友相邀，我去看了一次，觉得儿童的走索、打秋千，女人的跳舞，矮子翻跟斗，阿品一定喜欢看，特选了和这节目相同，而没有狮子、熊奏技的一天，得到了他的外婆的同意，带他到马戏场去。场内三等的座位已经满了，只有头二等的票子，二等每人二元，儿童半价，我只带了两块钱。我要回家取钱，阿品却不肯，拉看我的手定要走进去，他听不懂我的话，以为我不看了，急得眼泪都快流出来，直到我在那里遇见了一位朋友，阿品才高兴的跳跃着跑了进去。

几分钟后，幕闭了。一个美国人出来说了几句恭敬的英语，接着就是矮子的滑稽的跟斗。阿品很高兴的叫着，摇着手，像表示他也会翻跟斗似的。随后一个十二三岁的女孩子，出来了。她攀着一根索子一直揉到帐棚顶下，在那里，她转身一跳，攀住了一个秋千，即刻踏住木板，摇荡几下翻了几个转身，又突然翻身，落下来，两脚勾住了木板。这个秋千架搭得非常高。底下又无遮拦，倘使技术不娴熟，落到地上，粉身碎骨是无疑的。在幽扬的军乐中，四面的观众都齐声鼓掌起来，惊羡这小小女孩子的绝技。我转过脸去看阿品，他只是睁着眼睛，惊讶的望着，不做一声。他的额角上流着许多汗。这时正是暑天的午后，阳光照在篷布上，场内坐满了人，外婆又给阿品罩上了一件干净的蓝衣，他一定太热了，我便给他脱了外面的罩衣，又给他抹去头上的汗。但是他一手牵着我的手，一手指着地，站了起来。我不懂得他的意思，猜他想买东西吃，便从衣袋里摸出一包糖来，递给了他，扯他再坐下来。他接了糖没有吃，望了一望秋千架上的女孩，重又站起来要走。这样的扯住他几次，我看见他的眼中包满了眼泪。我想，他该是要小便了，所以这样的急，便领他出了马戏场。牵着他的手，我把他带到一个僻静的角落里，但他只是东张西望，却不肯小便，我知道他平常是什么事情都不肯随便的，又把他领到一处更僻静，看不见一个人的所在。但他仍不肯小便。许是要大便了，我想，从袋里拿出一张纸来，扯扯他的这裤子，叫他蹲下。他依然不肯。他只叽哩咕理的说着，扯着我的手要走。难道是要吃什么吗？我想，带他在许多摊旁，走过去，指着各种食品问他，但他摇着头，一样也不要，扯他再进马戏场又不肯。这样，他着急，我也着急了。十几分钟之后，我只好把他送回了家，我想，大概是什么地方不舒服吧？倒给他担心起来。一见着外婆，他就跑了过去，流着眼泪，指手划脚的了许多说话在。

“有什么事吗？”我问他的舅舅说，“为什么就要离开马戏场呢？”

“真是蠢东西，说是翻秋千的女孩子这样高的地方掉下来怎么办呢？所以不要看了哩！”他的舅舅埋怨着他，这样的告诉我。

咳，我才是蠢东西呢！我一点也没有想到这上面来，我完全忘记了阿品是一个孩子，是一个有着洁白的纸一样的心的孩子，是一个富于同情的孩子！我完全忘记了这个，我把他当做大人，当做了一个有着蛮心的大人看待，当作了和我一样残忍的人看待了……

从这一天起，我不敢再带阿品到外面去玩耍了。我只很小心的和他在屋子里玩耍。没有必要的事，我便不大出门。附近有海，对面有岛，在沙滩上够我闲步散闷，但我宁愿守在房里等待着阿品，和阿品作伴。阿品也并不喜欢怎样的到外面去，他的兴趣完全和大人的不同。房内的日常的用具，如桌子、椅子、床铺、火柴、手巾、面盆、报纸、书籍，甚至于一粒沙，一根草，在他都可以发生兴味出来。

一天，他在地上拾东西，忽然发见了我的床铺底下放着一双已经破烂了的旧皮鞋，他爬进去拿了出来，不管它罩满了多少的灰尘，便两脚踏了进去。他的脚是这样的小，旧皮鞋好像成了一只大的船。他摇摆着，拐着，走了起来，发着铁妥铁妥的沉重声音。走到桌边，把我的帽子放在头上，一直罩住了眼皮，向我走来，口里叫着："红先生来了，红先生来了！"

"王先生！"我对他叫着说："请坐！请坐！喝茶，喝茶！"

"喔！多谢，多谢！"他便大笑起来，倒在我的身边。

他欢喜音乐，我买了一支小小的口琴给他，时常来往吹着。他说他会跳舞，喊着一二三，突然坐倒在地下，翻转身，打起滚来，又爬着，站起来冲撞了几步——跳舞就完了。

两个月后，阿品的父亲带着全家的人来了。两个约莫八九岁的女孩，一个才会跑路的男孩，阿品母亲的肚子里还怀着一个六七个月的孩子。他的父亲是一个颇有才干的人，普通话说得很流利，善于应酬。阿品的母亲正和她的兄弟一样，有着一副严肃的面孔，不大露出笑容来，也不大和别人讲话。女孩的面貌像他的父亲，有两颗很大的眼睛；男孩像母亲，显得很沉默，日夜要一个丫头背着。从外形看来，几乎使人疑心到阿品和他的姐弟是异母生的，因为他们都比阿品长得丰满，穿得美丽。

“阿品现在姓王了，”我笑着对他的父亲说。

“你姓西米，阿品？”

“姓红！”阿品回答说。

他的父亲哈哈笑了，他说，就送给王先生吧！阿品的母亲不做声，只是低着头。

全家的人都来了，我倒很高兴，我想，阿品一定会快乐起来。但阿品却对他们很冷淡，尤其是对他的母亲，生疏得几乎和他的舅舅一样。他只比较的欢喜他的父亲，但暗中带着几分畏惧。阿品对我并不因他们的来到稍为冷淡，我仍是他的唯一的伴侣，他宁愿静坐在我的房里。这情形使我非常的苦恼，我愿意阿品至少有一个亲爱的父亲或母亲，我愿意因为他们的来到，阿品对我比较的冷淡。为着什么，他的父母竟是这样的冷淡，这样的歧视阿品，而阿品为什么也是这样的疏远他们呢？呵，正需要阳光一般热烈的小小的心……

从我的故乡来了一位同学，他从小就和我在一起，后来也时常和我一同在外面。为了生活的压迫，他现在也来厦门了。

我很快乐，日夜和他用宁波话谈说着，关于故乡的情形。我对于故乡，历来有深的厌恶，但同时却也十分关心，详细的询问着一切。阿品露着很惊讶的眼光倾听着，他好像在竭力地想听出我们说的什么，总是呆睁着眼睛像沉思着什么似的。

但三四天后，他的眼睛忽然活泼了。他对于我们所说的宁波话，好像有所领会，眼睛不时转动着，不复像先前那般的呆着，凝视着，同时他像在寻找什么，要唤回他的某一种幻影。我们很觉奇怪，我们的宁波话会引起他特别的兴趣和注意。

“报纸阿旁滑姆末送来，”我的朋友要看报纸，我回答他说，报纸大约还没有送来，送报的人近来特别忙碌，因为政局有点变动，订阅报纸的人突然增加了许多……

阿品这时正在翻抽屉，他忽然转过头来望着我，嘴唇翕动了几下，像要说话而一时说不出来的样子。随后他摇着头，用手指着楼板。我们不懂得他的意思，问他要什么，他又把嘴唇翕动了几下，仍没有发出声音来。他呆了一会，不久就跑下楼去了，回来时，他手中拿着一份报纸。

“好聪明的孩子，听了几天宁波话就懂得了吗?!”我惊异地说。

“怕是无意的吧，”我的朋友这样说。

一样的，我也不相信，但好奇心驱使着我，我要试验阿品的听觉了。

“阿品，口琴起驼来吹吹好勿?①”

① 口琴去拿来吹吹好不好?

他呆住了，仿佛没有听懂。

“口琴起驼来！”

“口琴起驼来！”我的朋友也重复地说。

他先睁着沉思的眼睛，随后眼珠又活泼起来。翕动了几下嘴唇，出去了。

拿进来的正是一个口琴！

“滑有一只 Angwa！”我恐怕本地话的报纸，口琴和宁波话有点大同小异，特别想出了宁波小孩叫牛的别名。

但这一次，他的眼睛立刻发光了，他高兴得叫着：Aug-wa！Angwa！立刻出去把一匹泥涂的小牛拿来了。

我和我的朋友都呆住了。为着什么缘故，他懂得宁波话呢？怎样懂得的呢？难道他曾经跟着他的父亲，到过宁波吗？不然，怎能学得这样快？怎能领会得出呢？决不是猜想出来，猜想是不可能的。他曾经懂得宁波话，是一定的。他的嘴唇翕动，要说而说不出来的表情，很可以证明他曾经知道宁波话，现在是因为在别一个环境中，隔了若干时日生疏了，忘却了。

充满着好奇的兴趣，我和我的朋友走到阿品父亲那里。我们很想知道他们和宁波人有着什么样的关系。

“你先生，曾经到过宁波吗？”我很和气的问他，觉得我将得到一个与我故乡相熟的朋友了.

“莫！莫！我没有到过！”他很惊讶的望着我，用夹杂着本地话的普通话回答说。

“阿品不是懂得宁波话吗？”

他突然呆住了，惊讶地沉默了一会，便严重的否认说：

“不，他不会懂得！”

我们便把刚才的事情告诉了他，并且说，我们确信他懂得宁波话。

“两位先生是宁波人吗？”他惊愕地问。

“是的，”我们点了点头。

“那末一定是两位先生误会了，他不会懂得，他是在厦门生长的！”他仍严重的说。

我们不能再固执的追问了。不知道其中还有什么关系，阿品的父亲颇像失了常态。

第二天早晨，我在房里等待着阿品，但八九点过去了，没有来敲门，也不听见外面厅堂里有他的声音。

“跟他母亲到姨妈家里去了，”我四处寻找不着阿品，便去询问他的父亲，他就是这样的淡淡地答了一句。

天渐渐昏了，阿品没有回来。一天没有看见他，我像失去了什么似的，只是不安的等待着，我很寂寞，我的朋友又离开厦门了。

长的日子，两天三天过去了，阿品依然没有回来！自然，和他母亲在一起，阿品是不会有什么意外的，但我却不自主的忧虑着：生病了吗？跌伤了吗？……

在焦急和苦闷的包围中，我一连等待了一个星期。第八天下午，阿品终于回来了。他消瘦了许多，眼睛的周围起了青的色圈，好像哭过一般。

“阿品！”我叫着跑了过去。

他没有回答，畏缩地倒退了一步，呆睁着沉思的眼睛。我抱住他，吻着他的面颊，心里充满了喜悦。我所失去的，现在又回来了。他很感动，眼睛里满是喜悦与悲伤的眼泪。但几分钟后，他若有所畏惧似的，突然溜出我的手臂，跑到他母亲那里去了。

这一天下午，他只到过我房里一次。没有走近我，只远远的站着，睁着沉思的眼睛凝望着我，我走过去牵他时，他立刻走出去了。

几天不见，就忘记了吗？我苦恼起来。显然的，他对我生疏了。他像有意的在躲避着我。我们中间有了什么隔膜吗？

但一两天后，阿品到我房子里的次数又渐渐加多了。虽然比不上从前那般的亲热，虽然他现在来了不久就去，可是我相信他对我的感情并未冷淡下来。他现在不很做声了，他只是凝望着我，或者默然靠在我的身边。

有一种事实，不久被我看出了。每当阿品走进我的房里，我的门外就现出一个人影。几分钟后，就有人来叫他出去。外婆，舅舅，父亲，母亲，两个丫头，一共六个人，好像在轮流的监视他，不许他和我接近。从前，阿品有点强顽，常常不听他外婆和丫头的话，现在却不同了，无论哪一个丫头，只要一叫他的名字，他就立刻走了。他现在已不复姓王，他坚决地说他姓谭了。

为着什么，他一家人要把我们隔离，我猜想不出来。我曾经对他家里的人有过什么恶感吗？没有。曾经有什么事情有害了阿品吗？没有……这原因，只有阿品知道吧。但他的话，我不懂；即使懂得，阿品怕也不会说出来，他显然有所恐怖的。

几天以后，人家对于阿品的监视愈严了。每当阿品踱到我的门前，就有人来把他扯回去。他只哼着，不敢抵抗。但一遇到机会，他又来了，轻轻的竖着脚尖，一进门，就把门关上。一听见门外有人叫阿品，他就从另一个门走出去，做出未来到过我房里的模样。有一次，他竟这样的绕了三个圈子：丫头从朝南的门走进来时，他已从朝西的门走了出去；丫头从朝西的门出去时，他又从朝南的门走了进来。过了不久，我听见他在母亲房里号叫着，夹杂着好几种严厉的声音，似有人在虐待他的皮肉。这对待显然是很可怕的，但是无论怎样，阿品还是要来。进了我的房子，他不敢和我接近，只是躲在屋隅里，默然望着我，好像心里就满足，就安慰了。偶然和我说起话来，也只是低低的，不敢大声。

可怜的孩子！我不能够知道他的被压迫的心有着什么样的痛楚！两颗凝滞的眼珠，像在望着，像没有望着，该是他的忧郁，痛苦与悲哀的表示吧……

到底为着什么呢？我反覆地问着自己。阿品爱我，我爱阿品，为什么做父母的不愿意，定要使我们离开呢？……

我不幸，阿品不幸！命运注定着，我们还须受到更严酷的处分：我必须离开厦门，与阿品分别了。我们的报纸停了版，为着生活，我得到泉州的一家学校去教书了。我不愿意阿品知道这消息。头一天下午，我紧紧地抱着他，流着眼泪，热烈地吻他的面颊，吻他的额角。他惊骇地凝视着我，也感动得眼眶里包满了眼泪。但他不知道我的痛苦的原因。随后我锁上了房门，不许任何人进来，开始收拾我的行李。第二天，东方微明，我就凄凉地离开了那所忧郁的屋子。

呵，枯黄的屋顶，灰色的墙壁……

到泉州不久，我终于打听出了阿品的不幸的消息。这里正是阿品的父亲先前工作的城市，不少知道他的人。阿品是我的同乡。他是在十个月以前，被人家骗来卖给这个工程师的……这是这里最流行的事：用一二百元钱买一个小女孩做丫头，或一个男孩做儿子，从小当奴隶使用着……这就是人家不许阿品和我接近的原因了。可怜的阿品！……

几个月后，直至我再回厦门，阿品已跟着他的父亲往南洋去。

我不能再见到阿品了……

童年的悲哀

这是如何的可怕，时光过得这样的迅速！

它像清晨的流星，它像夏夜的闪电，刹那间便溜了过去，而且，不知不觉地带着我那一生中最可爱的一叶走了。

像太阳已经下了山，夜渐渐展开了它的黑色的幕似的，我感觉到无穷的恐怖。像狂风卷着乱云，暴雨掀着波涛似的，我感觉到无边的惊骇。像周围哀啼着凄凉的鬼魆，影闪着死僵的人骸似的，我心中充满了不堪形容的悲哀和绝望。

谁说青年是一生中最宝贵的时代，是黄金的时代呢？我没有看见，我没有感觉到。我只看见黑暗与沉寂，我只感觉到苦恼与悲哀。是谁在这样说着，是谁在这样羡慕着，我愿意把这时代交给了他。

阿，我愿意回到我的可爱的童年时代，回到那梦幻的浮云的时代！

神呵，给我伟大的力，不能让我回到那时代去，至少也让我的回忆拍着翅膀飞到那最凄凉的一隅去，暂时让悲哀的梦来充实我吧！我愿意这样，因为即使是童年的悲哀也比青年的欢乐来得梦幻，来得甜蜜呵！

…………

那是在哪一年，我不大记得了。好像是在我十一二岁的时候。

时间是在正月的初上。正是故乡锣声遍地，龙灯和马灯来往不绝的几天。

这是一年中最欢乐的几天。过了长久的生活的劳碌，乡下人都一致的暂时放下了重担，用娱乐来洗涤他们的疲乏了。街上的店铺全都关了门。祠庙和桥上这里那里的一堆堆地簇拥着打牌九的人群。平日最节俭的人在这几天里都握着满把的瓜子，不息地剥啄着。最正经最严肃的人现在都背着旗子或是敲着铜锣随着龙灯马灯出发了。他们谈笑着，歌唱着，没有一个人的脸上会发现忧愁的影子。孩子们像从笼里放出来的一般，到处跳跃着，放着鞭炮，或是在地上围做一团，用尖石划了格子打着钱，占据了街上的角隅。

母亲对我拘束得很严。她认为打钱一类的游戏是不长进的孩子们的表征，她平日总是不许我和其他的孩子们一同玩耍，她把她的钱柜子锁得很紧密。倘若我偶然在抽屉的角落里找到了几个铜钱，偷偷地出去和别的孩子们打钱，她便会很快的找到我，赶回家去大骂一顿，有时挨了一场打，还得挨一餐饿。

但一到正月初上，母亲给与我自由了。我不必再在抽屉角落里寻找剩馀的铜钱，我自已的枕头下已有了母亲给我的丰富的压岁钱。除了当着大路以外，就在母亲的面前也可以和别的孩子们打钱了。

打钱的游戏是最方便最有趣不过的。只要两个孩子碰在一起，问一声“来不来?”回答说“怕你吗?”同找一块不太光滑也不太凹凸的石板，就地找一块小的尖石，割出一个四方的格子，再在方格里对着角划上两根斜线，就开始了。随后自有别的孩子们来陆续加入，摆下钱来，许多人簇拥在一堆。

我虽然不常有机会打钱，没有练习得十分凶狠的铲法，但我却能很稳当的使用刨法，那就是不像铲似的把自己手中的钱往前面跌下去，却是往后落下去。用这种方法，无论能不能把别人的钱刨到格子或线外去，而自己的钱却能常常落在方格里，不会像铲似的，自己的钱总是一直冲到方格外面去，易于发生危险。

常和我打钱的多是一些年纪不相上下的孩子，而且都知道把自己的钱拿得最平稳。年纪小的不凑到我们这一伙来，年纪过大或拿钱拿得不平稳的也常被我们所拒绝。

在正月初上的几天里，我们总是到处打钱，祠堂里、街上、桥上、屋檐下，划满了方格。我的心像野马似的，欢喜得忘记了家，忘记了吃饭。

但有一天，正当我们闹得兴高采烈的时候，来了一个捣乱的孩子。

他比我们这一伙人都长得大些，他大约已经有了十四五岁，他的名字叫做生福。他没有母亲也没有父亲。他平时帮着人家划船，赚了钱一个人化费，不是挤到牌九摊里去，就和他的一伙打铜板。他不大喜欢和人家打铜钱，他觉得输赢太小，没有多大的趣味。他的打法是很凶的，老是把自己的铜板紧紧地斜扣在手指中，狂风暴雨似的鏊了下去。因此在方格中很平稳地躺着的钱，在别人打不出去的，常被他鏊了出去。同时，他的手又来得很快，每当将鏊之前，先伸出食指去摸一摸被打的钱，在人家不知不觉中把平稳地躺着的钱移动得有了蹊跷。这种打法，无论谁见了都要害怕。

好像因为前一天和我们一伙里的一个孩子吵了架的缘故，生福忽然走来在我们的格子里放下了一个铜板。在打铜钱的地方拿着铜板打原是未尝不可以，但因为他向来打得很凶而且有点无赖，同时又看出他故意来捣乱的声势，我们一致拒绝了。

于是生福发了气，伸一只脚在我们的格子里，叫着说：

“石板是你们的吗？”

我们的眉毛都竖起了。——但因为是在正月里，大家觉得吵架不应该，同时也有点怕他生得蛮横，都收了钱让开了。

“到我家的檐口去！”一个孩子叫着说。

我们便都拥到那里，划起格子来。

那是靠河的一个檐口下，和我家的大门是连接着的。那个孩子的家里本在那间屋子的楼下开着米店，因为去年的生意亏了本，年底就决计结束不再开了。这时店堂的门半开着，外面一部分已经变做了客堂，里面还堆着一些米店的杂物。屋子是孩子家里的，檐口下的石板自然也是孩子家里的了。

但正当我们将要开始继续的时候，生福又来了。他又在格子里放下了一个铜板。“一道来！”他气忿地说。

“这是我家的石板，”那孩子叫了起来。

“石板会答应吗？你家的石板会说话吗？”

我们都站了起来，捏紧了拳头。每个人的心里都发了火了。辱骂的话成堆的从我们口里涌了出来。

于是生福像暴怒的老虎一般，竖着浓黑的眉毛，睁着红的眼睛，握着拳头，向我们一群揍了过来。

但是，他的拳头正将落在那个小主人的脸上时，他的耳朵忽然被人扯住了。

“你的拳头大些吗？”一个大人的声音在生福脸后响着。

我们都惊喜地叫起来了。

那是阿成哥，是我们最喜欢的阿成哥！

“打他几个耳光，阿成哥，他欺侮我们呢！”

生福已经怔住了。他显然怕了阿成哥。阿成哥比他高了许多，气力也来得大。他是一个大人，已经上了二十岁。他能够挑很重的担子，走很远的路。他去年就是在现在已经关闭的米店里砻谷舂米，他一定要把生福痛打一顿的了，我们想。

但阿成哥却并不如此，反放了生福的耳朵。

“为的什么呢？”他问我们。

我们把生福欺侮我们的情形完全告诉了他。

于是阿成哥笑了。他转过脸去，对着生福说：

“来吧，你有几个铜板呢？”他一面说，一面掏着自己衣袋里的铜板。

生福又发气了，看见阿成哥这种态度。他立刻在地上格子里放下了一个铜板。

“打铜板不会打不过你！”

阿成哥微笑着，把自己的铜板也放了下去。

我们也就围拢去望着，都给阿成哥担起心来。我们向来没有看见过阿成哥和人家打过铜板，猜想他会输给生福。

果然生福气上加气，来得愈加凶狠了。他一连赢了阿成哥五六个铜板。阿成哥的铜板一放下去，就被他打出格子外。阿成哥连还手的机会也没有。

但阿成哥只是微笑着，任他去打。

过了一会，生福的铜板落在格子里了。

于是我们看见阿成哥的铜板很平稳地放在手指中，毫不用力的落了下来。

阿成哥的铜板和生福的铜板一同滚出了格子外。

“打铜板应该这样打法，拿得非常平稳！”他笑着说，接连又打出了几个铜板。

“把它打到这边来，好不好？”他说着，果然把生福的铜板打到他所指的地方去了。

“打到那边去吧！”

生福的铜板往那边滚了。

“随便你摆吧——我把它打过这条线！”

生福的铜板滚过了他所指的线。

生福有点呆住了。阿成哥的铜板打出了他的铜板，总是随着滚出了格子外，接连着接连着，弄得生福没有还手的机会。

我们都看得出了神。

“鬘是不公平的，要这样平稳地跌了下去才能叫人心服！”阿成哥说着，又打出了几个铜板。

“且让你打吧！我已赢了你五个。”

阿成哥息了下来，把铜板放在格子里。

但生福已经起了恐慌，没有把阿成哥的铜板打出去，自己的铜板却滚出了格子外。

我们注意着生福的衣袋，它过了几分钟渐渐轻松了。

“还有几个好输呢?”阿成哥笑着问他说，“留几个去买酱油醋吧!”

生福完全害怕了。他收了铜板，站了起来。

“你年纪大些!”他给自己解嘲似的说。

“像你年纪大些就想欺侮年纪小的！才是坏东西！——因为是在正月里，我饶恕了你的耳光！铜板拿去罢，我不要你这可怜虫的钱!”阿成哥笑着，把赢得的铜板丢在地上，走进店堂里去了。

我们都大笑了起来，心里痛快得难以言说。

生福红着脸，逡巡了一会，终于拾起地上的铜板踱开了。

我们伸着舌头，直望到生福转了弯，才挤到店堂里去看阿成哥。

阿成哥已从屋内拿了一支胡琴走出来，坐在长凳上调着弦。

他是一个粗人，但他却多才而又多艺，拉得一手很好的胡琴。每当工作完毕时，他总是独自坐在河边，拉着他的胡琴，口中唱着小调。于是便有很多的人围绕着他，静静的听着。我很喜欢胡琴的声音。这一群人中常有我在内。

在故乡，音乐是不常有的。每一个大人都庄重得了不得，偶然有人嘴里呼啸着调子，就会被人看做轻佻。至于拉胡琴之类是愈加没有出息的人的玩意了。一年中，只有算命的瞎子弹着不成调的三弦来到屋檐下算命，夏夜有敲着小锣和竹鼓的瞎子唱新闻，秋收后祠堂里偶然敲着洋琴唱一台书，此外乐器声便不常听见。只有正月里玩龙灯和马灯的时候，胡琴最多，二三月间赛会时的鼓阁，乐器来得完备些。但因为玩乐器的人多半是一些不务正业或是职业卑微的人，稍微把自己看得高一些的人便含了一种蔑视的思想。然而，音乐的力量到底是很大的，乡里人一听见乐器的声音，男女老小便都围了拢去，虽然他们自己并不喜欢玩什么乐器。

阿成哥在我们村上拉胡琴是有名的，因此大人们多喜欢他，我们孩子们常围着他要他拉胡琴。到了正月，他常拿了他的胡琴，跟着龙灯或马灯四处的跑，这几天不晓得为了什么事，他没有出去。

似乎是因为赶走了生福的缘故，他心里高兴起来，这时又拿出胡琴来拉了。

这支胡琴的构造很简单而且粗糙。蒙着筒口的不是蛇皮，是一块将要破裂的薄板。琴杆，弦栓和筒子涂着浅淡的红色。价钱大约是很便宜的。它现在已经很旧，淡红色上已经加上了一道龌龊的油腻，有些地方的油漆完全褪了色。白色的松香灰黏满了筒子的上部和薄板，又扬上了琴杆的下部在那里黏着。弓已弯曲得非常厉害，马尾稀疏得像要统统脱下来的样子。这在我孩子的眼里并不美丽。我曾经有几次要求阿成哥给我试拉一下，它只能发出非常难听的嘎声。

但不知怎的，这支胡琴到了阿成哥手里便发出很甜美的声音，有时像有什么在那声音里笑着跳着似的，有时又像有什么在那声音里哭泣着似的。听见了他的胡琴的声音，我常常呆睁着眼睛望着，惊异得出了神。

“你们哪一个来唱一曲呢？”这一天他拉完了一个调子，忽然笑着问我们说。“拣一个最熟的——‘西湖栏杆’好不好？”

于是我们都红了脸叫着说：

“我不会！”

“谁相信！哪个不会唱‘西湖栏杆’！先让我来唱一遍罢——没有什么可以怕羞。”

“好呀！你唱你唱！”我们一齐叫着说。

“我唱完了，你们要唱的呢？”

“随便指定一个罢！”

于是阿成哥调了一调弦，一面拉着一面唱起来了：

“西湖栏杆冷又冷，妹叹第一声：在郎哥出门去，一路要小心！路上鲜花——郎呀少去采……”

阿成哥假装着女人的声音唱着，清脆得像一个真的女人，又完全合了胡琴的高低。我们都静默的听着。

他唱完了又拉了一个过门，停了下来，笑着说：

“现在轮到你们了——哪一个？”

大家红着脸，一个一个都想溜开了。有几个孩子已站到门限上。

“不会！不会！”

“还是淅琴罢，”他忽然站起来，拖住了我的手。

我的心突然跳了起来，浑身像火烧一样，说不出话来，只是挣扎着，摇着头：

“不……不……”

“好呀！淅琴会唱！淅琴会唱！”孩子们又都跳了拢来，叫着说。

“不要怕羞，关了门罢！只有我们几个人听见！”阿成哥说着，松了手，走去关上了店门。我已经完全在包围中了。孩子们都拥挤着我，叫嚷着。我不能不唱了。但我又怎能唱呢？“西湖栏杆”头一节是会唱的，但只在心里唱过，在没有人的时候唱过，至多也只在阿姐的面前唱过，向来却没有对着别的人唱过。

“唱罢唱罢！已经关了门了！”阿成哥催迫着。

“不会……不会唱……”

“唱罢唱罢！淅琴！不要客气了！”孩子们又叫嚷着。

我不能不唱了。我只好红着脸，说：

“可不要笑的呢！”

“他答应了！——要静静的听着的，”阿成哥对大众说。

“让我再来拉一回，随后你唱，高低要合胡琴的声音！”

于是他又拉起来了。

听着他的胡琴的声音，我的心的跳动突然改变了情调，全身都像在颤动着一般。

他的胡琴先是很轻舒活泼的，这时忽然变得沉重而且呜咽了。

它呜咽着呜咽着，抽噎似的唱出了“妹叹第一声……”

“西湖栏杆冷又冷……”

他拉完了过门，我便这样的唱了起来，于是他的胡琴也毫不停顿的拉了下去，和我的歌声混合了。

“…………”

“好呀！唱得好呀！……”孩子们喊了起来。

我已唱完了我所懂得的一节。胡琴也停住了。

我不知道我唱的什么，也不知道是怎样唱的。我只感觉到我的整个的心在强烈的击撞着。我像失了魂一般。

“比什么人都唱得好，最会唱的大人也没有唱得这样好！我头一次听见，淅琴！”阿感哥非常喜欢的叫着说。

我的心的跳动又突然改变了情调，像有一种大得不能负载的欢悦充塞了我的心，我默然坐下了。我感觉到我的头在燃烧着。我的灵魂像向着某处猛烈地冲了去似的……

就是从这一天起，我的灵魂向音乐飞去了。我需要音乐。我想象阿成哥握住我的手似的握住音乐。

因此我爱着了阿成哥，比爱任何人还爱他。

每当母亲对我说，“你去问问阿四叔、连品公公、阿成哥，看哪个明朝后日有工夫可以给我们来砻谷！”我总是先跑到阿成哥那里去。别个来砻谷，我懒洋洋地开着眼睛睡在床上，很迟很迟的才起床，不高兴出去帮忙，尽管母亲一次又一次的骂着催着。阿成哥来了，我一清早就爬了起来，开开了栈房，把轻便的砻谷器具搬了出来，又帮着母亲做好了早饭，等待着阿成哥的来到。有时候还早，我便跑到桥头去等他。

他本来一向和气，见了人总是满面笑容。但我感觉到他对我的微笑来得格外亲热，像是一个母亲生的似的。因此我喜欢常在他身边。他砻谷时，我拿了一根竹杆，坐在他的对面赶着鸡。他筛米时，我走近去拣着未曾破裂的谷子。

“西湖栏杆”这支小调一共有十节歌，就在砻谷的时候，他把其馀的九节完全教会了我。

没有事的时候，他时常带了他的胡琴到我家里来，他拉着，我唱着。

他告诉我，用蛇皮蒙着筒口的胡琴叫做皮胡，他的这支用薄板做的叫做板胡。他喜欢板胡，因为板胡的声音比皮胡来得清脆。他说胡琴比箫和笛子好，因为胡琴可以随便变调，又可以自拉自唱；他能吹箫和笛子，但因为这个缘故，他只买了一支胡琴。

他又告诉我，外面的一根弦叫做子弦，里面的叫做二弦。他说有些人不用子弦，但用二弦和老弦是不大好听的，因为弦粗了便不大清脆。

他又告诉了我，胡琴应该怎样拿法，指头应该怎样按法，哪一枚指头按着弦是“五”字，哪一枚指头按着弦是“六”字……

关于胡琴的一切，他都告诉我了！

于是我的心愈加燃烧了起来：我饥渴地希望得到一支胡琴。

但这是太困难了。母亲绝对不能允许我有一支胡琴。

最大的原因是，唱歌、拉胡琴，都是下流人的游戏。

我父亲是一个正经人，他在洋行里做经理，赚得很多的钱，今年买田，明年买屋，乡里人都特别的尊敬他和母亲。他们只有我这一个儿子，他们对我的希望特别大，他希望我将来做一个买办，造洋房，买田地，为一切的人所尊敬，做一个人上的人。

倘若外面传开去，说某老扳的儿子会拉胡琴，或者说某买办会拉胡琴，这成什么话呢？

“你靠拉胡琴吃饭吗？”母亲问我说，每次当我稍微露出买一支胡琴的意思的时候。

是的，靠拉胡琴吃饭是不可能的，即使可能，我也不愿意。这是多么羞耻的事情，倘若我拉着胡琴去散人家的心，而从这里像乞丐似的得到了饭吃。

但我喜欢胡琴，我的耳朵喜欢听见胡琴的声音，我的手指想按着胡琴的弦，我希望胡琴的声音能从我的手指下发出来。这欲望在强烈地鼓动着我，叫我无论如何须去获得一支胡琴。

于是，我终于想出一个方法了。

那是在同年的夏天里，当我家改造屋子的时候。那时木匠和瓦匠天天在我们家里做着工。到处堆满了木料和砖瓦。

在木匠司务吃饭去的时候，我找出了一根细小的长的木头。我决定把它当做胡琴的杆子，用木匠司务的斧头劈着。但他们所用的斧头太重了，我拿得很吃力，许久许久还劈不好。我怕人家会阻挡我拿那样重的斧头，因此我只在没有人在的时候劈；看看他们快要吃完饭，我便息了下来，把木头藏在一个地方。这样的继续了几天，终于被一个木匠司务看见了。他问我做什么用，我不肯告诉他。我怕他会笑我，或者还会告诉我的母亲。

“我自有用处！”我回答他说。

他问我要劈成什么样子，我告诉他要扁的方的。他笑着想了半天，总是想不出来。

但看我劈得太吃力，又恐怕我劈伤了手，这个好木匠代我劈了。

“这样够大了吗?”

“还要小一点。”

“这样如何呢?”

“再扁一点罢。”

“好了罢？我给你刨一刨光罢!”他说着，便用刨给我刨了起来。

待木头变成了一根长的光滑的扁平的杆子时，我收回了。那杆子的下部分是应该圆的，但因为恐怕他看出来，我把这件工作留给了自己，秘密地进行着。刨比斧头轻了好几倍，我一点也不感觉到困难。

随后我又用刨和锉刀做了两个大的，一头小一头大的，圆的弦栓。

在旧罐头中，我找到了一个洋铁的牛乳罐，我剪去了厚的底，留了薄的一面，又在罐背上用剪刀凿了两个适合杆子下部分的洞。

只是还有一个困难的问题不容易解决。

那就是杆子上插弦栓的两个洞。

我用凿子试了一试，觉得太大，而且杆子有破裂的危险。

我想了。我想到阿成哥的胡琴杆上的洞口是露着火烧过的痕迹的。怎样烧的呢？这是最容易烧毁杆子的。

我决定了它是用火烫出来的。

于是我把家中缝衣用的烙铁在火坑里煨了一会，用烙铁尖去试了一下。

它只稍微焦了一点。

我又思索了。

我记起了做铜匠的定法叔家里有一个风扇炉，他常常把一块铁煨得血红的烫东西。烫下去时，会吱吱的响着，冒出烟来。我的杆子也应该这样烫才是，我想。

我到他家里去逡巡了几次，看他有没有生炉子。过了几天，炉子果然生起来了。

于是我拿了琴杆和一枚粗大的洋钉去，请求他自己用完炉子后让我一用。

定法叔立刻答应了我。在叔伯辈中，他是待我最好的一个。我有所要求，他总答应我，我要把针做成鱼钩时，他常借给我小铁钳和锉刀。母亲要我到三里路远近的大碶头买东西去时，他常叫我不要去，代我去买了来。他很忙，一面开着铜店，一面又在同一间房子里开着小店，贩卖老酒、洋油和纸烟。同时他还要代这家挑担，代那家买东西，出了力不够，还常常赔了一些点心钱和小费。母亲因为他太好了，常常不去烦劳他，但他却不时的走来问母亲，要不要做这个做那个，他实在是不能再忠厚诚实了。

这一天也和平日一般的，他在忙碌中看见我用洋钉烫琴杆不易见功，他就找出了一枚大一点的铁锥，在火里煨得血红，又在琴杆上撒了一些松香，很快的代我烫好了两个圆洞。

弦是很便宜的，在大碶头一家小店里，我买来了两根弦。

从柴堆里，我又选了一根细竹，削去了竹叶；从母亲的线篮中，我剪了一束纯麻；这两样合起来，便成了我的胡琴的弓。

松香是定法叔送给我的。

我的胡琴制成了。

我非常的高兴，开始试验我的新的胡琴，背着母亲拉了起来。

但它怎样也发不出声音，弓只是在弦上没有声息的滑了过去。

这使我起了极大的失望，我不知道它的毛病在哪里。我四处寻找我的胡琴和别的胡琴不同的地方，我发见了别的弓用的是马尾，我的是麻。我起初不很相信这两样有什么分别，因为它和马尾的样子差不多，它还没有制成线。随后我便假定了是弓的毛病，决计往大碶头去买了。

这时我感觉到这有三个困难的问题，第一是，铺子里的弓都套在胡琴上，似乎没有单卖弓这样一回事；第二是，如果响不响全在弓的关系，它的价钱一定很贵；第三是，这样长的一支弓从大碶头拿到家里来，路上会被人家看见，引起取笑。

但头二样是过虑的。店铺里的主人答应我可以单买一支弓，它的价值也很便宜，不到一角钱。

第三种困难也有了解决的办法。

我穿了一件竹布长衫到大碶头去。买了弓，我把它放在长衫里面，右手插进衣缝，装出插在口袋里的模样，握住了弓。

我急忙地走回家来。偶一遇见熟人，我就红了脸，闪了过去，弓虽然是这样的藏着，它显然是容易被人看出的。

就在这一天，我有了一支真的胡琴了。

它发出异常洪亮的声音。

母亲和阿姐都惊异地跑了出来。

“这是哪里来的呢？……”母亲的声音里没有一点责备我的神气，她微笑着，显然是惊异得快乐了。

我把一切的经过，统统告诉了她，我又告诉她，我想请阿成哥教我拉胡琴。她答应我，随便玩玩，不要拿到外面去，她说在外面拉胡琴是丢脸的。我也同意了她的意思。

当天晚上，我就请了阿成哥来。他也非常的惊异，他说我比什么人都聪明。他试了一试我的胡琴说，声音很洪亮，和他的一支绝对不同，只是洪亮中带着一种哭丧的声音，那大约是我的一支用的洋铁罐的原因。

我特别喜欢这种哭丧的声音。我觉得它能格外感动人。它像一个嗄了喉咙的男子在哭诉一般。阿成哥也说，这种声音是很特别的，许多胡琴只能发出清脆的女人的声音，就是皮胡的里弦最低的声音也不大像男子的声音，而哭丧的声音则更其来得特别，这在别的胡琴上，只能用左手指头颤动着颤动着发出来，但还没有这样的自然。

“可是，”阿成哥对我说，“这支胡琴也有一种缺点，那就是，怎样也拉不出快乐的调子。因为它生成是这样的。”

我完全满意了。我觉得这样更好：让别个去拉快乐的调子，我来拉不快乐的调子。

阿成哥很快的教会了我几个调子。他不会写字，只晓得念谱子。他常常到我家里来，一面拉着胡琴，一面念着谱子，叫我写出在纸头上。谱子写出了以后，我就不必要他常在我身边，自己渐渐拉熟了。

第二年春间，我由私塾转到了小学校。那里每礼拜上一次唱歌，我抄了不少的歌谱，回家时带了来，用胡琴拉着。我已住在学校里，很想把我的胡琴带到学校里去，但因为怕先生说话，我只好每礼拜回家时拉几次，在学校里便学着弹风琴。

阿成哥已在大碶头一家米店里做活，他不常回家，我也不常回家，不大容易碰着。偶然碰着了，他就拿了他自己的胡琴到我家里来，两个人一起拉着。有时，他的胡琴放在米店里，没有带来时，我们便一个人拉着，一个人唱着。

阿成哥家里有一只划船。他很小时帮着他父亲划船度日。他除了父亲和母亲之外，还有一个哥哥和一个弟弟。因为他比他的兄弟能干，所以他做了米司务。他很能游泳，虽然他现在已经不常和水接近了。

有一次，夏天的下午，他坐在桥上和人家谈天，不知怎的，忽然和一个人打起赌来了。他说，他能够背着一只稻桶游过河。这个没有谁会相信，因为稻桶又大又重，农人们背着在路上走都还觉得吃力。如果说，把这只稻桶浮在水面上，游着推了过去或是拖了过去，倒还可能，如果背在肩上，人就会动弹不得，而且因了它的重量，头就会沉到水里，不能露在水面了。但阿成哥固执地说他能够，和人家赌下了一个西瓜。

稻桶上大下小，四方形，像一个极大的升子。我平时曾经和同伴们躲在里面游戏过，那里可以蹲下四五个孩子，看不见形迹。阿成哥竟背了这样的东西，拣了一段最阔的河道游过去了。我站在岸上望着，捏了一把汗，怕他的头沉到水里去。这样，输了西瓜倒不要紧，他还须吃几口水。

阿成哥从这一边游到那一边了。我的忧虑是多馀的。他的脚好像踏着水底一般，只微微看见他的一只手在水里拨动着，背着稻桶，头露在水面上，走了过去。岸上的看众都拍着手，大声的叫着。

阿成哥看见岸上的人这样喝采，特别高兴了起来。他像立着似的空手游回来时，整个的胸部露出在水面上，有时连肚脐也露出来了。这使岸上的看众的拍掌声和喝采声愈加大了起来。这样的会游泳，不但我们年纪小的没有看见过，就连年纪大的也是罕见的。

阿成哥就在人声噪杂中上了岸，走进埠头边一只划船里，换了衣服，笑嘻嘻地走到桥上来。桥上一个大的西瓜已经切开在那里。他看见我也在那里，立刻拣了一块送给我吃。

“吃了西瓜，到你家里去！”他非常高兴的对我说。

他的眼睛里充满了快乐，他的面上满是和蔼的笑容。我说不出的幸福。我觉得世上没有比他更可爱的人了。

这一天下午，他在我家里差不多坐了两个钟头。我的胡琴在他手里发出了一种和平常特别不同的声音，异常的快乐，那显然是他心里非常快乐的缘故。

但这样快乐的夏天，阿成哥从此不复有了。从第二年的春天起，他在屋子里受着苦，直到第二个夏天。

那是发生在三月里的一天下午，正当菜花满野盛放的时候。

他太快乐了。再过一天，他家里就将给他举行发送的盛会。这是订婚后第二次，也就是最后一次的礼节。同年十月间，他将和一个女子结婚了。他家里的人都在忙着给他办礼物，他自己也忙碌得异常。

这一天，他在前面，他的哥哥提着一篮礼物跟在他后面向家里走来。走了一半多路，过了一个凉亭，再转过一个屋弄，就将望见他们自己屋子的地方，他遇见了一只狗。

它拦着路躺着，看见阿成哥走来，没有让开。

阿成哥已经在狗的身边走了过去。不知怎的，他心里忽然不高兴起来。他回转身来，瞥了狗一眼，一脚踢了过去。

“畜生！躺在当路上！”

狗突然跳起身，睁着火一般的眼睛，非常迅速的，连叫也没有叫，就在阿成哥脚骨上咬了一口，随后像并没有什么事似的，它垂着尾巴走进了菜花丛里。

阿成哥叫了一声，倒在地下了。他的脚骨已连裤子被狗咬破了一大块，鲜血奔流了出来。这一天他走得特别快，他的哥哥已经被他遗落在后方，直待他赶到时，阿成哥已痛得发了昏。他再也站不起来了。

他的哥哥把他背回家里，他发了几天的烧。全家的人本是很快乐的，这时都起了异常的惊骇。菜花一黄，蛇都从洞里钻了出来，狗吃了毒蛇，便花了眼，发了疯，被它咬着的人，过了一百二十天是要死亡的。神农尝百草一直到现在都没有发现医治疯狗咬的药。

为什么要在这一天呢？大家都绝望的想着。这是一个非常不吉利的预兆。没有谁相信阿成哥能跳出这个灾难。

他的父亲像在哄骗自己似的，终于东奔西跑，给他找到了一个卖草头药的郎中，给他吃了一点药，又敷上了一些草药。郎中告诉他，须给阿成哥一间最清静的房子，把窗户统统关闭起来，第一是忌色，第二是忌烟酒肉食，第三是忌声音，这样的在屋子里躲过一百二十天，他才有救。

然而阿成哥不久就复原了。他的创口已经收了口，没有什么疼痛，他的精神也已和先前一样。他不相信郎中和别人的话，他怎样也不能这样的度过一百二十天，他总是闹着要出来。但因为他家里劝慰他的人多，他也终于闹了一下，又安静了。

我那时正在学校里，回家后，听见母亲这样说，我才知道了一切。我想去看他，但母亲说，这是不可能的，吵闹了他，他的病会发作起来。母亲告诉我的话是太可怕了。她说，被疯狗咬过的人是绝对没有希望的。她说，毒从创口里进了去，在肚子里会生长小狗起来，创口好像是好了，但在那里会生长狗毛，满了一百二十天，好了则已，不好了，人的眼睛会像疯狗似的变得又花又红，不认得什么人，乱叫乱咬，谁被他咬着，谁也便会变成疯狗死去。她不许我去看他，我也不敢去看他，虽然我只是记挂着他。我只每礼拜六回家时打听着他的消息。他的灾难使我太绝望了，我总是觉得他没有救星了似的。许久许久，我没有心思去动一动我的胡琴。母亲知道我记挂着阿成哥，因此她时常去打听阿成哥的消息，待我回家时，就首先报告给我听。

到了暑假，我回家后，母亲告诉我，大约阿成哥不要紧了。她说，疯狗咬也有一百天发作的，他现在已经过了一百天，他精神和身体一点没有什么变化。他已稍稍的走到街上来了。有一次母亲还遇见过他，他问我的学校哪一天放暑假。只是母亲仍不许我去看他，她说她听见人家讲，阿成哥有几个相好的女人，只怕他犯了色，还有危险，因为还没有过一百二十天。

但有一天的晚间，我终于遇见他了。

他和平时没有什么分别，只微微清瘦了一点。他的体格还依然显露着强健的样子，脸色也还和以前一样的红棕色，只微微淡了一点，大概是在屋子里住得久了。他拿着一根钩鲤鱼的竿子，在河边逡巡着观望鲤鱼的水泡。我几乎忘记了他的病，奔过去叫了起来。

他的眼睛里露出了欣喜和安慰的光，他显然是渴念着我的。他立刻收了鱼竿，同我一起到我的家里来。母亲听见他来了，立刻泡了一杯茶，关切地问他的病状。他说他一点也没有病，别人的忧虑是多馀的。他不相信被疯狗咬有那样的危险。他把他的右脚骨伸出来，揭开了膏药给我们看，那里没有血也没有脓，创口已经完全收了口。他以为连这个膏药也不必要，但因为别人固执地要他贴着，他也就随便贴了一贴。他有点埋怨他家里的人，他说他们太大惊小怪了。他说一个这样强壮的人，咬破了一个小洞有什么要紧。他说话的时候态度很自然。

他很快乐，又见到了我。他对于自己被疯狗咬的事几乎一点也不关心。

我把我的胡琴拿出来提给他，他接在手里，看了一会，说：

“灰很重，你也许久没有拉了罢？”

我点了点头。

于是母亲告诉他，我怎样的记挂着他，怎样的一回家就想去看他，因为恐怕扰乱他的清静，所以没有去。

阿成哥很感动的说，他也常在记念着我，他几次想出来都被他家里人阻住了。他也已经许久没有拉胡琴了，他觉得一个人独唱独拉是很少兴趣的。

随后他便兴奋地拉起胡琴来，我感动得睁着眼睛望着他和胡琴。我觉得他的情调忽然改变了。原是和平常所拉的一个调子，今天竟在他手里充满了忧郁的情绪，哭丧声来得特别多也特别拖长了。不知怎的，我心中觉得异常的凄凉，我本是很快乐的，今天能够见着他，而且重又同他坐在一起玩弄胡琴，但在这快乐中我又有了异样的感觉，那是沉重而且凄凉的一种预感。我只默然倾听着，但我的精神似乎并没有集中在那里，我的眼前现出了可怕的幻影：一只红眼睛垂尾巴的疯狗在追逐阿成哥，在他的脚骨上咬了一口，于是阿成哥倒下地了，满地流着鲜红的血，阿成哥站起来时，眼睛也变得红了，圆睁着，开着大的嘴，露着獠牙，追逐着周围的人，刺刺地咬着石头和树木，咬得满口都是血，随后从他的肚子里吐出来几只小的疯狗，跳跃着，追逐着一切的人……于是阿成哥自己又倒在地上，在血泊中死去了……有许多人号哭着……

“淅琴！”母亲突然叫醒了我，“做什么这样的呆坐着呢？今天遇见了阿成哥了，应该快活了罢？跟着唱一曲不好吗？”

我觉得我的脸发烧了。我怎么唱得出呢？这已经是最后一次了，我从此不能再见到阿成哥，阿成哥也不能再见到我了。命运安排好了一切，叫他离开了我，离开了这世界。而且迅速的，非常迅速的，就在第三天的下午。

天气为什么要变得和我的心一般的凄凉呢？没有谁能够知道。它刮着大风，云盖满了天空，和我的心一般的恐怖与悲伤。

街上有几个人聚在一起，恐怖地低声的谈着话。这显然是出了意外的事了。我走近去听，正是关于阿成哥的事。

“……绳子几乎被他挣断了……房里的东西都被他撞翻在地上……磨着牙齿要咬他的哥哥和父亲……他骂他的父亲，说前生和他有仇恨……门被他撞了个窟窿，他想冲出来，终于被他的哥哥和父亲绑住了……咬碎了一只茶杯，吐了许多血……正是一百二十天，一点没有救星……”

像冷水倾泼在我的头上一般，我恐怖得发起抖来。在街上乱奔了一阵，我在阿成哥屋门口的一块田里踉跄地走着。

屋内有女人的哭声，此外一切都沉寂着。没有看见谁在屋内外走动。风在屋前呼啸着，凄凉而且悲伤。

我瞥见在我的脚旁，稻田中，有一堆夹杂着柴灰的鲜血……

我惊骇地跳了起来，狂奔着回到了家里……

我不能知道我的心是在怎样的击撞着，我的头是在怎样的燃烧着，我一倒在床上便昏了过去。

当阿成哥活着的时候，世上没有比他更可爱的人，当阿成哥死去时，也没有比他更可怕了。

我出世以来，附近死过许多人，但我没有一次感觉到这样的恐怖过。

当天晚间，风又送了一阵悲伤的哭声和凄凉的钉棺盖声进了我的耳里……

从此我失去了阿成哥，也失去了一切……

命运为什么要在我的稚弱的心上砍下一个这样深的创伤呢！我不能够知道。它给了我欢乐，又给了我悲哀。而这悲哀是无底的，无边的。

一切都跟着时光飞也似的溜过去了，只有这悲哀还存留在我的心的深处。每当音乐的声音一触着我的耳膜，悲哀便侵袭到我的心上来，使我记起了阿成哥。

阿成哥的命运是太苦了，他死后还遭了什么样的蹂躏，我不忍说出来……

我呢，我从此也被幸福所摈弃了。

就在他死后第二年，我离开了故乡，一直到现在，还是在外面漂流着。

前两年当我回家时，母亲拿出了我自制的胡琴，对我说：

“看哪！你小时做的胡琴还代你好好的保留着呢！”

但我已不能再和我的胡琴接触了，我曾经做过甜蜜的音乐的梦，而它现在已经消失了。甚至连这样也不可能：就靠着拉胡琴吃饭，如母亲所说的，卑劣地度过这一生罢！

最近，我和幸福愈加隔离得远了。我的胡琴，和胡琴同时建造起来的故乡的屋子，已一起被火烧成了灰烬。这仿佛在预告着，我将有一个更可怕的未来。

青年时代是黄金的时代，或许在别人是这样的罢？但至少在我这里是无从证明了，我过的艰苦和烦恼的日子太多了，我看不见幸福的一线微光。

这样的生活下去是太苦了……

我愿意……

父亲的玳瑁

在墙脚跟刷然溜过的那黑猫的影，又触动了我对于父亲的玳瑁的怀念。

净洁的白毛的中间，夹杂些淡黄的云霞似的柔毛，恰如透明的妇人的玳瑁首饰的那种猫儿，是被称为“玳瑁猫”的。我们家里的猫儿正是那一类，父亲便给了它“玳瑁”这个名字。

在近来的这一匹玳瑁之前，我们还曾有过另外的一匹。它有着同样的颜色，得到了同样的名字，同是从我姐姐的家里带来，一样地为我们所爱。

但那是我不幸的妹妹的玳瑁，它曾经和她盘桓了十二年的岁月。

而现在的这一匹，是属于父亲的。

它什么时候来到我们家里，我不很清楚，据说大约已有三年光景了。父亲给我的信，从来不会提到过它。在他的理智中，仿佛以为玳瑁毕竟是一匹小小的兽，比不上任何的家事，足以通知我似的。

但当我去年回到家里的时候，我看到了父亲和玳瑁的感情了。

每当厨房的碗筷一搬动，父亲在后房餐桌边坐下的时候，玳瑁便在门外“咪咪”的叫了起来。这叫声是只有两三声，从不多叫的。它仿佛在问父亲，可不可以进来似的。

于是父亲就说了，完全像对什么人说话一样：

“玳瑁，这里来！”

我初到的几天，家里突然增多了四个人，在玳瑁似乎感觉到热闹与生疏的恐惧，常不肯即刻进来。

“来吧，玳瑁！”父亲望着门外，不见它进来，又说了。

但是玳瑁只回答了两声“咪咪”，仍在门外徘徊着。

“小孩一样，看见生疏的人，就怕进来了，”父亲笑着对我们说。

但是过了一会，玳瑁在大家的不注意中，已经跃上父亲的膝上了。

“哪，在这里了，”父亲说。

我们弯过头去看，它伏在父亲的膝上，睁着略带惧怯的眼望着我们，仿佛预备逃遁似的。

父亲立刻理会出它的感觉，用手抚摩着它的颈背，说：“困着吧，玳瑁。”一面他回转过来对我们说：“不要多看它，它像姑娘一样的呢。”

我们吃着饭，玳瑁从不跳到桌上来，只是静静地伏在父亲的膝上。有时鱼腥的气息引诱了它，它便偶尔伸出半个头来望了一望，又立刻缩了回去。它的脚不肯触着桌子。这是它的规矩，父亲告诉我们说，向来是这样的。

父亲吃完饭，站起来的时候，玳瑁便先走出门外去。它知道父亲要到厨房里去给它备饭了。那是真的。父亲从来不会忘记过，他自己一吃完饭，便去添饭给玳瑁的。玳瑁的饭每次都有鱼或鱼汤拌着。父亲自己这几年来对于鱼的滋味据说很有点厌了，但即使自己不吃，他总是每次上街去，给玳瑁带了一些鱼来，而且给它储存着的。

白天，玳瑁常在储藏东西的楼上，不常到楼下的房子里来。但每当父亲有什么事情将要出去的时候，玳瑁像是在楼上看着的样子，便溜到父亲的身边，绕着父亲的脚转了几下，一直跟父亲到门边。父亲回来的时候，它又像是在什么地方远远望着，静静地倾听着的样子，待父亲一跨进门限，它又在父亲的脚边了。它并不时时刻刻跟着父亲，但父亲的一举一动，父亲的进出，它似乎时刻在那里留心着。

晚上，玳瑁睡在父亲的脚后的被上，陪伴着父亲。

我们回家后，父亲换了一间寝室。他现在睡到巷堂门外一间从来没有人去的地方了。

玳瑁有两夜没有找到父亲，只在原地方走着，叫着。它第一夜跳到父亲的床上。发现睡着的是我们，便立刻跳了出去。

正是很冷的天气。父亲记念着玳瑁夜里受冷，说它恐怕不会想到他会搬到那样冷落的地方去的。而且晚上巷堂门又关得很早。

但是第三天的夜里，父亲一觉醒来，玳瑁已在床上睡着了，静静的，“咕咕”念着猫经，

半个月后，玳瑁对我也渐渐熟了。它不复躲避我。当它在父亲身边的时候，我伸出手去，轻轻抚摩着它的颈背。它伏着

不动。然而它从不自己走近我。我叫它，它仍不来。就是母亲，她永久是和父亲在一起的，它也不肯走近她。父亲呢，只要叫一声“玳瑁”，甚至咳嗽一声，它便不晓得从什么地方溜出来了，而且绕着父亲的脚。

有两次，玳瑁到邻居去游走，忘记了吃饭。我们大家叫着“玳瑁，玳瑁”，东西寻找着，不见它回来。父亲却猜到它到哪里去了。他拿着玳瑁的饭碗走出门外，用筷子敲着，只喊了两声“玳瑁”，玳瑁便从很远的邻屋上走来了。

“你的声音像格外不同似的，”母亲对父亲说，“只叫两声，又不大，它便老远的听见了。”

“是哪，它只听我管的哩。”

对于寂寞地度着残年的老人，玳瑁所给予的是儿子和孙子的安慰，我觉得。

六月四日的早晨，我带着战栗的心重到家里，父亲只躺在床上远远地望了我一下，便疲倦地合上了眼皮。我悲苦地牵着他的手在我的面上抚摩着。他的手已经有点生硬，不复像往日柔和地抚摩玳瑁的颈背那样自然。据说在头一天的下午，玳瑁曾经跳上他的身边，悲鸣着，父亲还很自然的抚摩着它，亲密地叫着“玳瑁”。而我呢，已经迟了。

从这一天起，玳瑁便不再走进父亲的以及和父亲相连的我们的房子。我们有好几天没有看见玳瑁的影子。我代替了父亲的工作，给玳瑁在厨房里备好鱼拌的饭，敲着碗，叫着“玳瑁”，玳瑁没有回答，也不出来。母亲说，这几天家里人多，闹得狠，它该是躲在楼上怕出来的。于是我把饭碗一直送到楼上。然而玳瑁仍没有影子。过了一天，碗里的饭照样地摆在楼上，只饭粒干瘪了一些。

玳瑁正怀着孕，需要好的滋养。一想到这，大家更其焦虑了。

第五天早晨，母亲才发现给玳瑁在厨房预备着的另一只饭碗里的饭略略少了一些。大约它在没有人的夜里走进了厨房。它应该是非常的饿了。然而仍像吃不下的样子。

一星期后，家里的戚友渐渐少了，玳瑁仍不大肯露面。无论谁叫它，都不答应，偶然在楼梯上溜过的后影，显得憔悴而且瘦削，连那怀着孕的肚子也好像小了一些似的。

一天一天，家里愈加冷静了。满屋里主宰着静默的悲哀。一到晚上，人还没有睡，老鼠便吱吱叫着活动起来，甚至我们房间的楼上，也在叫着跑着。玳瑁是最会捕鼠的。当去年我们回家的时候，即使它跟着父亲睡在远一点的地方，我们的房间里也从没有听见过老鼠的声音，但现在玳瑁就睡在隔壁的楼上，也不过问了。我们毫不埋怨它。我们知道它所以这样的原因。

可怜的玳瑁。它不能再听到那熟识的亲密的声音，不能再得到那慈爱的抚摩，它是在怎样的悲伤呵！

三星期后，我们全家要离开故乡。大家预先就在商量，怎样把玳瑁带出来。但是离开预定的日子前一星期，玳瑁生了小孩了。我们看见它的肚子松瘪着。

怎样能够把它带出来呢？

然而为了玳瑁，我们还是不能不带它出来。我们家里的门将要全锁上。邻居们不会像我们似的爱它，而且大家全吃着素菜，不会舍得买鱼饲它。单看玳瑁的脾气，连对于母亲也是冷淡淡的，决不会喜欢别的邻居。

我们还是决定带它一道来上海。

它生了几个小孩，什么样子，放在哪里，我们虽然极想知道，却不敢去惊动玳瑁。我们预定在饲玳瑁的时候，先捉到它，然后再觅它的小孩。因为这几天来，玳瑁在吃饭的时候，已经不大避人，捉到它应该是容易的。

但是两天后，我们的十几岁的外甥遏抑不住他的热情了。不知怎样，玳瑁的孩子们所在的地方先被他很容易的发见了。它们原来就在楼梯门口，一只半掩着的糠箱里。玳瑁和它的小孩们就住在这里，是谁也想不到的。外甥很喜欢，叫大家去看。玳瑁已经溜得远远的在惧怯地望着。

我们想，既然玳瑁已经知道我们发觉了它的小孩的住所，不如便先把它的小孩看守起来，因为这样，也可以引诱玳瑁的来到，否则它会把小孩衔到更没有人晓得的地方去的。

于是我们便做了一个更安适的窠，给它的小孩们，携进了以前的父亲的寝室，而且就在父亲的床边。

那里是四个小孩，白的，黑的，黄的，玳瑁的，都还没有睁开眼睛。贴着压着，钻做一团，肥圆的。捉到它们的时候，偶然发出微弱的老鼠似的吱吱的鸣声。

“生了几只呀?”母亲问着。

“四只。”

“嗨，四只，怪不得！扛了你父亲的棺材，不要再扛我的呢!”母亲叹息着，不快活的说。

大家听着这话，愣住了。

“把它们丢出去!”外甥叫着说，但他同时却又喜悦地摩着玳瑁的小孩们，舍不得走开。

玳瑁现在在楼上寻觅了，它大声的叫着。

“玳瑁，这里来，在这里，”我们学着父亲仿佛对人说话似的叫着玳瑁说。

但是玳瑁像只懂得父亲的话，不能了解我们说的什么，它在楼上寻觅着，在巷堂里觅着，在厨房里寻觅着，可不走进以前父亲天天夜里带着它睡觉的房子，我们有时故意作弄着它的小孩们，使它们发出微弱的鸣声。玳瑁仍像没有听见似的。

过了一会，玳瑁给我们的女工捉住了。它似乎饿了，走到厨房去吃饭，却不防给她一手捉住了颈背的皮。

“快来！快来！捉住了!”她大声叫着。

我扯了早已预备好的绳圈，跑出去。

玳瑁大声的叫着，用力的挣扎着，待至我伸出手去，还没抱住玳瑁，女工的手一松，玳瑁溜走了。

它不再到厨房里去，只在楼上叫着，寻觅着。

几点钟后，我们只得把玳瑁的小孩们送回楼上。它们显然也和玳瑁似的在忍受着饥饿和痛苦。

玳瑁又静默了。不到十分钟，我们已看不见它的小孩们的影子。现在可不必再费气力，谁也不会知道它们的所在。

有一天一夜，玳瑁没有动过厨房里的饭。以后几天，它也只在夜里，待大家睡了以后到厨房里去。

我们还想设法带玳瑁出来，但是母亲说：

“随它去吧，这样有灵性的猫，哪里会不晓得我们要离开这里。要出去，自然不会躲开的。你们看它，父亲过世以后，再也不忍走进那两间房里，并且几天没有吃饭，明明在非常的伤心。现在怕是还想在这里陪伴你们父亲的灵魂呢。它原是你父亲的。”

我们也只好随玳瑁自己了。它显然比我们还舍不得父亲，舍不得父亲所住过的房子，走过的路以及手所抚摸过的一切。父亲的声音，父亲的形像，父亲的气息，应该都还深刻地萦绕在它的脑中。

可怜的玳瑁，它比我们还爱父亲！

然而玳瑁也太凄惨了，以后还有谁再像父亲似的按时给它好的食物，而且慈爱地抚摩着它，像对人说话似的一声声地叫它“玳瑁”呢？

离家的那天早晨，母亲曾经给它留下了许多给孩子吃的稀饭在厨房里。门虽然锁着，玳瑁应该仍然晓得走进去。邻居们也曾经答应代我们给它饲料。然则又怎能和父亲在的时候相比呢？

现在距我们离家的时候又已一月多了。玳瑁应该很健康着，它的小孩们也该是很活泼可爱了吧？

我希望能再见到父亲的玳瑁。

因为只有玳瑁是和父亲的灵魂永久同在着的。

钓　鱼

——故乡随笔

秋天早已来了，故乡的气候却还在夏天里。

那些特殊的渔夫，便是最好的例证。

那是一些十岁以上十六岁以下的男女孩子，和十六岁以上的青年以及四五十岁的将近老年的男子。他们像埋伏的哨兵似的，从村前到村后，占据着两边弯弯曲曲的河岸。孩子们五六成群的多在埠头上蹲着，坐着，或者伏着，把头伸在水面上，窥着水中石缝间的鱼虾。他们的钓竿是粗糙的、短小的，用细小的黄铜丝做的小钩，小钩上串着黑色的小蚯蚓，用鸡毛做浮子，用细线穿着。河虾是他们唯一的目的物。有时他们的头相碰了，钓线和钓线相缠了，这个的脚踢翻了那个的虾盆，便互相詈骂起来，厮打起来。青年们三三两两的站在河滩的浅处，或坐在水车尽头上，或蹲在船边，一面望着水面的浮子，一面时高时低的笑语着。他们的钓竿是柔软的、细长的，一节一节，青黑相间，显得特别美丽。他们用鹅毛做浮子，用丝线穿着，用针做成钩子。钩子上串着红色的大蚯蚓。鲫鱼是他们的目的物。老年人多是单独的占据一处，坐在极小的板凳上，支着纸伞或布伞，静默得像打瞌睡似的望着水面的浮子。他们的钓竿和青年们的一样，但很少像青年们的那样美丽。他们的目的物也是鲫鱼。在这三种人之外，有时还有几个中年男子，背着粗大的钓竿，每节用黄铜丝包扎着，发着闪耀的光，用粗大的弦线穿着一大串长而且粗的浮子，把弦线卷在洋纱车筒上，把车筒钉在钓竿的根上，钩子是两枚或三枚的大铁钩，用染黑的铜线紧扎着，不用食饵。他们像巡逻兵似的在河岸上慢慢的走着，注意着水面。哪里起了泡沫，他们便把钩子轻轻的放下去，等待鱼儿的误触。鲤鱼是他们的目的物。

说他们是渔夫，实际上却全不是，真正的渔夫是有着许多更有保证的方法捕捉鱼虾的。现在这些渔夫，大人们不过是因为闲散，青年们和孩子们因为感觉兴趣浓厚罢了，有些人甚至并不爱吃这些东西，钓上了，把它们养在水缸里。

我从前就是那样的一个渔夫。我不但不爱吃鱼，连闻到有些鱼的气息也要作呕的，河虾也只能勉强尝两三只，但我小时却是一个有名的善钓鱼的孩子。

我们的老屋在这村庄的中央，一边是桥，桥的两头是街道，正是最热闹的地方，河水由南而北，在我们的老屋的东边经过，这里的河岸都用乱石堆嵌出来，石洞最多，河虾也最多。每年一到夏天，河水渐渐浅了，清了，从岸上可以透彻地看到近处的河底，早晨的太阳从东边射过来，石洞口的虾便开始活泼地爬行。伏在岸上往下望，连一根一根的虾须也清晰地看得见。

这时和其他的孩子们一样，我也开始忙碌了。从柴堆里选了一根最直的小竹竿，砍去了旁枝和桠杈，在煤油灯上把弯曲的竹节炙直了，拴上一截线。从屋角里找出鸡毛来，扯去了管旁的细毛，把鸡毛管剪成几分长的五截，穿在线上，加上小小的锡块，用铜丝捻成小钩，钓竿就成功了。然后在水缸旁阴湿的泥地，掘出许多黑色的小蚯蚓，用竹管或破碗装了，拿着一只小水筒，就到墙外的河岸上去。

“又要忙啦！钓来了给谁吃呀！”母亲每次总是这样的说。

但我早已笑嘻嘻地跑出了大门。

把钩子沉在岸边的水里，让虾儿们自己来上钩，是很慢的，我不爱这样。我爱伏在岸上，把钓竿放下，不看浮子，单提着线，对着一个一个的石洞口，上下左右的牵动那串着蚯蚓的钩子。这样，洞内洞外的虾儿立刻就被引来了，它颇聪明，并不立刻就把串着蚯蚓的钩子往嘴里送，它只是先用大钳拨动着作一次试验。倘若这时候浮子在水面，就现出微微的抖动，把线提起来，它便立刻放松了。但我只把线微微的牵动，引起它舍不得的欲望，它反用大钳钩紧了扯到嘴边去。但这时它也还并不往嘴里送，似在作第二次试验，把钩子一推一拉的动着，倘若浮子在水面，便跟着一上一下的浮沉起来，我只再把线牵得紧一点，它这才把钩子拉得紧紧的往嘴里送了。然而倘若凭着浮子的浮沉，是常常会脱钩的。有些聪明的虾儿常常不把钩子的尖头放进嘴里去，它们只咬着钩子的弯角处。见到这种吃法的虾子，我便把线搓动着，一紧一松的牵扯，使钩尖正对着它的嘴巴。看见它仿佛吞进去了，但也还不能立刻提起线来，有时还须把线轻轻地牵到它的反面，让钩子扎住它的嘴角，然后用力一提，它才嘶嘶嘶的弹着水，到了岸上。

把钩子从虾嘴里拿出来，把虾儿养在小水筒里，取了一条新鲜的小蚯蚓，放在左手心上，轻轻地用右手拍了两下，拍死了，便把旧的去掉，换上新的，放下水里，第二只虾子又很快的上钩了。同一个石洞里，常常住着好几只虾子，洞外又有许多游击队似的虾儿爬行着：腹上满贮着虾子的老实的雌虾，全身长着绿苔的凶狠的老虾，清洁透明的活的小虾。它们都一一的上了我的钩，进了我的小水筒。

“你这孩子真会钓，这许多！”大人们望了我的小水筒，都这样称赞说。

到了中午，我的小水筒里已经装满了。

“看你怎样吃得了！……”母亲又欢喜又埋怨的说。

她给我在饭锅里蒸了五六只，但我照例只勉强吃了一半，有时甚至咬了半只就停筷了。

到了第二天早晨，水筒里的虾儿呆的呆了，白的白了，很少能够养得活。母亲只好把它们煮熟了，送给隔壁人家吃。因为她和我姐姐是比我更不爱吃的。

“你只是给人家钓，还要我赔柴赔盐赔油葱！”她老是这样的埋怨我，“算了吧，大热天，坐在房子里不好吗？你看你面孔，你头颈，全晒黑啦！”

但我又早已拿着钓竿，蚯蚓，提着小水筒，悄悄的走到河边去了。

夏天一到，没有什么比这更快乐：空水筒出去，满水筒回来，一只大的，一只小的，一只雌的，一只雄的，嘶嘶嘶弹着水从河里提上来，上下左右叠着堆着。

直到秋天来到，天气转凉了，河水大了，虾儿们躲进石洞里，不大出来，我也就把钓竿藏了起来。但这时母亲恶狠狠的把我的钓竿折成了两三段，当柴烧了。

“还留到明年吗？一年比一年大啦，明年还要钓虾吗？明年再钓虾不给你读书啦，把你卖给渔翁，一生捕鱼过活！……”

我默默地不做声，惋惜地望着灶火中哔剥地响着的断钓竿。

待下一年的夏天到时，我的新钓竿又做成了：比上年的长，比上年的直，比上年的美丽，钓来的虾也比上年的多，母亲老是说着照样的话，老是把虾儿煮熟了送给人家吃。

十六岁那一年，我的钓竿突然比我身体高了好几尺。我要开始钓鱼了。

两个和我要好的同族的哥哥，一个叫做阿成哥，一个叫做阿华哥，替我做成了钓鱼竿。竹竿，浮子，钩子，铁块，全是他们的东西，我只拿了母亲一根丝线，做这钓竿的工厂就在阿华哥的家里，母亲全不知道。直至一切都做好了，我才背着那节节青黑相间的又粗长又柔软的钓竿，笑嘻嘻地走到家里来。

“妈……”我高兴地提高声音叫着，不说别的话。

我把背在肩上的钓竿竖起来，预备放下的时候，竿梢触着了顶上的天花板，发出悉率悉率的声音，我仿佛觉得自己长大了许多，亲手触着了下天花板似的。

这时母亲从厨房里走出来了。她惊讶地呆了许久。像喜欢又像生气的瞪着眼望了望我的钓竿，又望了望我的全身。

过了一会，她的脸色渐渐沉下，显得忧郁的样子，叹了一口气说了

“咳，十六岁啦，看你长得多么高啦，还不学好！难道真的一生钓鱼过活吗？……”

她哽咽起来，默然走进了厨房。

我给她吓了一跳，轻轻把钓竿放下，呆了半天，不敢到厨房里去见她。过了许久，我独自走到楼上读书去了。

但钓竿就在脚下，只隔着一层楼板，仿佛它时刻在推我的脚底，使我不能安静。

第二天早饭后，趁着母亲在厨房里收拾碗筷，我终于暗地里背着我的可爱的钓竿出去了。

阿华哥正拿着锄头到邻近的屋边去掘蚯蚓，我便跟了去，分了他几条，又从他那里拿了一点糠灰，用水拌湿了走到河边，用钓竿比一比远近，试一试河水的深浅，把一团糠灰丢了下去。看着它慢慢沉下去，一路融散，在河边做了一个记号，把钓竿放在阿华哥家里，又悄悄的跑到自己的家里。

母亲似乎并没注意到钓竿已经不在家里了，但问我到哪里去跑了一趟。我用别的话支吾了开去，便到楼上大声地读了一会书。

过了一刻钟，估计着丢糠灰的地方，一定集合了许多鱼儿，我又悄悄地下了楼，溜了出去，到阿华哥家里背了我的钓竿。这时丢糠灰的河中，果然聚集了许多鱼儿了，从水面的泡沫可以看得出来。它们继续不断的这里一个，那里一个，亮晶

晶地珠子似的滚到了水面，单独的是鲫鱼，成群的大泡沫有着游行性的是鲤鱼，成群的细泡沫有着固定性的是甲鱼。

我把大蚯蚓拍死，串在钩子上，卷开线，往那水泡最多的地方丢了下去，然后一手提着钓竿，静静地站在岸上注视着浮子的动静。

水面平静得和镜子一样，七粒浮子有三粒沉在水中，连极细微的颤动也看得见，离开河边几尺远，虾儿和小鱼是不去的。红色的蚯蚓不是鲤鱼和甲鱼所爱吃。爱吃的只有鲫鱼。它的吃法，可以从浮子上看出来：最先，浮子轻微地有节拍地抖了几下，这是它的试验，钓竿不能动，一动，它就走了；随后水面上的浮子，一粒或半粒，沉了下去，又浮了上来，反复了几次，这是它把钩子吸进嘴边又吐了出来，钓竿不能动，一动，尚未深入的钩子就从它的嘴边溜脱了；最后，水面上的浮子两三粒一起的突然往下沉了下去，又即刻一起浮了上来，这是它完全把钩子吞了进去，拖着往上跑的时候，可以迅速地把竿子提起来；倘若慢了一刻，等本来沉在水下的三粒浮子也送上水面，它就已吃去了蚯蚓，脱了钩了。

我知道这一切，眼快手快，第一次不到十分钟，就钓上了一条相当大的鲫鱼。但同时到底因为初试，用力过猛了一点，使钩上的鱼儿跟着钓线绕了一个极大的圆圈，倘不是立刻往后跳了几步，鱼儿又落到水面，可就脱了钩了。然而它虽然没有落在水面，却已拍的撞在石路下，给打了个半死半活。

于是我欢喜得高举着钓竿，往家里走去。鱼儿仍在钓钩上，柔软的竿尖一松一紧地颤动着，仿佛蜻蜓点水一样。

“妈，大鱼来啦！大鱼来啦！”我大声地叫了进去。

走到檐口，抬起头来，原来母亲已经站在我右边的后方，惊讶地望着。她这静默的态度，又使我吃了一惊，一场欢喜给她打散了一大半。我也便不敢做声呆呆地立住了。

“果然又去钓鱼啦！…”过了一会，她埋怨说，“要是大鲤鱼上了钩，把你拖下河里去怎么办呢？……”

“那不会！拖它不上来，丢掉钓竿就是！”我立刻打断她的话，回答说。我知道她对这事并不严重，便索性拿了一只小水筒又跑出去了。

到了吃中饭的时候，我提了满满的一筒回家。下午换了一个地方，又是一满筒。

“我可不给你杀，我从来不杀生的！”母亲说。

然而我并不爱吃，鲫鱼是带着很重的河泥气的，比海鱼还难闻。我把活的养在水缸里，半死的或已死的送给了邻居。

日子多了，母亲觉得惋惜，有时便请别人来杀，叫姐姐来烤，强迫我吃，放在我的面前，说：

“自已钓上来的鱼，应该格外好吃的，也该尝一尝！要不然，我把你钓竿折断当柴烧啦！”

于是我便不得不忍住了鼻息，挟起几根鱼边的葱来，胡乱地拨碎了鱼身。待第二顿，我索性把鱼碗推开了。它的气味实在令人作呕。母亲不吃，姐姐也不吃，终于又送了人。

然而我是快活的，我的兴趣全在钓的时候。

十八岁春天，我离开家乡了。一连五六年，不曾钓过鱼，也不曾见过鱼，我把我大部分的年月消耗在干燥的沙漠似的北方。

二十四岁回到故乡，正是夏天里，河岸的两边满是一班生疏的新的渔夫。我的心突突地跳着想做一根新的钓竿去参加，终于没有勇气。父亲母亲和周围的环境支配着我，像都告诉我说，我现在成了一个大人了，而且是一个斯文的先生，上等的人物是不能和孩子们、粗人们一道的。只有我的十二岁的妹妹，她现在继续着我，成了一个有名的钓虾的人物，我跟着她去，远远地站着，穿着文绉绉的长衫，仿佛在监视着她，怕她滚下河去似的，望了一会，但也不敢久待，便匆遽地回到屋里。

直到夏天将尽，我才有了重温旧梦的机会。

那时我的姐姐带了两个孩子，搬到了离我们老屋五里外的一个地方，我到那里去做了七八天的客人。

她的隔壁是我的一个堂叔的家。我小的时候，这个堂叔是住在我们老屋隔壁的，和我最亲热，和我父亲最要好。他约莫比我大了十二三岁，据说我小时候就是他抱大的。我只记得我十一二岁的时候，还时常爬到他的身上骑呀背呀的玩。七八年前，因为他要在婶婶的娘家那边街上开店，他便搬了家。姐姐所以搬到那边去，也就是因为有他们在那里住着，可以照顾。

这时叔叔已经不开店了，在种田。有了两个孩子。他是没有一点祖遗的产业的人，开店又赔了本，生活的重担使他弯了一点背，脸上起了一些皱纹，他的皮肤被太阳晒成了棕红色，完全不像六七年前的样子了。只有他的温和的笑脸，依然和从前一样，见到我总是照样的非常亲热。他使我忘记了我已是二十几岁的大人，对他又发出孩子气来。

他屋前有一簇竹林，不大也不小，几乎根根都可以做钓鱼竿。二十几步外是一条东西横贯的河道。因为河的这边入口比较稀少，河的那边是旷野，往西五六里便是大山，所以这里显得很僻静，埠头上很少人洗衣服，河岸上很少行人，河道中也很少船只，我觉得这里是最适宜于我钓鱼了，便开始对叔叔露出欲望来。

“这一根竹子可以做钓鱼竿，叔叔!”我随意指着一根说。

叔叔笑了，他立刻知道了我的意思，摇一摇头，说：

“这根太粗啦。你要钓鱼，我给你拣一根最好的。——你从前不是很喜欢钓鱼吗？现在没事，不妨消消遣。”

我立刻快乐了。我告诉他，我真的想钓鱼，在外面住了这许多年，是看不见故乡这种河道的。随后我就想亲自走到竹林里，选择一根好的。

但他立刻阻止我了：

“那里有刺，你不要进去，我给你砍吧。”

于是他拿了一把菜刀进去了，拣出来的正是一根细长柔软合宜的竹竿。随后鹅毛、钩子、铁块，他全给我到街上买了来。糠灰、丝线是他家里有的。现在只差蚯蚓了。

“我自己去掘，”我说。

“你找不到，”他说，拿了锄头，“这里只有放粪缸的附近有那种蚯蚓，我看见别人挖到过，那里太脏啦，你不要去，还是我给你去掘吧。”

他说着走了，一定要我在屋内等他。

直至一切都预备齐全，我欣喜地背上新的钓竿，预备出发的时候，他又在我手中抢去了小水筒和蚯蚓碗，陪着我到了河边。随后他回去了，一会儿拿了一条小凳来。

“坐着吧，腿子要站酸的哩。”

“好吧，叔叔，你去做你的事，等一会吃我钓上来的鱼。

但他去了一会儿又来了，拿着一顶伞。

“太阳要晒黑的，张着伞好些，”他说着给我撑了开来。

“我叫你婶婶把锅子洗干净了等你的鱼，我有事去啦，”他这才真的到他的田头去了。

五六年不见，我和我的叔叔都变了样了，但我们的两颗心都没有变，甚至比以前还亲热。面前的河道虽然换了场面，但河水却更清澈平静。许久不曾钓鱼了，我的技术也还没有忘却，而且现在更知道享受故乡的田园的乐趣。一根草，一叶浮萍，一个小水泡，一撮细小的波浪，甚至水中的影子极微的颤动，我都看出了美丽，感到了无限的愉悦。我几乎完全忘记了我是在钓鱼。

一连三天，我只钓上了七八条鱼。大家说我忘记了，我真的忘记了。

“总是看着山水出神啦，他不是五六年不见这种河道了吗？”叔叔给我推想说。

只有他最知道我。

然而我们不能长聚。几天后，我不但离别了他，并且离别了故乡。

又过三年回来，我不能再看见我的叔叔。他在一年前吐血死了，显然是因为负重过多之故。

从那一次到现在，十多年了，为了生活的重担，我长年在外面奔波着，中间也只回到故乡三次，多是稍住一二星期，便又走了。只有今年，却有了久住的机会，但已像战斗场中负伤的兵士似的，尝遍了太多的苦味，有了老人的思想，对一切都感到空虚。见着叔叔的两个十几岁孩子，和自己的六岁孩子，夹杂在河边许多特殊的渔夫的中间，伏着蹲着，钓虾钓鱼，熙熙攘攘，虽然也偶然感到兴趣，走过去踱了一会，但已没有从前那样的耐心，可以一天到晚在街头或河边呆着。

我也已经没有欲望再在河边提着钓竿。我今日也只偶然的感到兴趣，咀嚼着过去的滋味。

桥　上

轧轧轧轧……

轧米船又在远处响起来了。

伊新叔的左手刚握住秤锤的索子，便松软下来。他的眼前起了无数的黑圈，漫山遍野的滚着滚着，朝着他这边。

“嗨！……”这声音从他的心底冲了出来，但立刻被他的喉咙梗住了，只从他的两鼻低微地迸了出去。

“四十九！”他定了一定神，大声的喊着。

“平一点吧，老板！还没有抬起哩！”卖柴的山里人担着柴，叫着说，面上露着笑容。

“瞎说！称柴比不得称金子！——五十一！——五十五！——五十四！——六十！……这一头夹了许多硬柴！叫女人家怎样烧？她家里又没有几十个人吃饭！——四十八！”

“可以打开看的！不看见底下的一把格外大吗？”

“谁有闲工夫，不要就不要！——五十二！——一把软柴，总在三十斤以内！一头两把，哪里会有六十几斤！——五十三！——五十！——”

“不好捆得大一点吗？”

“你们的手什么手！天天捆惯了的！我这碗饭吃了十几年啦！五十一！——哄得过我吗？——五十！”

轧轧轧轧……

伊新叔觉得自己的两腿在战栗了。轧米船明明又到了河南桥这边，薛家村的村头。他虽然站在河北桥桥上，到村头还有半里路，他的眼前却已经有无数的黑圈滚来，他的鼻子闻到了窒息的煤油气，他看见了那只在黑圈迷漫中的大船。它在跳跃着，拍着水。埠头上站着许多男女，一箩一箩的把谷子倒进黑圈中的口一样的斗里，让它轧轧的咬着，啃着，吞了下去……

伊新叔呆木地在桥上坐下了，只把秤倚靠在自己的胸怀里。

他自己也是一个做米生意的人……不，他是昌祥南货店的老板，他的店就开在这桥下，街头第一家。他这南货店已经开了二十三年了。十五岁在北碶市学徒弟，二十岁结亲，二十四岁上半年生大女儿，下半年就自己在这里挂起招牌来。隔了一年，大儿子出世了，正所谓“先开花后结果”，生意便一天比一天好了，起初是专卖南货，带卖一点纸笔，随后生意越做越大，便带卖酱油火油老酒，又随后带卖香烟，换铜板，最后才雇了两个长工砻谷舂米，带做米生意。但还不够，他又做起“称手”来。起初是逢五逢十，薛家村市日，给店门口的贩子拿拿秤，后来就和山里人包了白菜，萝菔，毛笱，梅子，杏子，桃子，西瓜，脆瓜，冬瓜……他们一船一船的载来，全请他过秤，卖给贩子和顾客。日子久了，山里人的柴也请他兜主顾，请他过秤了。

他忙碌得几乎没有片刻休息。他的生意虽然好，却全是他一个人做的。他的店里没有经理，没有账房，也没有伙计和徒弟。他的唯一的帮手，只有伊新婶一个人。但她不认字，也不会算账，记性又不好。她只能帮他包包几个铜板的白糖黄糖，代他看看店。而且她还不能久坐在店里，因为她要洗衣煮饭，要带孩子。而他自己呢，没有人帮他做生意，却还要去帮别人的忙，无论谁托他，他没有一次推辞的。譬如薛家村里有人家办喜酒，做丧事，买菜，总是请他去的，因为他买得最好最便宜。又如薛家村里的来信，多半都由昌祥南货店转交。谁家来了信，他总是偷空送了去，有时念给人家听了，还给他们写好回信，带到店里，谁到北碶市去，走过店外，便转托他带到邮局去。

他吃的是咸菜，穿的是布衣，不爱赌也不吸烟，酒量是有限的，喝上半斤就红了脸。他这样辛苦，年青的时候是为的祖宗，好让人家话说，某人有一个好的儿孙；年纪大了，是为的自己的儿孙，好让他们将来过一些舒服的日子。他是最爱体面的人，不肯让人家说半句批评。当他第二个儿子才出世的时候，他已经做了一桩大事，把他父母的坟墓全造好了。“钱用完了，可以再积起来的，”他常常这样想。果然不过几年，他把自己的寿穴也造了起来，而且把早年死了的阿哥的坟也做在一道。以后他便热热闹闹的把十六岁的大女儿嫁出去，给十岁的儿子讨了媳妇。到大儿子在上海做满三年学徒，赚得三元钱一月，他又在薛家村尽头架起一幢三间两巷的七架屋了。

然而他并不就此告老休息，他仍和往日一样的辛苦着，甚至比从前还辛苦起来。逢五逢十，是薛家村的市日，不必说。二四七九是横石桥市日，他也站在河北桥桥上，拦住了一二只往横石桥去的柴船。

“卖得掉吗?”山里人问他说。

“自然，卸起来吧！包你们有办法的!”

怎么卖得掉呢，又不是逢五逢十，来往的人多?但是伊新叔自有办法。薛家村里无论那一家还有多少柴，他全知道。他早已得着空和人家说定了。

“买一船去，阿根嫂!”他看见阿根嫂走到桥，便站了起来，让笑容露在脸上。

“买半船吧!”

“这柴不错，阿根嫂，难得碰着，就买一船吧！五元二角算，今天格外便宜，总是要烧的，多买一点不要紧！——喂！来抬柴，长生!”他说着，提起了秤杆。

“五十一！——四十九！——五十三！……”

轧轧轧轧……

轧米船在薛家村的河湾那里响了。

伊新叔的耳朵仿佛塞了什么东西，连自己口里喊出来的数目，也听不清楚了。黑圈掩住了手边的细小的秤花，罩住了柴担和山里人，连站在旁边的阿根嫂也模糊了起来。

“生意真好!”有人在他的耳边大声说着，走了过去。

伊新叔定了一定神，原来是辛生公。

“请坐，请坐!”他像在自己的店里一样的和辛生公打着招呼。

但是辛生公头也不回的，却一径走了。

伊新叔觉得辛生公对他的态度也和别人似的异样了。辛生公本是好人，一见面就惯说这种吉利话的。可是现在仿佛含了讥笑的神情，看他不起了。

轧轧轧轧……

轧米船又响了。

它是正在他造屋子的时候来的。屋子还没有动工的时候，他已经听到了北碶市永泰米行老板林吉康要办轧米船的消息。他知道轧米船一来，他的米生意就要清淡下来，少了一笔收入。但是他的造屋子的消息也早已传了开去，不能打消了。倘若立刻打消，他的面子从此就会失掉，而且会影响到生意的信用上来。

“机器米，吃了不要紧吗?”他那时就听到了一些人对他试探口气的话。

“各有各的好处!”他回答说，装出极有把握的样子，而且索性提早动工造屋了。

他知道轧米船一来，他的米生意会受影响，但他不相信会一点没有生意。他知道薛家村里有许多人怕吃了机器米生脚气病，同时薛家村里的人几乎每一家都和他相当有交情。万一米生意不好，他也尽有退路。他原来是开南货店兼做杂货的。这样生意做不得，还有那样。他全不怕。

但是林吉康仿佛知道了他提早动工的意思，说要办轧米船，立刻就办起来了。正当他竖柱上梁的那一天好日子，轧米船就驶到了薛家村。

轧轧轧轧……

这声音惊动了全村的男女老小，全到河边来看望这新奇的怪物了。伊新叔只管放着大爆仗和鞭爆，却很少人走拢来。船正靠在他的邻近的埠头边，仿佛故意对他来示威一样。那是头一天。并没有人抬出谷子来给它轧。它轧的谷子是自己带来的，

轧轧轧轧……

这样的一直响到中午，轧米船忽然传出话来，说是今天下午六点钟以前，每家抬出一百斤谷来轧的，不要一个铜板。于是这话立刻传了开去，薛家村里像造反一样，谷子一担一担的挑出来抬出来了。不到一点钟，谷袋谷箩便从埠头上一直摆到桥边，挤得走不通路。

轧轧轧轧……

这声音没有一刻休息。黑圈呼呼的飞绕着，一直迷漫到伊新叔的屋子边。伊新叔本来是最快乐的一天，觉得他的一生大事，到今天可以说都已做完了，给轧米船一来，却弄得落入了地狱里一样，眼前一团漆黑，这轧轧轧轧的声音简直和刀砍没有分别。他的年纪已经将近半百，什么事情都遇到过，一只小小的轧米船本来不在他眼里，况且他又不是专靠卖米过日子的。但是它不早不迟，却要在他竖柱上梁的那一天开到薛家村来，这预兆实在太坏了，他几乎对于一切事情都起了恐慌，觉得以后的事情没有一点把握，做人将要一落千丈了似的。他一夜没有睡熟。轧米船一直响到天黑，就在那里停过夜。第二天天才亮，它又在那里响了。这样的一直轧了两天半，才把头一

天三点半以前抬来的谷子统统轧完。有些人家抬出来了又抬回去，抬回去了又抬出来，到最后才轧好。

伊新叔的耳内时常听见一些不快活的话，这个说这样快，那个说这样方便。薛家村里的人没有一个不讲到它。

“看着吧！”他心里暗暗的想。他先要睁着冷眼，看它怎样下去。有些东西起初是可以哄动人家的，因为它稀奇，但日子久了，好坏就给人家看出了。这样的事情，他看见过好多。

轧米船以后常常来了。它定的价钱是轧一百斤谷，三角半小洋。伊新叔算了一算，价钱比自己请人砻谷舂米并不便宜。譬如人工，一天是五角小洋，一天做二百斤谷，加上一斤老酒一角三分，一共六角三分就够了。饭菜是粗的，比不得裁缝。咸齏，海蜇，龙头䲩，大家多得很，用不着去买，米饭也算不得多少。有时请来的人不会吃酒，这一角三分就省去了。轧出来的比舂出来的白，那是的确的。可是乡下人并不想吃白米，米白了二百斤谷就变不得一石米。而且轧出来的米碎。轧米船的好处，只在省事，只在快。可是这有什么关系呢？请人砻谷舂米，一向惯了，并不觉得什么麻烦。快慢呢，更没有关系，决没有人家吃完了米才砻谷的。

伊新叔的观察一点不错，轧米船的生意有限得很。大家的计算正和伊新叔的一样，厉害全看得出来，而且许多人还在讲着可怕的话，谁在上海汉口做生意，吃的是机器米，生了好几年脚气肿病，后来回到家里吃糙米，才好了。

一个月过去了，伊新叔查查账目，受到的影响并不大。只有五家人家向来在他这里籴米的，这一个月里不来了。但是他们的生意并不多，一个月里根本就吃不了几斗。薛家村里的人本来大半是自己请人砻的。籴米吃的人或者是因为家里没有砻谷的器具，或者是因为没有现钱买一百斤两百斤谷，才到他店里来零碎的籴米吃，而且他这里又可以欠账。轧米船抢去的这五家生意，因为他们比较的不穷，却是家里还购不起砻谷器具的，轧米船最大的生意还是在那些有谷子有砻具的人家。但这与他并没有关系。

两个月过去，五家之中已经有两家又回到他店里来籴米，轧米船的生意也已比不上第一个月，现在来的次数也少了。

“哪里抢得了我的生意!”伊新叔得意的暗暗地说。他现在全不怕了。他只觉得轧米船讨厌，老是乌烟瘴气的轧轧轧轧响着。尤其是他竖柱上梁的那天，故意停到他的埠头边来，对他做出吓人的样子。但是他虽然讨厌它，他却并不骂它。他觉得骂起它来，未免显得自己的度量太小了。

“自有人骂的。”他心里很明白，轧米船抢去的生意并不是他的。它抢的是那些给人家砻谷舂米的人的生意。轧米船在这里轧了二百斤谷子，就有一个人多一天闲空，多一天吃，少收入五角小洋。

“饿不死我们!”伊新叔早已听见有人在说这样又怨又气的话了。

那是真的，伊新叔知道，他们有气力拉得动砻，拿得动舂，挑得动担子，哪一样做不得，何况他们也很少人专门靠这碗饭过日子的。

“一只大船，一架机器，用上一个男工，一个写账的，一个徒弟，看它怎样开销过去吧！”他们都给它估量了一下，这样说。

但是这一层，轧米船的老板林吉康早已注意到了。他有的是钱。他在北碶市开着永泰米行、万馀木行、兴昌绸缎庄、隆茂酱油店、天生祥南货店，还在县城里和人家合开了一家钱庄。他并不怕先亏本。他只要以后的生意好。第三个月开始，轧米船忽然跌价了。以前是一百斤谷，三角半小洋，现在只要三角了。

这真是大跌价，薛家村里的人又哄动了。自己请人砻谷的人家都像碰到了好机会，纷纷抬了谷子到埠头边去。

“吃亏的不是我！”伊新叔冷淡的说。他查了一查这个月的米生意，一共只有六家老主顾没有来往。他睁着冷眼旁看着，轧米船的生意好了一回，又慢慢的冷淡下去了。许多人已经在说轧出来的砻糠太碎，生不得火；细糠却太粗，喂不得鸡，只能卖给养鸭子的，价钱不到五个铜板，只值三个铜板一斤，还须自己筛了又筛。要砻糠粗，细糠细，大家宁愿请人来先把谷砻成糙米，然后再请轧米船轧成熟米。但这样一来，不能再叫人家出三角一百斤，只能出得一角半。

轧米船不能答应。写账的说，拿谷子来，拿米来，在他们都是一样的手续。一百斤谷子只能轧五斗米，一百斤糙米轧出来的差不多仍有百把斤米，这里就已经给大家便宜了，哪里还可以减少一半价钱。一定要少，就少到二角半，不能再少了。薛家村里的人不能答应，宁可仍旧自己请人砻好舂好。

于是伊新叔亲眼看见轧米船的生意又坏下去了。

“还不是开销不过去的！”他说，心里倒有点痛快。

“这样赚不来，赚那样！”轧米船的老板林吉康却忽然想出别的方法来了。

他自已本来在北碶市开着永泰米行的，现在既然发达不开去，停了又不好，索性叫轧米船带卖米了。

现在轧米船才成了伊新叔的真正的对头了。它把价钱定得比伊新叔的低。伊新叔历来对人谦和，又肯帮别人的忙，又可以做账，他起初以为这项生意谁也抢他不过，却想不到轧米船把米价跌了下来，大家争着往那里去买了。上白、中白、到还不要紧，吃白米的人本来少，下白可不同了，而轧米船的下白，却偏偏格外定得便宜。

“这东西害了许多人，还要害我吗？”他自言自语的说。扳起算盘来一算，照它的价钱，还有一点钱好赚。

“就跌下来，照你的价钱，看你抢得了我的生意不能！”伊新叔把米价也重新订过了，都和轧米船的一样：上白六元二角算，中白五元六角算，下白由五元算改成了四元八角。

伊新叔看见轧米船的生意又失败了，薛家村里的人到底和伊新叔要好，这样一来，又全到昌祥南货店来籴米了，没有一个人再到轧米船去籴米。

“机器米，滑头货！吃了生脚气病，哪个要吃！”

林吉康看见轧米船的米生意又失败了，知道是伊新叔也跌了价的原因，他索性又跌起价来。他上中白的米价再跌了五分，下白竟又跌了一角。

伊新叔扳了一扳算盘，也就照样的跌了下来。

生意仍是伊新叔的。

然而林吉康又跌米价了：下白四元六。

伊新叔一算，一元一角算潮谷，燥干扇过一次，只有九成。一石米，就要四元谷本，一天人工三角，连饭菜就四元四角朝外了，再加上房租，捐税，运费，杂费，利息，只有亏本，没有钱可赚。

跟着跌不跌呢？不跌做不来米生意。新谷又将上市了，陈谷积着更吃亏。他只得咬着牙齿，也把米价跌了价。

现在轧米船的老板林吉康仿佛也不想再亏本了。轧米船索性不来了。他让它停在北碶市的河边，休了业。

伊新叔透了一口气过来，觉得亏本还不多，下半年可以补救的。

“瞎弄一场，想害人还不是连自己也害进在内了！”他嘘着气说，“不然，怎么会停办呢！”

但是他却没有想到林吉康已经下了决心，要弄倒他。

轧轧轧轧……

秋收一过，轧米船又突然出现在薛家村了。

它依然轧又卖米。但两项的价钱都愈加便宜了。拿米去轧的，只要一角五分，依照了薛家村从前的要求。米价却一天一天便宜了下来，一直跌到下白四元算。

伊新叔才进了一批新谷，拼了命跟着跌，只是卖不出去。薛家村里的人全知道林吉康在和伊新叔斗花样，亏本是不在乎的，伊新叔跌了，林吉康一定还要跌。所以伊新叔跌了价，便没有人去买，等待着第二天到轧米船上去买更便宜的米。

伊新叔觉得实在亏本不下去了，只得立刻宣布不再做米生意，收了一半场面，退了工人，预备把收进来的米卖出去。

“完啦，完啦！”他叹息着说，“人家本钱大，亏得起本，还有什么办法呢！”

然而林吉康还不肯放过他。他知道伊新叔现在要把谷子卖出去了，他又来了一种花样。新谷一上场，他早已收入许多谷，现在他也要大批的出卖了。他依然不怕亏本，把谷价跌得非常的低。伊新叔不想卖了，然而又硬不过他。留到明年，又不知道年成好坏，而自己大批的谷存着，换不得钱，连南货店的生意也不能活动了。他没有办法，只得又亏本卖出去。

轧轧轧轧……

轧米船生意又好了。不但抢到了米生意，把工人的生意也抢到了。它现在三天一次，二天一次，有时每天到薛家村来了。

“恶鬼！”伊新叔一看见轧米船，就咬住了牙齿，暗暗的诅咒着。他已经负上了一笔债，想起来又不觉恐慌起来。他做了几十年生意，从来不曾上过这样大当。

伊新叔看着轧米船的米生意好了起来，米价又渐渐高了，他的谷子卖光，谷子的价钱也高了。

“不在乎，不在乎！”伊新叔只好这样想，这样说，倘若有人问到他这事情。“这本来是带做的生意。这里不赚那里赚！我还有别的生意好做的！”

真的，他现在只希望在南货杂货方面的生意好起来了。要不是他平时还做着别的生意，吃了这一大跌，便绝对没有再抬头的希望了。

他这昌祥南货店招牌老，信用好之外，还有一点最要紧的是地点。它刚在河北桥桥头第一家，街的上头，来往的人无论是陆路水路，坐在柜台里都看得很清楚。市日一到，担子和顾客全拥挤在他的店门口，他兼做别的生意便利，人家向他买东西也便利。房租一年四十元，双间门面，里面有栈房厨房，算起来也还不贵。米生意虽然不做了，空了许多地方出来，但伊新叔索性把南货店装饰起来，改做了一间客堂，样子愈加阔气了。到他店里来坐着闲谈的人本来就不少，客堂一设，闲坐的人没有在柜台内坐着那样拘束，愈加坐得久了。大家都姓薛，伊新叔向来又是最谦和的，无论他在不在店里，尽可坐在他的店里，闲谈的闲谈，听新闻的听新闻，观望水陆两路来往的也有，昌祥南货店虽然没有经理、账房、伙计、学徒，给他们这么一来，却一点不显得冷落，反而格外的热闹了。

但这些人中间有照顾伊新叔的，也有帮倒忙的人。有一天，忽然有一个在伊新叔面前说了这样的话：

“听说轧米船生意很好，林吉康有向你分租一间店面的意思呢！”

伊新叔睁起眼睛，发了火，说：

“——哼！做梦！出我一百元一月也不会租给他！除非等我关了门！”他咬着牙齿说。

“这话不错！”大家和着说。

说那话的是薛家村的村长，平时爱说笑话，伊新叔以为又是和他开玩笑，所以说出了真话，却想不到村长说这话有来因，他已经受了林吉康的委托。伊新叔不答应，丢了自己的面子，所以装出毫无关系似的，探探伊新叔的口气。果然不出他所料，伊新叔一听见这话不管是真是假，就火气直冲。

“就等他关了门再说！”林吉康笑了一笑说。他心里便在盘算，怎样报这一口气。

他现在不再显明的急忙的来对付伊新叔，他要慢慢的使伊新叔亏本下去。最先他只把他隆茂酱油店的酱油降低了一两个铜板的价钱。

北碶市离薛家村有二里半路程，眨一眨眼就到。每天薛家村里的人总有几个到北碶市去。虽然隆茂的酱油只降低了一两个铜板，薛家村里的人也就立刻知道。大家并不在乎这二里半路，一听到这消息，便提着瓶子往北碶市去了。

“年头真坏！”伊新叔叹息着说，他还没有想到又有人在捉弄他。他觉得酱油生意本来就不大，不肯跟着跌，想留着看看风色。

过了不久，老酒的行情却提高了。许多人在讲说是今年的酒捐要加了，从前是一缸五元，今年会加到七元。糯米呢，因为时局不太平，又将和南稻谷一齐涨了起来。

“这里赚不来，那里赚！”伊新叔想。他打了一下算盘，看看糯米的价钱还涨得不多，连忙办好一笔现款，收进了一批陈酒。

果然谷价又继续涨了，伊新叔心里很喜欢。老酒的行情也已继续涨了起来，伊新叔也跟着行情走。

但是不多几天，隆茂的老酒却跌价了。伊新叔不相信以后会再便宜，他要留着日后卖，宁可眼前没有生意，也不肯跟着跌。于是伊新叔这里的老酒主顾又到北碶市去了。

北碶市的隆茂酱油店跌了几天，又涨了起来，涨了一点，又跌了下来，伊新叔愈加以为林吉康没有把握，愈加不肯跟着走。

九月一到，包酒捐的人来了。并没有加钱。时局也已安定下来。老酒的行情又跌了。伊新叔这时才知道上了当，赶快跟着人家跌了价。但隆茂仿佛比他更恐慌似的，卖得比别人家更便宜，跌了又跌，跌了又跌，三十个铜板一斤的老酒，竟会一直跌到二十个铜板。

伊新叔现在不能不跟着走了。别的店铺可以把酒积存起来，过了一年半载再卖，他可不能。他的本钱要还，利息又重，留上一年半载，谁晓得那时还会再跌不会呢！单是利上加利也就够了。

这一次亏本几乎和米生意差不多，使他起了极大的恐慌。他现在连酱油也不敢不跌价了。

然而伊新叔是一生做生意的，人家店铺的发达或倒闭，他看见了不晓得多少次。他一方面谨慎，一方面也有着相当的胆量。他现在虽然已经负了债，他仍有别的希望。

“二十几岁起到现在啦！”他说。“头几年单做南货生意也弄得好好的！”

“看着吧！”林吉康略略的说，“看你现在怎样！”

他又开始叫天生祥南货店廉价了。从北碶市到薛家村，他叫人一路贴着很触目的大廉价广告。这时正是年关将近，家家户户采购南货最多的时候，往年逢到配货的人家送一包祭灶果的，现在天生祥送两包了，而且价钱又便宜了许多。薛家村里的人又往北碶市去了。到了十二月十五，昌祥南货店还没有过年的气象。伊新叔跟着廉起价来，但还是生意不多，平日常常到他店堂里来坐着闲谈的那些人，现在也几乎绝迹了，他们一到年关，也有了忙碌的事情。同时银根也紧缩起来，上行一家一家的来了信，开了清单来，钱庄里也来催他解款了。

伊新叔看看没有一点希望了。这一年来为了造屋子，用完了钱还借了一些债，满以为一年半载可以赚出来还清，却不料米和酒亏了本，现在南货又赚不得钱。倘不是他为人谦和，昌祥南货店的招牌老，信用好，早已没有转折的馀地，关上门办倒账了。幸亏薛家村里的一些婆婆嫂嫂对他好，信任他，儿子丈夫寄来的过年款或自己的私钱，五十一百的拿到他那里来存放，解了他的围。

年关终于过去了。伊新叔自己知道未来的日子更可怕，结果怎样几乎不愿想了。但他也不能不自己哄骗着自己，说：

“今年再来过！一年有一年的运气！林吉康不见得会长久好下去，他倒起来更快；那害人的东西，他倒了，没有一点退路，我倒了还可以做‘称手’过日子的！”

真的，伊新叔没有本钱，可以做‘称手’过日子的。一年到头有得东西秤。白菜、萝菔、毛笋、梅子、杏子、桃子、西瓜、脆瓜、冬瓜……还有逢二四五七九的柴。

单是称柴的生意也够忙碌了，今天跑这里兜主顾，明天跑那里兜主顾。

“这柴包你不潮湿！”他看见品生婶在用手插到柴把心里去，就立刻从桥上站起来，止住了她，说。“有湿柴，我会给你拣出的！价钱不能再便宜了，五元二角算。”

“可以少一点吗？”品生婶问了。

“给你称得好一点吧！”伊新叔回答说。“价钱有行情，别地方什么价钱，我们这里也什么价钱，不能多也不能少的。买柴比不得买别的东西。我自己家里烧的也是柴，巴不得它便宜一点的。就是这两担吗？——来，抬起来——！四十八！——你看，这样大的一头柴，只有四十八斤，燥得真可以了！——五十！——五十一——四十九！……”

轧轧轧轧……

轧米船在河北桥的埠头边响起来了。

伊新叔的眼前全是窒息的黑圈，滚着滚着，笼罩在他的四围，他透不过气，也睁不开眼来，他觉得自己瘫软得非常可怕，连忙又拖着秤坐倒在桥上。

轧轧轧轧……

他听见自己的心也大声的响了起来。它在用力的撞着。他觉得他身内的精力，全给它撞走了，那里面空得那么可怕，正像昌祥南货店一样，门关着，东西摆着，招牌挂着，但暗地里已经亏了本钱，栈房里的货旧的完了，新的没有进，外面背了一身债，毛一样的多……

“秤一斤三全，伊新叔！”吉生伯母来买东西了。

伊新叔开开柜屉来，只剩了半斤龙眼。

他跑到栈房里，那里只有生了白花的黑枣。

再跑到柜台内，拉出几只柜屉来看，那里都是空的。他连忙遮住了吉生伯母的眼光急速地推进了柜屉。

“卖完了，下午给你送来，好么？”

吉生伯母摇了摇头，走了。

他看见她的眼光里含着讥笑的神情。仿佛在说：“你立刻要办倒账啦，我知道！”

“一听罐头笥！”本全婶站在柜台外，说。

“请坐！请坐！”伊新叔连忙镇定下来，让笑容露在脸上，说。一面怕她看见不自然的神色，立刻转过身来，走到了橱边。

他呆了一会，像在思索什么似的，总算找到了一听。抹了一抹灰。

“怎么生了锈？拣一听好的吧！”本全婶瞪起奇异的眼光，说。

“外面不要紧，外面不要紧！运货的时候下了雨，所以生锈啦。你拿去不妨，开开来坏了再来换吧！”他这么说着，心里又起了恐慌。他看见本全婶瞪着眼在探看他的神色，估量店内的货物。她拿着罐头笥走了，她仿佛在暗地说：“昌祥南货店要倒啦！”

“要倒啦！要倒啦！”伊新叔听见她走出店门在对许多人说。

“要倒啦！要倒啦！”外面的人全在和着，向他这边走了过来。

伊新叔连忙开开后门，走到了桥上。

“柴钱一总多少，请你代我垫付了吧！”品生婶说。

这话不对，她有钱存在他这里，现在要还了！

“我五十！”

“我一百！”

“我三百！”

“还给我！伊新叔！”

“……”

“……”

“……”

轧轧轧轧……

“把新屋子卖给我偿债！”

轧轧轧轧……

“把店屋让给我！”

轧轧轧轧……

长生嫂，万福婶，咸康伯母，阿林侄，贵财叔，明发伯，本全婶，辛生公，阿根嫂，梅生驼背，阿李拐脚，三麻皮，……上行，钱庄……全来了，黑圈似的漫山遍野的向他滚了过来。

伊新叔从桥栏上站了起来，把柴秤丢在一边。他知道现在连这一分行业也不能再干下去了。他必须立刻离开这里。

“好吧，好吧，明天是市日。明天再来！包你们有办法的！”

他说着从桥上走了下来。

轧轧轧轧……

他听见自己的脚步也在大声的响着。

屋顶下

本德婆婆的脸上突然掠过一阵阴影。她的心像被石头压着似的，沉了下去。

“你没问过我！”

这话又冲上了她的喉头，但又照例的无声地翕动一下嘴唇，缩回去了。

她转过身，走出了厨房。

“好贵的黄鱼！”被按捺下去的话在她的肚子里咕噜着。“八月才上头，桂花黄鱼，老虎阿！两角大洋一斤，不会买东洋鱼！一条吃上半个月！不做忌日，不请客！前天猪肉，昨天鸭蛋，今天黄鱼！豆油不用，用生油，生油不用，用猪油，怎么吃不穷！哼！你丈夫赚得多少钱？二十五元一个月，了不起！比起老头以前的工钱来，自然天差地！可是以前，一个铜板买得十块豆腐。现在呢？一个铜板买一块！哪一样不贵死人……我当媳妇，一碗咸菜，一碟盐，养大儿子，赎回屋子，哼，不从牙齿缝里漏下来，怎有今天！今天，你却要败家了！……一年两年，孩子多了起来，看你怎样过日！”

本德婆婆想着，走进房里，叹了一口气，在她的瘦削的额上，皱纹簇成了结。她的下唇紧紧地盖过了干瘪的上唇，窒息地忍着从心中冲出来的怒气。深陷的两眼上，罩上了一层模糊的云。她的头顶上竖着几根稀疏的白发，后脑缀着一个假发髻。她的背已经往前弯了。她的两只小脚走动起来，有点踉跄。她的年纪，好像有了六七十岁，但实际上她还只活了五十四年。别的女人生产太多，所以老得快，她却是因为工作的劳苦。四十五岁以前的二十几年中，她很少休息，她虽然小脚，她可做着和男子一样的事情。她给人家挑担、砻谷、舂米、磨粉，种菜。倘若三年前不害一场大病，也许她现在还是一个很强健的女工。但现在是全都完了。一切都出于意外的突然衰弱下来，眼睛，手脚，体力，都十分不行了。而且因为缺乏好的调养，还在继续地衰弱着。照阿芝叔的意思，他母亲的身体是容易健康起来的，只要多看几次医生，多吃一些药。但本德婆婆却舍不得用钱。“自己会好的，”她固执地这样说，当她开始害病的时候。直至病得愈加厉害，她知道医得迟了，愈加不肯请医生。她说已经医不好了，不必白费钱。“年纪本来也到了把啦，瓜熟自落。”她要把她历年积聚下来的钱，留作别的更大的用处，于是这病一直拖延下来，有时仿佛完全好了，有时又像变了痨病，受不得冷，当不得热，咳嗽、头晕、背痛、腰酸、发汗、无力。“补药吃得好，”许多人都这样说。但是她摇着头说：“那还了得，像我们这样人家吃补药！”她以前并不是没有害过病，可都是自己好的，没有吃过药，更不会吃过补药。她一面发热，一面还要砻谷、舂米。“像现在，既不必做苦工，又不必风吹晒太阳，病不好，是天数，一千剂一万剂补药都是徒然的。”她说。

“不会长久了，”她很明白，而且确信。她于是急切地需要一个继承她的事业的人。阿芝叔已经二十五岁了，近几年来在轮船上做茶房，也颇刻苦俭约，晓得争气。但没有结婚，可不能算已成家立业，她的责任还未全尽，而她辛苦一生的目的也还没有达到。虽然她明白瓜熟自落，人老终死，没有什么舍不得，要是真的一场大病死了，她死不瞑目，永久要在地下抱憾的。儿子没有成家，她的一切过去的努力便落了空。因此，她虽然病着，她急忙给阿芝叔讨了一个媳妇来了。

“我的担子放下了，”她很满意的说。身体能够健康起来，是她的福，倘若能够抱到孙子，更是她无边的福了。至于后来挑担子的人怎样，也只好随他们去。她现在已经缴了印，一切里外的事情交给儿子和媳妇去主张。她的身体坏到这个样子，在家一天，做一天客人，

“有什么错处，不妨骂她，”阿芝叔临行时这末对她说。

这话够有道理了。自己的儿子总是好的。年轻的人自然应该听长辈的教训。但她可决不愿意骂媳妇。虽然媳妇不是自己生的，她可是自己的儿子的亲人。

“晓得我还活得多少日子，有现成饭吃，就够心满意足了。”

“自然你不必再操心了，不过她到底才当家，又初进门，年纪轻。”

“安心去好啦，她生得很忠厚，又不笨，不会三长两短的！”本德婆婆望着媳妇在旁边低下发红的脸，惆怅的别情忽

然找着了安慰，不觉微笑起来。

然而阿芝叔的话的确是有道理的，阿芝婶年纪轻，初进门，才当家，本德婆婆虽然老了而且有病，可不能不时时指点她。当家有如把舵，要精明，要懂得人情世故，要刻苦，要做得体面。一个不小心，触到暗礁，便会闯下大祸，弄得家破人亡的。现在本德婆婆已经将舵交给了阿芝婶了，但她还得给她瞭望，给她探测水的深浅，风雨的来去，给她最好的最有经验的意见，有时甚至还得帮她握着舵。本德婆婆明白这些。她希望由她辛苦地创造了几十年的家庭一天比一天好起来。于是她的撒手的念头又渐渐消灭了。她有病，她需要多多休养，但她仍勉强地行动着，注意着，指点着。凡她胜任的事情，她都和阿芝婶分着做。

天还没有亮，本德婆婆已像往日似的坐起在床上，默然思忖着各种事情。待第一线黯淡的晨光透过窗隙，她咳嗽着，打开了窗和门。“可以起来了”，她喊着阿芝婶，一面便去拿扫帚。

“我会扫的！婆婆，你多困一会吧，大清早哩。”

“起早惯了，睡不熟，没有事做也过不得。你去煮饭吧，我会扫的。……一天的事情，全在早上。”

扫完地，本德婆婆便走到厨房，整理着碗筷，该洗的洗，该覆着的覆着，该拿出来的拿出来，帮着阿芝婶。吃过饭，她又去整理箱里的衣服鞋袜，指点着阿芝婶，把旧的剪开，拼起来，补缀着。

一天到晚，都有事做。做完这样，本德婆婆又想到了那样。她的瘦小的腿子总是踉跄地拖动着小脚来往的走着。她说现在阿芝婶当家了，但实际上却和她自己当家没有分别。

这使阿芝婶非常的为难。婆婆虽然比不得自己的母亲，她可是自己丈夫的母亲，她现在身体这样坏，怎能再辛苦。倘若有了三长两短，又如何对得住自己的丈夫。既然是自己当家了，就应该给婆婆吃现成饭。“阿呀，身体这样坏，还在这里做事体！媳妇不在家吗?”邻居已经说了好几次了，这话几乎比当面骂她还难受。可不是，摆着一个年强力壮的媳妇，让可怜的婆婆辛苦着，别人一定会猜测她偷懒，或者和婆婆讲不来话的。她也曾竭力依照婆婆的话日夜忙碌着，她想，一切都一次做完了，应该再没有什么事了，哪晓得本德婆婆像一个发明家似的，总有许多事情找出来。补完冬衣，她又拿出夏衣来；上完一只鞋底，她又在那里调浆糊剪鞋面。揩过窗子，她提着水桶要抹地板了。她家里只有这两个人，但她好像在那里预备十几个人的家庭一样。阿芝婶还没有怀孕，本德婆婆已经拿出了许多零布和旧衣，拿着剪刀在剪小孩的衣服，教她怎样拼，怎样缝，这一岁穿，这三岁穿，这可以留到十二岁，随后又可以留给第二个孩子，第三个孩子。她常常叹着气说，她不会长久，但她的计划却至少还要活几十年的样子。阿芝婶没有办法。最后想在精神方面给她一点安逸了。

“婆婆，今天吃点什么菜呢?”这几乎是天天要问的。

“你自己拿主意好了，我好坏都吃得下。”每次是一样的回答。

阿芝婶想，这麻烦应该免掉了。婆婆的口味，她已经懂得。应该吃什么么菜，阿芝叔也关照过："身体不好，要多买一点新鲜菜。她舍不得吃，要逼她吃。"于是她便慢慢自己做起主意来，不再问婆婆了。

然而本德婆婆却有点感到冷淡了，这冷淡，在她觉得仿佛还含有轻视的意思。而且每次要带一点好的贵的菜回来，更使她心痛。她自己是熬惯了嘴的。倘不是从牙齿缝里省下来，哪有今日。媳妇是一个年轻的人，自然不能和她并论。她也认为多少要吃得好一点。不过也该有个限制。例如，一个月中吃一两次好菜，就尽够了。若说天天这样，不但穷人，就连财百万也没有几年好吃的。因为媳妇才起头管家，本德婆婆心里虽然不快活，可是一向缄默着，甚至连面色也不肯露出来。起初她还陪着吃一点，后来只拨动一下筷子就完了。她不这样，阿芝婶是不吃的。倘使阿芝婶也不吃，她可更难过，让煮得好好的菜坏了去。

然而今天，本德婆婆实在不能再忍耐了。

"你没有问过我，"这话虽然又给她按捺住，样子却做不出来了。她的脸上满露着不能掩饰的不快活的神色，紧紧地闭着嘴，很像无法遏抑心里的怒气似的，她从厨房走出来，心像箭刺似的，躺在床上叹着气，想了半天。

吃饭的时候，金色的，鲜洁的，美味的黄鱼摆在本德婆婆的面前，本德婆婆的筷子只是在素菜碗里上下。

"婆婆，趁新鲜吧。煮得不好呢。"阿芝婶催过两次了。

"呣，"这声音很沉重，满含着怒。她的眼光只射到素菜碗里，怕看面前的黄鱼似的。

吃晚饭的时候，鱼又原样地摆在本德婆婆的面前。但是本德婆婆的怒气仍未息。

“婆婆，过夜会变味呢。”

“你吃吧，”声音又有点沉重。

第二天早晨，本德婆婆只对黄鱼瞟了一眼。

阿芝婶想，婆婆胃口不好了。这两天颜色很难看，说话也懒洋洋的，不要病又发了，清早还听见她咳嗽了好几声。药不肯吃，只有多吃几碗饭。荤菜似乎吃厌了，不如买一碗新鲜的素菜。

于是午饭的桌上，芋艿代替了黄鱼！

本德婆婆狠狠地瞟了一眼。

这又是才上市的！还只有荸荠那样大小。八月初三才给灶君菩萨尝过口味，今天又买了。

她气愤地把芋艿碗向媳妇面前推去，换来一碗咸菜。

阿芝婶吃了一惊，停住了筷。

“初三那天，婆婆不是说芋艿好吃吗？”

“自然！你自己吃吧！”本德婆婆咬着牙齿说。

阿芝婶的心突地跳动起来，满脸发着烧，低下头来。婆婆生气了。为的什么呢？她想不到。也许芋艿不该这样煮？然而那正是婆婆喜欢吃的，照着初三那天婆婆的话：先在饭镬里蒸熟，再摆在菜镬里，加一点油盐和水，轻轻翻动几次，然后撒下葱蒜，略盖一会盖子，便划进碗里——还叫做落镬芋艿，或者是咸淡没调得好？然而婆婆并没有动过筷子。

“一定是病又发作了，所以爱生气，”阿芝婶想，“好的菜都不想吃。”

怎么办呢？阿芝婶心里着急得很。药又不肯吃……不错，她想到了，这才是开胃健脾的。晚上煨在火缸里，明天早晨给她吃。

她决定下来，下午又出街了。

本德婆婆看着她走出去，愈加生了气。“抢白她一句，一定向别人诉苦去了！丢着家里的事情，”她叹了一口气，也走了出去，立住在大门口。她模糊地看见阿芝婶已经走到桥边。从桥的那边来了一个女人，那是最喜欢讲论人家长短，东西挑拨，绰号叫做“风扇”的阿七嫂。走到桥上，两个人对了面，停住脚，讲了许久话。阿七嫂一面说着什么，一面还举起右手做着手势，仿佛在骂什么人。随后阿芝婶东西望了一下，看见前面又来了一个人，便一直向街里走去。

“同这种人一起，还有什么好话！”本德婆婆的心像刀割似的痛，踉跄地走进房里，倒在一张靠背椅上，伤心起来。她想到养大儿子的一番苦心，却不料今日讨了一个这样不争气的媳妇，不由得润湿了干枯的老眼。她也曾经生过两个儿子，三个女儿，现在却只剩了一个男的，一个女的，而女的又出了嫁。倘若大儿子没有死，她现在可还有一个媳妇，几个孩子。倘若那两个女儿也活着，她还有说话的人，还有消气的方法。而现在，却剩了自己一个人，孤孤单单的过着日子。希望讨一个好媳妇，把家里弄得更好一点，总不辜负自己辛苦一生，哪晓得……

阿芝婶回来了。本德婆婆看见她从房门口走过，一直到厨房去，手里提着一包东西。

又买吃的东西！钱当水用了！水，也得节省，防天旱！穷人家那能这样浪费！

本德婆婆气得动不得了。她像失了心似的，在椅子上一直呆坐了半天。

她不想吃晚饭，也吃不下，但想知道又添了一碗什么菜，她终于沉着脸，勉强地坐到桌子边去。

没有添什么菜。芋艿还原样地摆在桌上。黄鱼不见了。吃中饭的时候，它还没有动过。现在可被倒给狗吃了。

本德婆婆站起来，气愤地往厨房走去。

“婆婆要什么东西，我去拿来。”

“自己会拿的！”

她掀开食罩，没有看见黄鱼。开开羹橱，也没有。碗盏桶里有一只带腥气的空碗，那正是盛黄鱼的！

她怒气冲天的正想走出厨房，突然嗅到一阵香气。她又走回去，掀开煨在火缸里的瓦罐。

红枣！

现在本德婆婆可绝对不能再忍耐了，再放任下去，会弄得连糠也没有吃！年纪轻轻，饭有三碗好吃，居然吃起补品来了！她拔起脚步，像吃了人参一般，毫不踉跄，走回房里。

“我牙齿缝里省下来！你要一天败光它！……”她咬着牙齿，声音尖锐得和刺刀一样。“你丈夫赚得多少钱？你有多少嫁妆？……这样好吃懒做！”她说着，痉挛地倒在椅子上，眼睛火一般的红，一脸苍白。

阿芝婶的头上仿佛落下了一声霹雳，完全骇住了。脸色一阵红，一阵青。浑身战栗着。为了什么，婆婆这样生气，没有机会给她细想，也不能够问婆婆。

“我错了，婆婆，”她的声音颤动着，“你不要气坏了身体，我晓得听你的话……”她说着，眼泪流了下来。

“今天黄鱼明天肉！……你在娘家吃什么！……哼，还要补！……”

阿芝婶现在明白了：一场好意变成了恶意，原来婆婆以为是她贪嘴了。天晓得！她几时为的自己，婆婆爱吃什么，该吃什么，都是丈夫再三叮嘱过来的。不信，可以去问他！

“婆婆，……”阿芝婶打算说个明白，但一想到婆婆正在生气，解释不清反招疑心，话又缩回去了。

“公婆比不得爹娘，”她记起了母亲常常说的话，“没有错，也要认错的。”现在只有委屈一下，认错了，她想。

“婆婆，我错了，以后不敢了……”她抑住一肚子苦恼，含着伤心的眼泪，又说了一遍。

“你买东西可问过我！……”

“我错了，婆婆。”

本德婆婆的气似乎平了一些，挺直了背，望着阿芝婶，眼眶里也微湿起来。

“嗨，”她叹着气，说，“无非都是为的你们，你们的日子正长着。我还有多少日子，样子已摆出了的。”

“为的你们？”阿芝婶听着眼泪涌了出来。她自己本也是为的婆婆，也正因为她样子早已摆出了的。……

“你可知道，我怎样把你丈夫养大?”本德婆婆的语气渐渐和婉了，“不讲不知道……”

她开始叙述她的故事。从她进门起，讲到一个一个生下孩子，丈夫的死亡，抚养儿女的困难，工作的劳苦，一下到儿子结婚。她又夹杂些人家的故事，谁怎样起家，谁怎样败家，谁是好人，谁是坏人。她有时含着眼泪，有时含着微笑。

阿芝婶低着头，坐在旁边倾听着。虽然进门不久，关于婆婆的事，丈夫早就详细地讲给她听过了。阿芝婶自己的娘家，也并不曾比较的好。她也是从小就吃过苦的。阿芝叔在家的时候，她曾要求过几次，让她出去给人家做娘姨，但是阿芝叔不肯答应。一则爱她，怕她受苦，二则母亲衰老，非她侍候不可。她很明白，后者的责任重大而且艰难，然而又不得不担当。今天这一番意外的风波，虽然平息了，日子可正长着。吃人家饭，随时可以卷起铺盖，进了婆家，却没有办法。媳妇难做，谁都这样说。可是每一个女人得做媳妇，受尽不少磨难。阿芝婶也只得忍受下去。

本德婆婆也在心里想着：好的媳妇原也不大有，不是好吃懒做，便是搬嘴吵架，或者走人家败门风。媳妇比不得自己亲生的女儿，打过骂过便无事，大不了，早点把她送出门。媳妇一进来，却不能退回去，气闷烦恼，从此鸡犬不宁。但是后代不能不要，每个儿子都须给他讨一个媳妇。做婆婆的，好在来日不多，譬如早闭上眼睛。本德婆婆也渐渐想明白了。

“人在家吗?”门口忽然有人问了起来，接着便是脚步声。

“乾生叔吗?”本德婆婆回答着，早就听出了是谁的声音。

阿芝婶慌忙拿了一面镜子，走到厨房去。

“夜饭用过吗?”

“吃过了。你们想必更早吧。”本德婆婆站了起来。

“坐下，坐下。……正在吃饭，挂号信到了。阿芝真争气，中秋节还没有到，钱又寄来了。”

“怕不见得呢，信在那里？就烦乾生叔拆开来，看一看吧。——阿芝老婆！倒茶来！点起灯!”

“不必，不必，天还亮。”乾生叔说着，从衣袋里取出信和眼镜，凑近窗边。

“公公吃茶，”阿芝婶托着茶盘，从里面走出来，端了一杯给乾生叔。

“手脚真快，还没坐定，茶就来了。”

“便茶。”随后她又端了一杯给本德婆婆：“婆婆，吃茶。”

“啊，又是四十元，”乾生叔取出汇票，望了一下，微笑地说，一手摸着棕色的胡须。“生意想必很得意。——年纪到底老了，要不点灯，带着眼镜看信，还有点模糊。——真是一个孝子，不负你辛苦一生，要老婆好好侍候你，常常买好的菜给你吃，身体这样坏，要快点吃补药，要你切不可做事情，多困困，钱，不要愁，娘的身上不可省。不肯吃，逼你吃。从前三番四次叮嘱过她，有没有照办？倘有错处，要你骂骂她。近来船上客人多，外快不少，不久可再寄钱来。问你近来身体可好了一点？——唔，你现在总该足心了，阿嫂，一对这样的儿媳!”

“哪里的话！乾生叔，倘能再帮他们几年忙就好了。谁晓得现在病得这样不中用!”本德婆婆说着，叹了一口气。

但是本德婆婆的心里却非常轻松了。儿子实在是有着十足的孝心的。就是媳妇——她转过头去望了一望，媳妇正在用手巾抹着眼睛，仿佛在那里伤心。明明是刚才的事情，她受了委屈了。儿子的信一句句说得很清楚，无意中替她解释得明明白白，媳妇原是好的。可是，这样的花钱，绝对错了。

“两夫妻都是傻子哩，乾生叔，”本德婆婆继续的说了。“那个会这样说，这个真会这样做，鱼呀肉呀买了来给我吃!全不想到积谷防饥，浪用钱!”

“不是我阿叔批评你，阿嫂，”乾生叔摘下眼镜，说，“你只知其一，不知其二；积谷防饥，底下是一句养儿防老，你现在这样，正是养老的时候了。他们很对。否则，要他们做什么!”

“咳，还有什么老好养，病得这样，有福享，要让他们去享了！我只要他们争气，就心满意足了。”

真没办法，阿芝婶想，劝不转来，只好由她去，从此就照着她办吧，也免得疑心我自己贪嘴巴。说是没问过她，这也容易改，以后就样样去问她，不管大小里外的事——官样文章!自己又乐得少背一点干系。譬如没当家。婆婆本来比不得亲生的娘。

媳妇到底比不得亲生的女儿，本德婆婆想。自从那次事情以后，她看出阿芝婶变了态度了。话说得很少，使她感到冷淡。什么事情都来问她，又使她厌烦。明明第一次告诉过她，第二次又来问了。仿佛教不会一样。其实她并不蠢，是在那里作假，本德婆婆很知道。这情形，使本德婆婆敏锐地感到：她是在报复从前自己给她的责备：你怪我没问你，现在便样样问你——我不负责！这样下去，又是不得了。例如十五那天，就给她丢尽了脸了。

那天早晨，本德婆婆吃完饭，走到乾生叔店里去的时候，凑巧家里来了一个收账的人。那是贳器店老板阿爱。他和李阿宝是两亲家。李阿宝和阿芝叔在一只轮船上做茶房，多过嘴。这次阿芝叔结婚，本不想到阿爱那里去贳碗盏，不料总管阿芳叔没问他，就叫人去通知了阿爱，送了一张定单去。待阿芝叔知道，东西已经送到，只好用了他的。照老规矩，中秋节的账，有钱付六成，没钱付三四成。八月十五已经是节前最末一日，没有叫人家空手出门的。却不料阿芝婶竟回答他要等婆婆回来。大忙的日子，人家天还没亮便要跑出门，这家收账，那家收账，怎能在这里坐着等，晓得你婆婆几时回来。不近人情，给阿爱猜测起来，不是故意刁难他，便是家里没有钱。再把钱送去，还要被他猜是借来的。传到李阿宝耳朵里，又有背地里给他讲坏话的资料了：“哪，有钱讨老婆，没钱付账！”

“钱箱钥匙是你管的！……”本德婆婆不能不埋怨了。

“没有问过婆婆……怎么付给他！”

本德婆婆生气了，这句话仿佛是在塞她的嘴。

“你说什么话！要你不必问。就全不问！要你问，就全来问！故意装聋作哑，拨一拨，动一动！”

阿芝婶红着脸，低下头，缄默着。她心里可也生了气，不问你，要挨骂！问你，又要挨骂，我也是爹娘养的！

看着阿芝婶不做声，本德婆婆也就把怒气忍耐住了。虽然郁积在心里更难受，但明天八月十六，正是中秋节，闹起来，六神不安，这半年要走坏运的。没有办法，只有走开了事。

然而这在阿芝婶虽然知道，可没有办法了。她藏着一肚皮冤枉气，实在吐不出来。夜里在床上，她暗暗偷流着眼泪，东思西想着，半夜睡不熟。

第二天，阿芝婶清早爬起床，略略修饰一下，就特别忙碌起来：日常家务之外，还要跑街买许多菜，买来了要洗，要煮，要做羹饭，要请亲房来吃。这些都须在上午弄好。本德婆婆尽管帮着忙，依然忙个不了。她年轻，本来爱困，昨夜没有睡得足，今天精神恍恍惚惚的好不容易支撑着。

客散后，一只久候着的黑狗连连摇着尾巴，绕着阿芝婶要东西吃。她正在收拾桌上的碗盏，便用手里的筷子把桌上一堆肉骨和虾头往地上扫去。

“乓！”一只夹在里面的羹匙跟着跌碎了。

阿芝婶吃了一惊，通红着脸。这可闯下大祸了，今天是中秋节！

本德婆婆正站在门口，苍白了脸，瞪着眼。她呆了半晌，气得说不出话来。

“狗养的！偏偏要在今天打碎东西！你想败我一家吗？瞎了眼睛，贱骨头！它是你的娘，还是你的爹，待它这样好？啊！你得过它什么好处？天天喂它！今天鱼，明天肉！连那天没有动过筷的黄鱼也孝敬了它……”本德婆婆一口气连着骂下去。

阿芝婶现在不能再忍耐了，骂得这样的恶毒，连爹娘也拖了出来，从来不曾被人家这样骂过！一只羹匙到底是一只羹匙，中秋节到底是中秋节，上梁不正，下梁错！怎能给她这样骂下去！

“阿啃妈哪！”阿芝婶蹬着脚，哭着叫了起来，“我犯了什么罪，今天这样吃苦！我也是坐着花轿，吹吹打打来的，不是童养媳，不是丫头使女！几时得过你好处！几时亏待过你！……”

“我几时得过你好处，我几时亏待过你！”本德婆婆拍着桌子。“你这畜生！你瞎了眼珠，你故意趁着过节寻祸！你有什么嫁妆？你有什么漂亮？啊！几只皮箱？几件衣裳？你这臭货！你这贱货！你娘家有几幢屋？几亩田？啊！不要脸！还说什么吹吹打打，你吃过什么苦来？打过你几次？骂过你几次？啊，你吃谁的饭？你赚得多少钱？我家里的钱是偷的还是盗的，你这样看不起，没动过筷的黄鱼也倒给狗吃？啊！……”

“天晓得，我几时把黄鱼喂狗吃！给你吃，骂我，不给你吃又骂我。我去拿来给你看！”阿芝婶哭号着走进厨房，把羹橱下的第三只甑捧出来，顺手提了一把菜刀。“我开给你看！我跪在这里，对天发誓，”她说着，扑倒在阶上，“要不是那一条黄鱼，我把自己的头砍掉给你看！……”

她举起菜刀，对着甑上的封泥。……

“灵魂那里去了！灵魂？阿芝婶！”一个女人突然抱住了她的手臂。

“咳，真没话说了，中秋节！”另一个女人叹息着。

“本德婆婆，原谅她吧，她到底年纪轻，不懂事！”又一个女人说。

“是呀，大家要原谅呢，”别一个女人的话，“阿芝嫂，她到底是你的婆婆，年纪又这样老了！”

邻居们全来了，大的小的，男的女的。有些人摇着头，有些人呆望着。有些人劝劝本德婆婆，又跑过去劝劝阿芝婶。

阿芝婶被拖倒在一把椅上，满脸流着泪，颜色苍白得可怕。长生伯母拿着手巾给她抹眼泪，一面劝慰着她。

本德婆婆被大家拥到别一间房子里。她的眼睛愈加深陷，颊骨愈加突出了。仿佛为了这事情，在瞬息间便老了许多。她滴着眼泪，不时艰难地嗳着抑阻在胸膈的的气，口里还喃喃的骂着。几个女人不时用手巾扪着她的嘴。过了一会，待邻居们散了一些，只有三四个要好的女人在旁边的时候，她才开始诉说她和媳妇不睦的原因，一直从她进门说起。

“总是一家人，原谅她点吧。年纪轻，都这样；不晓得老年人全是为了他们。将来会懊悔的。”老年的女人们劝说着。

阿芝婶也在房间里诉着苦，一样地从头起。她告诉人家，她并没有把那一次的黄鱼扔给狗吃。她把它放了许多盐，装在甑里，还预备等婆婆想吃的时候拿出来。

“总是一家人，原谅她点吧。年纪老了，自然有点悖，能有多少日子！将来会明白的。”

过了许久，大家劝阿芝婶端了一杯茶给本德婆婆吃，并且认一个错，让她消气了事。

“大事化小事，小事化无事，媳妇总要吃一些亏的！”

“倒茶可以，认错做不到!”阿芝婶固执地说；“我本来没有错!”

“管它错不错，一家人，日子长着，总得有一个人让步，难道她来你这里来认错?”

于是你一句，我一句，终于说得她不做声了。人家给她煮好开水，泡了茶，连茶盘交给了她。

阿芝婶只得去了，走得很慢。低着头。

“婆婆，总是我错的，”她说着把茶杯放在本德婆婆的面前，便迅速地退出来。

本德婆婆咬着牙齿，瞪了她一眼。她的气本来已经消了一些，现在又给闷住了。“总是我错的!”什么样的语气！这就是说：在你面前，你错了也总是我错的！她说这话，那里是来认错！人家的媳妇，骂骂会听话，她可越骂越不像样了。一番好意全是为的她将来，哪晓得这样下场。

“不管了，由她去!”本德婆婆坚决的想。“我空手撑起一个家，应该在她手里败掉，是天数。将来她没饭吃，该讨饭，也是命里注定好了的。”于是她决计不再过问了，摆在眼前看不惯，她只好让开她。她还有一个亲生的女儿，那里有两个外孙，乐得到那里去快活一向。

第二天清晨，本德婆婆检点了几件衣服，提着一个包袱，顺路在街上买了一串大饼。搭着航船走了。

“去了也好，”阿芝婶想，“乐得清静自在。这样的家，你看我弄不好吗？年纪虽轻，却也晓得当家，并且还要比你弄得好些。”

只是气还没有地方出，邻居们比不得自己家里的人，阿芝婶想回娘家了，那里有娘有弟妹，且去讲一个痛快。看起来，婆婆会在姑妈那里住上一两个月，横直丈夫的信才来过，没什么别的事，且把门锁上一两天。打算定，收拾好东西，过了一夜，阿芝婶也提着包袱走了。

娘家到底是快活的。才到门口，弟妹们就欢喜地叫了起来，一个叫着娘跑进去，一个奔上来抢包袱。

“阿唷！”露着笑容迎出来的娘一瞥见阿芝婶，突然叫着说，“怎么颜色这样难看呀！彩凤！又瘦又白！”

阿芝婶低着头，眼泪涌了出来，只叫一声“妈”，便扑在娘的身上，抽咽着。这才是自己的娘，自己从来没注意到自己的憔悴，她却一眼就看出来了。

“养得这样大了，还是离不开我，”阿芝婶的娘说，仿佛故意宽慰她的声音。“坐下来，吃一杯茶吧。”

但是阿芝婶只是哭着。

“受了什么委屈了吧？慢慢好讲的。早不是叮嘱过你，公婆不比自己的爹娘，要忍耐一点吗？”

“也看什么事情！”阿芝婶说了。

“有什么了不得，她能有多少日子？”

“我也是爹娘养的！”

“不要说了，媳妇都是难做的，不挨骂的能有几个！”

“难道自己的爹娘也该给她骂！”

阿芝婶的娘缄默了。她的心里在冒火。

“骂我畜生还不够，还骂我的爹娘是……狗！”

“放她娘的屁！”阿芝婶的娘咬着牙齿。

她现在不再埋怨女儿了。这是谁都难受的。昏头昏脑的婆婆是有的，昏得这样可少见，她咬着牙齿，说，倘若就在眼前，她一定伸出手去了。上梁不正，下梁错，就是做媳妇的动手，也不算无理。

这一夜，阿芝婶的娘几乎大半夜没有合眼。她一面听阿芝婶的三番四次的诉说，一面查问着，一面骂着。

第二天中午，她们家里忽然来了一个女客。那是阿芝叔的姐姐。她艰难地拐着一对小脚，通红着脸，气呼呼地走进门来。阿芝婶的娘正在院子里。

“亲家母，弟媳妇在家吗？”

阿芝婶的娘瞪了她一眼。好没道理，她想，空着手不带一点礼物，也不问一句你好吗，眼睛就往里面望，好像人会逃走一样！女儿可没犯过什么罪！不客气，就大家不客气！

“什么事呢？”她慢吞吞的问。

“门锁着，我送妈回家，我不见弟媳妇，”姑妈说。

“晓得了，等一等，我叫她回去就是。”

“叫她同我一道回去吧。”

“没那样容易。要梳头换衣，还得叫人去买礼物，空手怎好意思进门！昨天走来，今天得给她雇一只划船。你先走吧。”

姑妈想：这话好尖，既不请我进去吃杯茶，也不请我坐一下，又不让我带她一道去，还暗暗骂我没送礼物。却全不管我妈在门外等着，吵架吵到我身上来了。

“亲家母，妈和弟媳妇吵了架，气着到我那里去，我平时总留她住上一月半月，这次情形不同，劝了她一番，今天特陪她回家，想叫弟媳妇再和她好好的过日子。”

“那末你讲吧，谁错？”

“自然妈年纪老，免不了悖，弟媳妇也总该让她一些。”

“我呢？哼！没理由骂我做狗做猪，我也该让她！”

“你一定误会了，亲家母，还是叫弟媳妇跟我回去，和妈和好吧。”

“等一等我送她去就是，你先走吧。”

“那末，钥匙总该给我带去，难道叫我和妈在门外站下去，”姑妈发气了，语气有点硬。

“好，就在这里等着吧，我进去拿来！”阿芝婶的娘指着院子中她所站着的地方，命令似的，轻蔑的说。

倘不为妈在那里等着，姑妈早就拔步跑了。有什么了不得，她们的房子里？她会拿她们一根草还是一根毛？

接到钥匙，她立刻转过背，气怒地走了。没有一句话，也不屑望一望。

“自己不识相，怪哪个？”阿芝婶的娘自语着，脸上露出一阵胜利的狡笑。她的心里宽舒了不少，仿佛一肚子的冤气已经排出了一大半似的。

吃过中饭，她陪着阿芝婶去了。那是阿芝婶的夫家，也就是阿芝婶自己的永久的家，阿芝婶可不能从此就不回去。吵架是免不了的。趁婆婆不在，回娘家来，又不跟那个姑妈回去，不用说，一进门又得大吵一次的，何况姑妈又受了一顿奚落，可是这也不必担心，有娘在这里。

“做什么来！去了还做什么来！”本德婆婆果然看见阿芝婶就骂了。“有这样好的娘家，满屋是金，满屋是银！还愁没吃没用吗，你这臭货！”

“臭什么？臭什么？”阿芝婶的娘一走进门限，便回答了。“偷过谁，说出来！瘟老太婆！我的女儿偷过谁？你儿子几时戴过绿帽子？拿出证据来，你这狗婆娘！亏你这样昏！臭什么？臭什么？”她骂着，逼了近去。

“还不臭？还不臭？”本德婆婆站了起来，拍着桌子，“就是你这狗东西养出来，就是你这狗东西教出来，就是你这臭东西带出来，还不臭？还不臭？……”

“臭什么？证据拿出来！证据拿出来！证据！证据！证据！瘟老太婆！证据！……”她用手指着本德婆婆，又逼了近去。

姑妈拦过来了，她看着亲家母的来势凶，怕她动手打自己的母亲。

“亲家母，你得稳重一点，要知道这里是什么地方！你女儿要在这里吃饭的！……”

“你管不着！我女儿家里！没吃你的饭！你管不着！我不怕你们人多！你是泼出了的水！……”

“这算什么话，这样不讲理！……”姑妈睁起了眼睛。

“赶她出去！臭东西不准进我的门！”本德婆婆骂着，也逼了近来。“你敢上门来骂人？你敢上门来骂人？啊，你吃屙的狗老太婆！滚出去！滚出去！滚出去！……”

“骂你又怎样？骂你？你是什么东西？瘟老太婆！”亲家母又抢上一步，“偏在这里！看你怎样！……”

“赶你出去！”本德婆婆转身拖了一根门闩，踉跄地冲了过来。

“你打吗？给你打！给你打！给你打！”亲家母同时也扑了过去。

但别人把她们拦住了。

邻居们早已走了过来，把亲家母拥到门外，一面劝解着。她仍拍着手，骂着。随后又被人家拥到别一家的檐下，逼坐在椅子上。阿芝婶一直跟在娘的背后哭号着。

本德婆婆被邻居们拖住以后，忽然说不出话来了。她的气拥住在胸口，透不出喉咙，咬着牙齿，满脸失了色，眼球向上翻了起来。

“妈！妈！”姑妈惊骇地叫着，用力摩着她的胸口。邻居们也慌了，立刻抱住本德婆婆，大声叫着。有人挖开她的牙齿，灌了一口水进去。

“嗯，……”过了一会，本德婆婆才透出一口气来，接着又骂了，拍着桌子。

亲家母已被几个邻居半送半逼的拥出大门，一直哄到半路上，才让她独自拍着手，骂着回去。

现在留下的是阿芝婶的问题了，许多人代她向本德婆婆求情，让她来倒茶说好话了事，但是本德婆婆怎样也不肯答应。她已坚决的打定主意：同媳妇分开吃饭，当做两个人家。她要自己煮饭，自己洗衣服。

“呃，这哪里做得到，在一个屋子里！”有人这样说。

“她管她，我管我，有什么不可以！”

“呃，一个厨房，一头灶呢?”

“她先煮也好，我先煮也好。再不然，我用火油炉。”

“呃，你到底老了，还有病，怎样做得来!”

“我自会做的，再不然，有女儿，有外孙女，可以来来去去的。”

“那末，钱怎样办呢,? 你管还是她管?”

“一个月只要五块钱，我又不会多用他的，怕阿芝不寄给我，要我饿死?”

“到底太苦了!”

“舒服得多，自由自在! 从前一个人，还要把儿女养大，空手撑起一份家产来，现在还怕过不得日子!”本德婆婆说着，勇气百倍，她觉得她仿佛还很年轻而且强健一样，

别人的劝解终于不能挽回本德婆婆的固执的意见，她立刻就实行了。姑妈懂得本德婆婆的脾气，知道没办法，只好由她去，自己也就暂时留下来帮着她。

“也好,”阿芝婶想，“乐得清静一些。这是她自己要这样，儿子可不能怪我!”

于是这样的事情开始了。在同一屋顶下，在同一厨房里，她们两人分做了两个家庭。她们时刻见到面，虽然都竭力避免着相见，或者低下头来。她们都不讲一句话。有时甚至在和别人说话的时候，走过这个或那个，也就停止了话，像怕被人听见，泄漏了自己的秘密似的。

这样的过了不久，阿芝叔很焦急地写信来了。他已经得到了这消息。他责备阿芝婶，劝慰本德婆婆，仍叫她们和好，至

少饭要一起煮。但是他一封一封信来，所得到的回信，只是埋怨，诉苦和眼泪。

“锅子给她故意烧破了，”本德婆婆回信说。

“扫帚给她藏过了，”阿芝婶回信说。

“她故意在门口泼一些水，要把我跌死，”本德婆婆的另一信里这样写着。

“她又在骂我，要赶我出去，”阿芝婶的另一信里写着。

“…………”

“…………”

现在吵架的机会愈加多了。她们的仇是前生结下的，正如她们自己所说。

阿芝叔不能不回来了。写信没有用。他知道，母亲年老了，本有点悖，又加上固执的脾气。但是她的心，却没一样不为的他。他知道，他不能怪母亲。妻子呢，年纪轻，没受过苦。也不能怪她。怎样办呢？他已经想了很久了。他不能不劝慰母亲，也不能不劝慰妻子。但是，怎样说呢？要劝慰母亲，就得先骂妻子，要劝慰妻子，须批评母亲的错处。这又怎样行呢？

“还是让她受一点冤枉罢，在母亲的面前。暗中再安慰她。”他终于决定了一个不得已的办法。

于是一进门，只叫了一声妈，不待本德婆婆的诉苦，他便一直跑到妻子的房里大声骂了：

“塞了廿几年饭，还不晓得做人！我亏待你什么，你这样薄待我的妈！从前怎样三番四次的叮嘱你！……”

他骂着，但他心里却非常痛苦。他原来不能怪阿芝婶。然而，在妈面前，不这样，又有什么办法呢？

阿芝婶哭着，没回答什么话。

本德婆婆在外面听得清清楚楚，那东西在唏唏唬唬的哭。她心里非常痛快。儿子到底是自己养的，她想。

随后阿芝叔便回到本德婆婆的房里，躺到床上，一面叹着气，一面愤怒的骂着阿芝婶。

“阿弟，妈已经气得身体愈加坏了，你应该自己保重些，妈全靠你一个人呢！”他的姐姐含着泪劝慰说。

“将她退回去，我宁可没有老婆！”阿芝叔仍像认真似的说。

“不要这样说，阿弟！千万不能这样想，我们哪里有这许多钱，退一个，讨一个！”

“咳，悔不当初！”本德婆婆叹着气，说，“现在木已成舟，还有什么办法！总怪我早没给你拣得好些！”

“不退她，妈就跟我出去，让她在这里守活寡！”

“哪里的话，不叫她生儿子，却白养她一生！虽然家里没什么，可也有一分薄薄的产业。要我让她，全归她管，我可不能！那都是我一手撑起来的，倒让她一个人去享福，让她去败光：这个，你想错了，阿芝，我可死也不肯放手。”

“咳，怎么办才好呢？妈，你看能够和好吗，倘若我日夜教训她？”

“除非我死了！”本德婆婆咬着牙齿说。

“阿姐，有什么法子呢？妈不肯去，又不让我和她离！”

“我看一时总无法和好了。弟媳妇年纪轻，没受过苦，所以不会做人。”

“真是贱货，进门的时候，还说要帮我忙，宁愿出去给人家做工，不怕苦。我一则想叫她侍候妈，二则一番好意，怕她受苦，没答应。那晓得在家里太快活了，弄出祸事来！”

“什么，像她这样的人想给人家做工吗？做梦！叫她去做吧！这样最好，就叫她去！给她吃一些苦再说！告诉她，不要早上进门，晚上就被人家辞退！她有这决心，就叫她去！我没死，不要回来！我不愿意再见到她！”

“妈一个人在家怎么好呢？”阿芝叔说，他心里可不愿意。

“好得多了！清静自在！她在这里，简直要活活气死我！”

“病得这样，怎么放心得下！”

“要死老早死了！样子不对，我自会写快信给你。你记得：我可不要她来送终！”

阿芝叔呆住了。他想不到母亲就会真的要她出去，而且还这样的硬心肠，连送终也不要她。

“让我问一问她看吧，”过了一会，他说。

“问她什么，你还要养着她来逼死我吗？不去，也要叫她去！”

阿芝叔不敢做声了。他的心口像有什么在咬一样。他怎能要她出去做工呢？母亲这样的老了。而她又是这样的年轻，从来没受过苦。他并非不能养活她。

“怎么办才好呢？”他晚上低低的问阿芝婶，皱着眉头。

“全都知道了，你们的意思！”阿芝婶一面流着眼泪，一面发着气，说。“你还想把我留在家里，专门侍候她，不管我死活吗？我早就对你说过，让我出去做工，你不答应，害得我今天半死半活！用不着她赶我，我自己也早已决定主意了。一样有手有脚，人家会做，偏有我不会做！”

“又不是没饭吃！”

“不吃你的饭！生下儿子，我来养！说什么她空手起家，我也做给你们看看！”

“你就跟我出去，另外租一间房子住下吧。”阿芝叔很苦恼的说，他想不出一点好的办法了。

“你的钱，统统寄给她去！我管我的！带我出去，给我找一份人家做工，全随你良心。不肯这样做，我自己也会出去，也会去找事做的！一年两年以后，我租了房子，接你来！十年廿年后，我对着这大门，造一所大屋给你们看！”

阿芝叔知道对她也没法劝解了。两个人的心都是一样硬。他想不到他的凭良心的打算和忧虑都成了空。

“也好，随你们去吧，各人管自己！”他叹息着说。“我总算尽了我的心了。以后可不要悔。”

“自然，一样是人，都应该管管自己！悔什么！”阿芝婶坚决的说。

过了几天，阿芝叔终于痛苦地陪着阿芝婶出去了。他一路走着，不时回转头来望着苦恼而阴暗的屋顶，思念着孤独的老母，一面又看着面前孤傲地急速地行走着的妻子，不觉流下眼泪来。

本德婆婆看着儿子走了，觉得悲伤，同时又很快活。她拔去了一枝眼中钉。她的两眼仿佛又亮了。她的病也仿佛好了。

“这种媳妇，还是没有好！”她嘘着气，说。

阿芝婶可也并不要这种婆婆。她的年纪也不小了，她得自己创一份家业。她现在已经走上了这条路，她正在想着怎样刻苦勤俭，怎样粗衣淡饭的支撑起来，造一所更大的屋子，又怎样的把儿子一个一个的养大成人，给他们都讨一个好媳妇。她觉得这时间并不远，眨一眨眼就到了。

胖　子

……是吗？我们的少奶奶还不心满意足吗？像我们大少爷那样的男人，到哪里去找呢？跑遍天下，你可能找到第二个这样的男人？我说。呃！好肥呀！吃完就睡，睡起又吃，那一个不肥起来？我说。……怎么，你说她会讨厌他吗？“嫁鸡随鸡，嫁狗随狗”，你该知道？何况他又有钱！我们的少奶奶真像一只小雀儿，跳进跳出，好不快活自由！你看，一停下就黏着了他，眯着眼，拉拉沙沙的哼了起来，多么肉麻呀！……什么？你觉得可笑吗？眼红的人多着呢！我说。……

你说我们的大少爷从前很瘦？可不是！几年前只剩一根骨头，是人是鬼好难分别——那才可怜哪……为什么瘦得那样？还不是生病！……生的什么病？那就难说啦！没有跌伤，没有打伤，可是脸色就黄起来，人就瘦下去啦。后来，发烧发冷，骨痛呀，咳嗽呀，一齐来啦。这样的整整半年，你说还能像一个人么？……请医生？嘿！我们的东家有的是钱，哪一个医生不请到，……怎么会让他病得这么久？那才见鬼呢！我说。我明天陪你出去看看，单是那一条西街，挂招牌的医生有多少吧！一家一家数过去，怕你会数得头痛！而且，说出来真吓倒人，十个中间倒有十一个是大医生：这个到过西洋，那个到过东洋，这个是祖传的，那个是世传的。你要认得几个字，出去一看就会知道。白天要有轿车去接，晚上任你敲烂了门也不出来。这里平平安安的，说是怕绑票。……可是，这种医生一定很有本领吧，你想？那才见鬼呢！我说。看了又看，问了又问，这个说是受了凉，那个说是受了热，有的同你讲了半天：说不定受了凉，也说不定受了热；有的说是多半受了凉，有的说是多半受了热。今天我们问这一个医生说："先生，别一个医生怎样怎样说，你说有道理吗？"他回答说："他哪里懂得！连最普通的药名也不会写！"后天我们换了医生，也问他说："先生，某医生怎样怎样说，你说是吗？""他懂得什么，吃花酒，逛窑子！"他回答说。都是这一种医生，你说医得好病不会？连我都生起气来，你说我们的大少爷要气成个什么样？他在外面跑了不少地方，好坏的医生都见过，他说还比不上我们家乡的那些医生。那是实话，我说。我们家乡虽然比不上这里，没有洋车、汽车、电话、电灯，我们那边的医生可没有这样糟！我还记得那个长胡须的朱医生，不用你说什么，他只按一下脉，就告诉你现在口干，心跳，怕冷发烧，头痛腰酸，胃口不开，大便不通……没有一项说得不对。还有那一个……噢，后来谁给我们大少爷医好的吗？还不靠天！我说。我们的老太太，你知道，那个时候日夜都求菩萨呢。少奶奶到底不懂事，吓得只有哭，进进出出眼泪汪汪的，真可怜。老太太还要怪她骂她。有一天她的话可真难受。她咬着牙齿说，"你这短命鬼！我的儿子快给你害死啦！……"她今年几岁吗？还只二十三岁……十六岁嫁过来的……大少爷比她大四岁……你的话不对，我说。十三岁生儿子的并不少……多不多，难不难？那可不必管它。……生儿子这事情，要命也要生的……

可不是？说话不要说开去，我讲我们大少爷怎样肥起来给你听。……那真苦得我够啦！生病的时候，风炉没有熄过。一剂药两剂药只是煎了下去；病好啦，桂圆哪，洋参哪，牛奶哪鸡蛋哪，接连的煎着。真是有钱的人家！我说。什么补丸，什么鱼油，什么三拿土成，一打一打的买进来，燕窝鱼翅当饭吃。足足吃了五个月。……一天要吃好多钱？谁知道！这五个月的补药费怕不能养活你我一生？……可是，他肥啦，是不是？你说！……那才见鬼！吃完就睡，睡起又吃，一点也不看见他肥呢！……

为什么不肥？就是为什么不肥！我说。那可真要气死人？别一个日夜辛苦，没有好的吃，没有好的睡，却也有肥起来的；他吃得好，睡得够，什么事情也不做，偏偏不会肥。你有什么话说？“粗了一点吧？”大少爷天天问人家，把手腕伸了出来。“粗了许多啦！”大家都这样的回答说。可是用手去一捻，只有一张薄薄的皮，“腿子怎样？”“粗得多啦！“不要骗我，袜子老是皱松松的！”“穿旧了自然松啦！”大家对他这样说，起初以为他自然会慢慢肥起来的，大少爷自己难免太性急了一点，所以明知没有肥，也就讲些使他宽心的话。可是，两个月三个月过去啦，他还是和先前一样的瘦。少奶奶和老太太焦急起来啦。她们慢慢骗不过自己，便来问我啦。“左妈，你看大少爷肥了一点吗？”“自然肥啦。”我说。“怎么我们看起来没有肥呢?”“天天看见他，哪里看得出来!”我说。可是你知道，这样的话说得太多，我自己也不相信啦。我总觉得他一点也没有肥，我好几次私下问隔壁的陈老妈，她扭一扭嘴。大少爷的脾气渐渐变坏啦。他不大问人家啦。他说别人都在骗他。他不肯再吃那些补药啦，他说都是骗人的东西。补药端过去，好几次给他连碗丢在地上。——那真可惜！我说。都是最贵重的东西！老太太和少奶奶也不相信啦。她们常常私下的说，那些东西没有一点用。可是说虽这样说，她们还要想尽方法劝大少爷吃呢。有时大少爷固执不过，不肯吃补药，老太太就发少奶奶的气，老是弄得少奶奶眼泪汪汪的。起初人家见着大少爷，总说他肥啦，后来就没有人敢再和他这样说。他的朋友一进门，老太太就先偷偷的关照他，不要对大少爷提到他的身体。你说怎么？大少爷说，说他肥啦的人都是在讥笑他瘦，表示自己比他长得肥。他一看见这种人就生很大的气，老是骂了起来。——到后来脾气变得这样坏，真是谁也怨不到，我说。……

后来又怎样肥起来的，没有人知道！我们许久不敢提到他肥啦，我差不多想也不敢想啦。有一天不知道怎的，我忽然看出他手腕粗啦，小腿也粗啦。差一点，我叫了出来，忽然记起他脾气，就马上停住口。“少奶奶，大少爷当真肥啦，你看得出吗?”我偷偷的问少奶奶。“不要做声!”她笑嘻嘻的说。我又走去告诉老太太，老太太也说，“不要多嘴!”真是，脾气不好的人少惹好，我也就不记在心里。可是过了不久，大少爷自己也觉得啦。他时常摸摸自己的手腕和两腿，拿镜子照着面孔，捻捻两颊。“到底肥啦！”他高兴地对我们说。“怕还没有啦！”我们故意这样回答他。“你们这些人都没有眼睛，”他说，“没有肥的时候，天天说肥啦肥啦，现在真的肥啦，却看不出来！”“那也只肥得一点点啦！”“还说一点点！我自己并非不知道！”真的，他已经肥得很多。他的腿子已经比我第一次注意到的时候肥了不少，我说。面孔也肥啦，亮晶晶的发着光，又嫩又光滑。大少爷的脾气从此又变好啦。从前怕出门，现在爱出门啦。从前讨厌人家说他肥啦，现在一见到别个就说，“你看，我到底肥啦！……”

肥啦，肥啦！你看，一天比一天肥啦！头颈也肥啦，背上也长肉，屁股也长肉，连肚子也大，奶子也大啦，骨头也大啦！哈哈！一身肿了一样！到后来那个肚子竟和人家怀孕十个月的一样啦！那两条腿，不知道他怎么提得起来！你说像什么？我们说它像两只水桶！肉长到脚跟上来啦！……

那真快活死人，你说是不是？……是？你不会想到？我说。胖子有胖子的苦呢！那样的肥，走起来好像不大方便！单是那两只水桶，你我担着能走多少路？何况是大少爷，舒服惯了的……走远路坐车坐轿？不用你说，有钱的人自然不会自己走的！可是，你知道，街上的轿车并没有那么大，紧紧的塞下去，屁股好痛！他越重，轿车夫越走不快，越走不快，屁股可越痛！……

不出去就快活了吗？我告诉你夏天里怎么样吧，我说。天气一热，走也不好，坐也不好，睡也不好，那才要命呢！我们的大少爷打着赤膊，穿一条短裤，躺在竹床上，一天到晚打鼾，浑身都是汗，少奶奶时时刻刻叫着“左妈，给大少爷倒水来！”一面揩干，一面又出汗啦！后来买了一个电扇，放在他身边，一刻不停的吹了去，你说怎么样？……凉快一点？大少爷说，更热！这样做人也真没有味，天气越热，越爱睡，越睡越热，一天到晚昏昏沉沉的！我说。吃饭老是叫他不醒，推他扯他，还是呼呼呼打鼾。“像一只猪！”少奶奶老是这样骂他。后来大少爷自己也生气啦。他说一天睡到晚真不成样，他要做一点事。可是你说，有什么办法？凳子是热的，椅子是热的，桌子也是热的！……

大少爷又不高兴啦。他说却是老太太不好，只是要他吃补药，吃得这样肥，又不好看，又不方便。老太太说，“肥了还不好？你不看见有钱的人都是胖子，胖子都是有钱的人？男人家有什么好看不好看，如说不方便，少动动就是，又不愁没有饭吃！”可是你说，我们大少爷年纪很轻，要听不要听？……对呀，自然不要听。他总觉得“胖子”这个名字不好听。他从前爱人家说他肥啦，现在讨厌听见这种话啦。他说对他说肥啦的人，心里一定在笑他。他说你们不听见，连少奶奶都说他和猪一样吗？老太太骂少奶奶说：“短命鬼！难道你要他瘦得像一个鬼才快活！”可是少奶奶说，她只是和他开开玩笑，并不曾讨厌大少爷。大少爷说，他也并不怪少奶奶，自己的确太肥啦，不能不自己讨厌起来。尽管家里有多少钱，他说，关在家里睡觉总是没有味……

后来怎么样？说起来真要笑死人！我说。我们的大少爷到底年轻，你说怎样？有好几天，他忽然不肯吃饭啦——不，吃是吃的，吃得很少。自从他肥了以后，你知道他每餐要吃好多？起码四碗饭。吃肥肉像吃青菜一样——真要吓死人！可是那几天他忽然不吃肉啦，每餐只吃一碗饭。我们都吓了一跳，以为他病啦，老太太连忙问他头痛没有，有没有发烧，要打发我去请医生。他说没有什么不好过，只是胃口有点不开，不肯吃药，不许我去请医生。他说看几天再说。果然过了三天，他又爱吃啦。那天早饭特别吃得多，一连吃了六碗半，一碗肥肉，一条鱼。好像一个饿鬼，一刻不停的大口大口的吃，我说，少奶奶在厨房里笑得肚皮快破啦。你说怎么？原来大少爷——出去了一次，问一个医生，怎么可以瘦一点，医生叫他少吃一点东西，最好每餐只吃一碗饭！哈哈！吃惯了的人，你说成不成？他自己对少奶奶说，这三天快饿得要死啦！……

后来怎么样？你且慢点问我！大少爷真可说是想尽了方法啦！有一天下午，我们看见，他从外面回来，气喘呼呼的流着一身汗，挟着一包东西。你说是什么？谁也不会想到！我说。几本画着打拳操操的书，一副钢丝弹簧的玩意儿。他学起打拳来啦！每天早上，一拳一脚，一仰一弯。那个玩意儿是两手扯的。我看他好吃力，老是流着汗，呼呼喘着气。老太太问他做什么，他不肯说，只说玩玩。你说真是玩玩的吗？少奶奶又笑得要命啦。她暗暗告诉我说，又不知是哪一个医生教他的，说这样可以瘦一点呢。可是打拳操操好不费力，你说，大少爷那样的肥还动得吗？果然不出我所料，我说，他三五天后再也不干啦，他要再干下去，我看他还要多长一点肉。你看，干一下多么疲倦，愈加爱睡，愈加爱吃东西啦……

这样也不成，那样也不成，我们的大少爷好不苦恼！他以前老是说，“人家怎么都长得这样肥，我怎么这样瘦？”现在他反过来讲啦，“人家怎么瘦瘦的，我怎么这样肥？”那一年夏天，他真是没有一刻快活过。以前瘦得可怜，现在肥得可怜啦！我说。

你现在看见他并不可怜？自然！肥了有什么办法？日子久啦，也就不得不听它去！我们的大少爷在那年夏天快完的时候就改变啦。你说怎么改变的？……慢着，你听我讲！……我不是说他拼命的想方法要瘦下去吗？有一天早晨，我看见他拿着一张报纸给少奶奶看，他说南京到了一个从日本回来的医生，可以打针，肥的会变瘦，瘦的会变肥，他要去打针。少奶奶说那是骗人的话，天下哪里有这种药！他说广告上说得清清楚楚，一个月便见分晓，不灵包退还洋。少奶奶不让他去，他一定要去。好热的天气，他竟拿着一个皮包要走啦。……可是，出门没有十分钟，他流着汗，气喘呼呼的回来啦。“还不是！”少奶奶给他揩着汗说，“这样热的天气，怎么好出门！”“啊呀算啦！”大少爷满面笑容的说：“就让肥下去吧！胖子也有胖子的用处的！你看！”他拿出一张报纸来给少奶奶看，少奶奶变得满脸通红，装出发气的样子说，“你这是什么意思呀！”一面把报纸摔在地上。——你说报纸上有什么东西？坐过来一点，我告诉你。我说：一个女人。没有穿……“我的意思是说，”我们的大少爷扯着少奶奶的手，低声的说，“秋天一到，你就不再讨厌我啦！”……你说什么？……是吗？……

病

你又要我讲故事啦！你太喜欢这一套，也太相信我啦！所谓故事，你该晓得，很多是假的。这只好酒馀饭后消遣消遣，哪能认真！从前有人说过，做人譬如做戏，一切都是笑话。故事即使是真的，不是假造的，也就是笑话的笑话，有什么意思！你老是缠着我，只要我一个又一个的讲故事给你听。别人愿意讲给你听的，你偏不要。你说我讲得好，没有什么人赶得上我？你错啦。我并不是专门讲故事的。我没有美国或英国的故事博士头衔，也没有进过什么故事的专门学校。我所讲的故事，并没有用过数学的方式，X 加 Y 等于什么，什么减什么等于什么，一个女的和一个男的在一起一定恋爱，两个男的和一个女的就成三角恋爱……我不喜欢这些。我所讲的故事，只是信口开河，胡凑胡凑。你说我讲的最好，实在是你迷信。你决不会想到，我从前是弄什么的！老实告诉你：两年以前，我是给人家按脉开方的哩！

喔喔，今天就讲我做医生时候所亲眼看见过的一个故事吧！这倒是千真万确，绝对不是杜撰的。

你静静的听着吧……

两年以前，我刚才已经说过，我是一个医生。我这个医生，并非祖传，也没有拜过什么老师。我的医生的执照，现在说说不妨，是用钱去买来的。我的医病的本领，正和现在讲故事的本领一样，只是胡凑胡凑。要是照明令颁布的章程，严格考试起来，恐怕只能得到 zero 的分数吧。

然而你不要看轻我，我却是首屈一指的医生哩！你不信，可以随便问哪一个。谁不知道我！我挂招牌的五里镇上，人口好多，医生也不止我一个，可是人家都相信我，大小毛病，都上我的门来，有钱的人家，都用轿子把我接了去。我真是应接不暇，常常没有工夫吃饭，没有工夫睡觉。怎么会有这样好的生意，连我自己也不晓得……

你说我这样好的生意，现在为什么不做医生了？那自有别的原因……我刚才已经说过，我的本领原来不高……倘有什么意外……早就料得到的……不过现在可以不必讲啦。总之，我是一个有名的好医生，赚过许多钱，买了地皮，造了屋子的……自然，我虽然赚了一些钱，真正讲起来，还是不算多，绑票这事情还轮不到我……

喔喔，闲话说得太多啦，我应该开始讲那个故事。你不觉得厌倦吗？倘使你不高兴听，还是早一点去睡吧。故事到底是故事，比不得眼前的事情。要睡还是去睡的好，身体更要紧哩。身体好，我们才不会生病，才能做许多事情。我是一个医生，我最懂得病人的痛苦……

喔喔，这个也不必讲啦，你既然愿意听，就开始讲那个故事吧……

那故事……发生在……慢一点，让我想想看，怎样才使你听着有趣吧……不，我是想叫你听得有头有脑，并不想故意造一点笑话出来，那个故事是千真万确，绝对不是杜撰的。

你静静的听着……

两年以前，我是一个医生，在五里镇上挂牌，谁都知道我是一个最好的医生，无论什么病，人家都请我按脉开方……这些刚才已经说过啦。

有一天，那里一家南货店老板的父亲生病啦。生的什么病，没有谁知道，只是发着很高的烧。这个老板便连夜带了一顶轿子亲自来接我。

他是一个有名的口吃的人，绰号叫做割舌头阿大，因为他排行第一。一句话到他嘴里，老是半天说不清楚，通红着脸，逼得头颈上的筋络一根一根粗绽了起来。要懂得他的意思，真不容易，我们只好看他做手势，猜想他说的什么。

他父亲病得很厉害，他着了急，亲自来啦。

时候是在夜间十一点多——差不多十二点啦。正是十二月里，天气非常的冷，说不出的冷；我蒙着头睡在丝绵被窝里还觉得冷。这割舌头阿大竟赶着一顶轿子来啦。

蓬蓬蓬！蓬蓬蓬！敲门敲得真急！我给他吓醒来啦。不要是绑票的，我想，一面静静地听着门外的声音。

“葛葛葛葛，开开门，……叶叶叶叶叶医生！……”

我知道那是割舌头阿大，立刻叫人把门开啦。他一直冲进我的屋里来，脸上滴着汗。刚才已经说过，那时是在十二月里，天气冷得可怕。我发着抖，下半身还躲在被窝里。这样冷的时候，半夜里来敲医生的门，一定是病人非常的厉害啦。他居然还滴着汗，走得急，更可想而知。一想到自己的本领，要去对付一个十分危急的病人，我心里也不免恐慌了起来。天气本来冷，给这一慌，觉得愈加冷，愈加发抖得厉害啦。

“有什么要紧事情吗，大老板?”我问他说，假做不知道。其实还有什么事情，这半夜三更?不过他没有说出“病”字来，我们做医生的不能先出口，因为生病这事情，在医生固然是有益的，在人家可是怕听的。医生最希望生病的人多起来，病人越多，医生的收入越好。一年四季，医生最喜欢的是在夏季，其次是早春和初秋，因为夏天多霍乱，早春多感冒，初秋多痢疾。这些病最容易传染，常常一两个人生了病，很多的人就跟着来。有时我们随便按下一脉，用不着细细盘问，把老方子千篇一律的抄给人家就是。医得好，是医生的本领高；医死了人，这病本厉害，你不看见大家都生病啦?这是天灾，没有办法的！我们做医生的最怕是冬天。冬天里，生意少，有了生意多半是难医的病。并且天气冷，半夜三更，没法推辞，为了一点钱，先得自己吃苦。实在非常不上算……

喔喔，我的话说开去啦。我刚才已经说过，我是这样问他的：“有什么要紧事吗，大老板?”

于是他回答啦。不，我可以说，他并没有回答。他是在我的房里呆着。他通红着脸，歪着嘴，翕动着嘴唇，许久许久发不出一点声音来，只看见他的一脸的筋粗绽了起来。那情形，正和我们在梦里遇到了可怕的事情，一面要拼命的逃，一面要拼命的喊，却动不得脚，开不得嘴一模一样。

“什么事呀？”我仍装做不知道，大声的问他，声音里还带点不耐烦的样子，心里却暗暗的说着可怜哪可怜哪。

“葛葛葛葛，葛葛葛葛……”他半开着嘴，皱着一边眉头，偏着头用力点着，依然说不出话来，一面又用手做着手势，要我起来，要我出去。

这买卖，我实在不欢迎。我刚才已经说过，我早已懂得是什么事情。但我还是故意装作不知道。

“说呀！快点说呀！大老板，外面有什么事吗？”

“葛葛葛葛，”他摇了一摇头。过了一会，他终于说出一个字来啦。“葛葛葛葛，病……病啦！”

“谁病啦？什么病？要紧吗？”我故意盘问着他，我的意思是不想去的。

“是是是……”他用手做着胡须，表示生病的是他父亲。“要……要紧！”

“什么病呢？快点说吧！”我责备他的样子。

“不不不不……”他摇着头，睁大着一只眼睛，非常着急，“不不不不晓……得！”

“不晓得？总有一种病相的！发冷还是发热呢？头痛还是泻肚子呢？这些总晓得吧？”

“发……发热！”

“没有泻肚子吗？”

他摇着头。

“没有肚痛吗？”

他仍摇着头。

“那不要紧！”我说。“明天一早，给你去看吧！现在大冷天，半夜三更着什么急！”

其实我刚才已经说过，这买卖并不欢迎。冬天里发烧，很难捉摸得到是什么病。尤其是一个老人家，断定了是什么病，也不容易医得好。你看他发烧得太厉害啦，给他一剂凉药退退火，他会当不住，弄得冰冷气出。你看他发冷得太厉害啦，给他一剂热药，他也当不住，心火直冒，烧成焦头烂额。你要给他发发汗，他会伤尽元气，上气不接下气。这种人，一点没有办法，给他医了医不好，人家总说是医生的本领低，却不晓得这种人原来是不生病也会死的。做医生的平常最怕的就是老人家，因为老人家的病常常非常古怪。我们最喜欢的是女人和小孩。女人的病，百分之九十九是从月经不调来的。小孩子总是积食生蛔虫的居多，再不然就是受过惊。

喔喔，话又说开去啦。我刚才不是说，回答他不要紧，明天一早再去吗？他怎么样呢，那个割舌头阿大？他可真着急啦，他着急得一个字也说不出来，只是蹬着脚，皱着愁眉，拼命做手势，要我去。我看着这样子，也不觉可怜他起来，我想，与其口吃，倒不如全哑啦，平心静气的学做手势，人家也不会逼他说话啦。这样半哑的人，可比生什么大病还难受。看着他这样可怜，我的心不觉软啦。

“半夜三更，哪里去叫轿子？”我说。

“有有有有！”他高兴的叫了出来，指着门外。

于是我不得不去啦。我随便洗了一个脸，吃了一杯酒防防寒气，口里还含上一枝香烟，披着皮袍皮马褂，带着帽子，坐进轿里，还用虎毯紧紧地包住了身子，关上轿门，动身啦。天气真是冷，我裹得这样厚，还觉得发颤。地上已经结了冰，一路吱吱的响着。阿大跟在背后，和轿夫们气喘呼呼的走着。想起了他是南货店的老板，也是一个有钱有地位的人，现在做了我的跟班，觉得他真可怜。一种行业有一种行业的好处，不吃这碗饭的，无论怎样，就得低下头来。我要是没有钱用，不要说半夜三更去敲他的门，就是对他磕破了头皮，也未见得会借钱给我。那天晚上，他要是不自己来，即使派了珠轿来接，我也不会去的。

喔，我说，我坐着轿子去啦。我很快就到了他的家里。一屋子的人全没有睡，都肿着眼睛在侍候病人。参汤啦、桂圆汤啦、莲子稀饭啦，这样那样的在勉强病人，但是病人吃不进去。热度非常高，火烧一般。脉搏跳得可怕的急。说起大便已经四天不通，小便血似的。问他们受了热吗，说是没有。问他们受了冷吗，也说没有。我说一定是吃坏了东西，大家也不承认，只说生病的头一天，还吃过半碗红烧肉。有咳嗽吐痰没有呢，说是向来就有一点，但不多。

“什么病呢，医生?”他们问我说。

什么病？天，晓得！我哪里能够决定！既没有受冷，也没有受热，又没有吃坏东西，怎样知道他生的什么病！我想了一会，又按了一次脉，肚子里打着算盘。过了一会，我只得背书似的说着写啦：

“左脉主阴，右脉主阳，阴属肺，阳属胃，阴阳不和而成火，火者热也。金木水火土，年老气衰，缺火缺水。今左脉特旺，肺火上冲，而无水以济之，故滞塞不通，致罹危象。法宜活痰清肺，以水济火，火祛热退，病自勿药。”

接着，我便凑上了十三种药，不外乎桔梗，党参，白菊花，滑石之类。我刚才已经说过，我原是胡凑的，并没有真正的本领。然而人家却非常的相信我，都把我当做了一个神医。

“医生，这病不要紧的吧？”他们问我说。

“不要紧！”我回答说。这是我们的口头语，即使病人快要断气啦，我们也得这样说。而人家呢，即使病人死啦，也并不怪我们。他们知道我们的话是安慰他们而说的。倘使病好啦，我们以后就得意的说：“可不是？我早就说过这病不要紧的！”于是他们就非常佩服的说：“我早就晓得医生的手段高！”

“发烧到现在，多少时候啦？”

“两天。”

“为什么不早点来请我看呢？”我们就这样的埋怨着人家。说这句话，叫做伸后腿，仿佛有什么事情就可一溜而跑的一样。病人要是死啦，我们已经说过，你们不早一点来请我。责任是你们的，不关我的事。病好啦，我们医生的本领更其高。我们将说：“你们的运气总算好，再迟一点请我来，就没有办法啦。”我们不必说这是我们医生的功劳，他们自然会更其感谢的说：“幸亏医生本领高！”

就是这样，我把话交代过，坐着原轿回家啦。不用说，诊费是加倍的。阿大还亲自送我出来，走了许多路，才作揖打躬的回去。对着这个人，我真替他担忧。人是不能再好啦。像他的父亲，已经上了年纪，留在世上实在可以说并没有什么用处。我看过许多老人的病，做儿子的都没有像他那样着急。甚至有些青年还暗中在祷祝做父亲的快点死的。哪一个做儿子的比得上阿大！可是他口吃得那末厉害，事情越急就越说不出话来啦。不，不不晓得，天，天下的，的人——喔！我一想到他，不觉自己也口吃起来啦！我是说，谁晓得天下的人，为什么好的常是短命，或者带一点毛病，坏人总是生得口齿伶俐，身强力壮呢？你倘若不相信我这话，我可以举出许多人来做例子。如果觉得这样太离开故事啦，我就举这个故事中的另外一个人。这是千真万确，绝不是杜撰的。你说是谁？一个什么样的人？

你静静的听着吧，我立刻要讲到他啦。你暂时不要问我，那是什么人。

话说阿大的父亲当夜吃了我一剂药，依然没有减轻，反而像更加厉害啦。第二天早晨十点钟，又请我去看了一次，下午五点钟又来请啦。真见鬼，我想，天下哪里有这样的药，要想吃了立刻见效，何况我已经说过，我的方子是胡凑的. 我实在不想再去啦。但是经不住阿大几次三番的恳求，只得又去跑了一趟。

这次可把我吓了一大跳，阿大的门口停着两顶轿子，有两个人刚刚走进去。我一眼看见那轿子，两顶中有一顶是医院里的，用白布遮着，画着红的十字。

不得了！我想，他们请西医来看了，不相信我了！……这倒还不要紧，倘若我说是肺火，他说是胃火，怎么办呢？……这倒还不要紧，胃与肺原来在一个地方的，怕只怕他说是肾火，肠火，那就相差得远啦！……

怎么办呢？我想着想着，自己的轿子已经停下来啦。

“不是请了西医来了吗？我还是回去，大老板！”我回头对着阿大说，坐着不肯下来。同时，觉得自己面孔快要红啦。亏得年纪大了一点，碰到各种各样的事情多，立刻又把心镇定起来。

“不不不不管他，我不不不不相信西医，这这这浑账！”他红着脸，气愤地蹬着脚。

我本想再问他几句话，但他那样的口吃，半天弄不清，大门口进出的人多，给别人看见了反起疑心，也就只得硬着头皮进去啦。现在这世界，做人第一要头皮硬，不硬的人休想活着，我告诉你。

阿呀，天晓得，你说怎么样？我只得硬着头皮进去啦。我刚才已经说过，一进得门来，我首先就注意那个穿白衣服的西医。他正坐在病人的床边，一手拿着一只手表，一手按着脉。他听见我脚步声，忽然回过头来。天晓得！真是天晓得！这个西医就是老张！什么样的老张呢？让我告诉你：

他比我小两岁，是我的同乡同学。我们都只读过小学校的书。在学校里，我们坐在一把椅子上，睡在一个房子里，一张床上，一个桌子吃饭。他从来不喜欢读书，只喜欢玩。功课比我差。abcd一生弄不清楚。小学出来后，我们已经二十多岁，有了儿子，都没有升学，在家里闲着，有时帮人家写写信，有时管管闲事。后来我们的父亲都过世啦，家里渐渐快吃光啦，于是两个人才恐慌起来，想学一点本事糊口。可是已经迟啦，我们都已是三十岁左右的人，脑筋钝啦，心也散啦，还能够学得成什么？没有办法，便想出了一种骗钱的方法，我做中医，他做西医，我们都筹了笔款，说是到京里去学医，同时离开了家乡，在京城里住上了一年，这一年来过的什么生活，现在不讲啦，讲起来愈加太笑话啦。总之，那是天晓得地晓得的生活！一年住满，我们回家啦。算是毕了业。他挂起牌子来，我也挂起牌子来。他的牌子上连写着金色的大字："医学博士"。我呢，是中医，没有这些好头衔，只好写着："留京神医"四个大字。我们的房子里挂满了大大小小的匾额，某人送的，某人送的，都是经我们医好了病的人。其实这些东西全是自己花了钱做的。那上面的名字，有些并无此人，有些连本人也不会知道，也永不会知道。可是乡下人却信以为真，立刻一传十，十传百的传了开去，我们的生意特别好了起来。这样的混了三四年，我因为别种缘故，到别的地方挂牌去啦，再过两年，我又因为某一种缘故，到了那五里镇上。

我和老张虽然要好，像是亲兄弟似的，但因为各人忙着应付眼前的事情，自从我离开家乡后，从来没有通过消息。我和老张都是一样的脾气，不爱写信。倘使有空闲的时间，那末打麻雀比写信还要紧些。所以我刚才说过，一看老张就吓了一跳，因为我并不晓得，也永不会想到他也会在那里。

喔喔，关于这些，我不再多说啦。我得讲我们碰到了以后的事，请你静静的听着……

我吓了一跳，我刚才已经说过。老张也吓了一跳的，我看出他的发光的眼睛来。他站了起来，和我打了一个招呼。但那是平常的招呼，和对不认识的人一样。这是我们两个人以前定好的，我们两个人倘若碰在一道，我们都要装做不认识或者有仇恨的样子。我们只是心里明白。所以要这样做，为的使人家不会起疑心，倘若我们两个人的诊断是一样的，或者并没有什么争执，在可能范围之内，像那一次老张还没有下诊以前，他就先这样说了：

“这病，西医叫做拉斯泰尼亚卡斯妥，拉丁字母拼起来是msdlaezyxgp，请问先生，你诊断他是什么病？”他这样说，好像考试我，看我不起一样。

“我诊断是肺火。”

“对啦，对啦，一点也不错。拉斯泰尼亚卡斯妥这个名字，给我们西医翻译出来，叫做肺炎，炎就是火，火就是炎。这病，看起来必须清火退热。”

“我昨夜开的方子正是这样！”

“那么，让我来加一点外工吧！你来清里面的火，我来退外面的热！”

于是我们两人的买卖都成全啦。

“好！既然这样，就请西医打针！”

房子里忽然有人大声叫了起来，又把我吓了一跳。我连忙定睛一看，原来是一个穿西装的少年。我刚刚已经说过，和老张一道进门来的，还有一个人。我一进房里，就注意着老张，却把他忘记啦。

这个人，我刚才已经说过，就是我要举例的人了。

他的眼睛近视得非常厉害，戴着很厚很厚的镜子。看过去，他的眼睛只像一条线，还没有睁开来的模样。他的背是驼的。他的身子很矮，又很瘦。

天晓得，我暗暗给他叹息说。天下怎样会有这么难看的——这简直不像人啦！一个人生了这样的毛病，永不会出头啦。别的病有法子医，驼背近视眼，扁鹊再世也没有办法！有了这样的病，倒不如不活！但是，世上的人全不和我一样想法。你看他生得这样难看，却偏要学时髦，穿着一套簇新的西装。头颈上还打着一个很大的黑结，头发梳得非常光滑，涂着香膏，身上还像喷了香水。他大约以为这样打扮，会减少他一点难看吧。哈哈，我看他如果老老实实的穿着一套本地人的短衣裤，像叫化子似的打扮着，也许人家不会觉得这末难看的哩。

这个人是谁呢？原来就是阿二，这就是阿大的亲兄弟啦。难兄难弟，真是一点也不错！你听，阿大马上发气啦，蹬着脚骂啦。

“你你……你这浑……浑账！你要要害害害死我我的爹吗？”

“你的爹就是我的爹，你要他病好，我也要他病好，你敢瞎说！……”

“病病得这样，你你这浑浑账，还还还要打打针！……你不是是催催他早死？……”

“只有打针，才来得及！你问医生就知道，药吃下去要一天，针打下去只要半点钟！是吗，张医生？”

老张点了一点头。

“不不不不准！”阿大咬着牙齿说。

“偏要打针，我要救爹的命！”阿二昂着头，向阿大逼了近去。

“不不不准！你你要害害死爹！”

“你要害死爹！你要害死爹！爹病得这样厉害，你只是请中医看，到现在还不肯听我的话！你打电报给我，要我火速回来，难道是要我来送终吗？”

“放屁！放放屁！你你懂得什什什什么！”

“我比你懂得多！我比你有知识！你是一个乡下佬，你没有进过学校！你没有跑过码头！你懂得什么！……现在外面都是请西医，外国人没有一个吃中国药！……”

“你你这这浑账！我我和爹赚赚的钱，送送送你进进进学学学校，你你今天天倒倒倒来骂骂骂我！我我我们的祖祖祖宗都吃中中国药！没没没有吃吃吃过外外国药！……”阿大几乎要打阿二啦。他气得真凶。

“阿弥陀佛！”他们的母亲急得流眼泪说。“为了你们的爹，不要在这里闹吧，让他静静的躺着！他快要被你们闹死啦！病得这样，还吃什么药！打什么针！你们还是依从我，让我到观音寺里去求仙水来。不要只是不相信，老是围着我，不让我走。观音菩萨大慈大悲，没有不救你们的爹的。像你们的爹，一生没有作过一点恶，你们又都是很有孝心的儿子，再加上我平时吃素念经，一定有求必应，无论是西医，是中医，都赶不上观音菩萨灵！……听我的话，都不要闹！我只相信观音菩萨！现在就让我去！哪个阻我的，就是不孝！”

她说着，眼泪纷纷流了下来。她现在一定要走啦。阿大和阿二到底是孝子，心里虽然不赞成，却不敢说出半个“不”字来，只是两个人着急地眼对眼的呆望着。

但是另外却又有一个人说话啦。那是阿大的姐姐。她比她的两个兄弟聪明的多啦。她不说她不赞成她母亲的办法，她的话说得很有道理。她说：

“妈，这里到观音寺有十五里路，求神又坐不得轿，你一个女人家，来去要费多少时候，爹的病已经这样厉害，求得仙水来，晓得还赶得上赶不上！还是依我刚才的办法，快点灌一点参汤进去吧！……两位医生，你们说对不对？”她回头来问我们说。

“人参是什么东西！”阿二说，“树根罢了，当得什么用！张医生，你说是吗？”

老张没有做声，只是呆呆地望着我，像不很快乐的样子。我给她这样一问，倒被她突然提醒啦，原来我是医生！我刚才简直忘记这个啦。我好像是在那里听故事一样，只呆听着他们的争论，觉得每一个人都有道理，正在想这个故事不知道将如何了结哩。

“照我看来，”我回答啦，“大家都对。这里的人没有谁不希望他的病好起来。即使像我们两个医生，虽然和病人没有多大关系，也没有不想用尽心血把他医好的。不过，现在既然大家争执得厉害，还是问问病人自己吧，看他愿意怎样！”

这话一说出去，大家都赞成啦。他们仿佛把我当做了审判官一样。他们不再争执啦。

不但他们，就连躺在床上的病人也点起头来啦。他本烧着很高的烧，什么都不懂得了的。这时不晓得怎样，说也奇怪，忽然清醒啦。他在摇着手，叫大家走近去。于是我们便依着他的意思，走到了他的床边。

他说话啦。喉咙有点生硬，一个比一个字慢，很吃力的样子。

“你们的话，我都听见。不要着急。死活有数。听天由命好啦！”

他像还想再讲几句话，但是他疲乏啦，他又闭上了眼睛，不做声啦。

“老是听天由命！”阿大的母亲走了开来，又急又恨的说。“我照我的意思做！主意拿定啦！”她说着就走到自己的房里去换衣服，急急忙忙地拿着一串香珠走啦。没有谁再敢阻挡她。

阿大的姐姐从柜子里拿了一支人参，到厨房去煎啦。

我看着这情形，便也退了出来。我想，早点回去吧，在这里没有多大好处。这病人眼见得就要死啦。给他送终，倒太犯不着。但是一走到门口，阿大却把我拉住啦。他一面在我的手里塞下一包钞票，一面恳求我说：

“一定开开开一个方方方方子！医生，救救我我的爹！”

你说我有什么方法拒绝他？我终于被他拖到别一间屋子里，马马虎虎地开了一个方子。随后便坐着原轿回家啦。阿大还作揖打躬的送我到大门外十几步远的地方。

这时病人的房子里，只剩了老张和阿二啦。你说他们在那里做什么？老张被阿二逼着给他父亲打了两针哩，我怎么知道吗？我刚才已经说过，老张是我要好的朋友，他后来这样告诉我的。

这以后，你说怎么样？天晓得，真是天晓得！一个人有了病，已经够啦，还加上是老头子，自己本来要死的。自己要死的也就够啦，又碰到了我这样的医生！我这个医生够啦，又来了老张这末个西医！老张也够啦，还要加上观音菩萨的仙水！仙水仙水，谁知道还有人参人参，天哪！这样弄起来，可不是前后夹攻，左右包围，上下袭击，钢筋铁骨的人也要死的吗？

阿大的父亲自然立刻完啦！

完啦以后，又怎么样呢？幸亏没有弄到我和老张的身上来。阿二只怪阿大，因为他迷信中医，硬要他的父亲吃中药。阿大，只怪阿二，说是他迷信西医，硬要他父亲打针。阿大的姐姐怪的是她母亲。她母亲怪的就是她。

阿大的父亲是被人害死的！大家都这样说。听说他们后来还打过架，闹得很凶。幸亏没有闹到我和老张的身上来。

你不要笑，以为这些人全是傻子。他们实在都是最好的人，最忠厚的人，心地最清白的人。这种人，世上是很不容易，很不容易找到的。然而我这样说，可并不鼓励你去学做那样的人。这是你的事，和我的故事无关。反过来，我这样说，也并不反对你去学做那样的人。这也是你的事，也和我的故事无关。我只讲我的故事。

你也不要笑，以为我曾经是一个怎么样坏的医生，今天还当着你的面一五一十的讲了出来。我所讲的，原来是故事。故事不一定是真的。但是我这样说，你也不必以为故事就是假的。

我只有一句话可以肯定的告诉你：无论是真的假的，假的真的，全是笑话，因为从古到今，从今到古，不是笑话的人生，还不曾出现过。而故事，是笑话的笑话！

你相信我的话也由你，不相信我的话也由你。这些都不关我的事！我只讲我的故事。

我的故事现在就此完结啦。

再会，再会！

黄　金

陈四桥虽然是一个偏僻冷静的乡村，四面围着山，不通轮船，不通火车，村里的人不大往城里去，城里的人也不大到村里来。但每一家人家却是设着无线电话的，关于村中和附近地方的消息，无论大小，他们立刻就会知道，而且，这样的详细，这样的清楚，仿佛是他们自己做的一般。例如，一天清晨，桂生婶提着一篮衣服到河边去洗涤，走到大门口，遇见如史伯伯由一家小店里出来，一眼瞥去，看见他手中拿着一个白色的信封，她就知道如史伯伯的儿子来了信了，眼光转到他的脸上去，看见如史伯伯低着头一声不响的走着，她就知道他的儿子在外面不很如意了，倘若她再叫一声说，“如史伯伯，近来萝菔很便宜，今天我和你去合买一担来好不好?”如史伯伯摇一摇头，微笑着说，“今天不买，我家里还有菜吃，”于是她就知道如史伯伯的儿子最近没有钱寄来，他家里的钱快要用完，快要……快要……了。

不到半天，这消息便会由他们自设的无线电话传遍陈四桥，由家家户户的门缝里窗隙里钻了进去，仿佛阳光似的，风似的。

的确，如史伯伯手里拿的是他儿子的信；一封不很如意的信，最近，信中说，不能寄钱来；的确，如史伯伯的钱快要用完了，快要……快要……

如史伯伯很忧郁，他一回到家里便倒在藤椅上，躺了许久，随后便在房子里踱来踱去，苦恼地默想着。

“悔不该把这些重担完全交给了伊明，把自己的职务辞去，现在……”他想，“现在不到二年便难以维持，便要摇动，便要撑持不来原先的门面了……悔不该——但这有什么法子想呢？我自己已是这样的老，这样的衰，讲了话马上就忘记，算算账常常算错，走路又踉踉跄跄，谁喜欢我去做账房，谁喜欢我去做跑街，谁喜欢我……谁喜欢我呢？”

如史伯伯想到这里，忧郁地举起两手往头上去抓，但一触着头发脱了顶的光滑的头皮，他立刻就缩回了手，叹了一口气。这显然是悲哀侵占了他的心，觉得自己老得不堪了。

“你总是这样的不快乐，”如史伯母忽然由厨房里走出来，说。她还没有像如史伯伯那么老，很有精神，一个肥胖的女人，但头发也有几茎白了。“你父母留给我们的只有一间破屋，一口破衣橱，一张旧床，几条板凳，没有田，没有多的屋。现在，我们已把家庭弄得安安稳稳，有了十几亩田，有了几间新屋，一切应用的东西都有，不必再向人家去借，只有人家向我们借，儿子读书知礼，又很勤苦——弄到这步田地，也够满意了，你还是这样忧郁的做什么！”

“我没有什么不满意，”如史伯伯假装出笑容，说，“也没有什么不快乐，只是在外面做事惯了，有吃有笑有看，住在家里冷清清的，没有趣味，所以常常想，最好是再出去做几年事，而且，儿子书虽然读了多年，毕竟年纪还轻，我不妨再帮他几年。”

“你总是这样的想法，儿子够能干了，放心罢。——哦，我昨晚做了一个梦，忘记告诉你了，我看见伊明带了一顶五光十色的帽子，摇摇摆摆的走进门来，后面七八个人接着一口沉重的棺材，我吓了一跳，醒来了。但是醒后一想，这是一个好梦：伊明带着五光十色的帽子，一定是做了官了；沉重的棺材，明明就是做官得来的大财。这几天，伊明一定有银信寄到的了。”如史伯母说着，不知不觉地眉飞目舞的欢喜起来。

听了这个，如史伯伯的脸上也现出了一阵微笑，他相信这帽子确是官帽，棺材确是财。但忽然想到刚才接得的信，不由得又忧郁起来，脸上的笑容又飞散了。

“这几天一定有钱寄到的，这是一个好梦，”他又勉强装出笑容，说。

刚才接到了儿子一封信，他没有告诉她。

第二天午后，如史伯母坐在家里寂寞不过，便走到阿彩婶家里去。阿彩婶平日和她最讲得来，时常来往，她们两家在陈四桥都算是第二等的人家。但今天不知怎的，如史伯母一进门，便觉得有点异样：那时阿彩婶正侧面的立在巷子那一头，忽然转过身去，往里走了。

“阿彩婶，午饭吃过吗?”如史伯母叫着说。

阿彩婶很慢很慢的转过头来，说，“啊，原来是如史伯母，你坐一坐，我到里间去去就来。”说着就进去了。

如史伯母是一个聪明人，她立刻又感到了一种异样：阿彩婶平日看见她来了，总是搬凳拿茶，嘻嘻哈哈的说个不休，做衣的时候，放下针线，吃饭的时候，放下碗筷，今天只隔几步路侧着面立着，竟会不曾看见，喊她时，她只掉过头来，说你坐一坐就走了进去，这显然是对她冷淡了。

她闷闷地独自坐了约莫十五分钟，阿彩婶才从里面慢慢的走了出来。

“真该死！他平信也不来，银信也不来，家里的钱快要用完了也不管！”阿彩婶劈头就是这样说。“他们男子都是这样，一出门，便任你是父亲母亲，老婆子女，都丢开了。”

“不要着急，阿彩叔不是这样一个人，”如史伯母安慰着她说。但同时，她又觉得奇怪了：十天以前，阿彩婶曾亲自对她说过，她还有五百元钱存在裕生木行里，家里还有一百几十元，怎的今天忽然说快要用完了呢？

过了一天，这消息又因无线电话传遍陈四桥了：如史伯伯接到儿子的信后，愁苦得不得了，要如史伯母跑到阿彩婶那里去借钱，但被阿彩婶拒绝了。

有一天是裕生木行老板陈云廷的第三个儿子结婚的日子，满屋都挂着灯结着彩，到的客非常之多。陈四桥的男男女女都穿得红红绿绿，不是绸的便是缎的。对着外来的客，他们常露着一种骄矜的神气，仿佛说：你看，裕生老板是四近首屈一指的富翁，而我们，就是他的同族！

如史伯伯也到了。他穿着一件灰色的湖绉棉袍，玄色大花的花缎马褂。他在陈四桥的名声本是很好，而且，年纪都比别人大，除了一个七十岁的阿瑚先生。因此，平日无论走到哪里，都受族人的尊敬。但这一天不知怎的，他觉得别人对他冷淡了，尤其是当大家笑嘻嘻地议论他灰色湖绉棉袍的时候。

“阿，如史伯伯，你这件袍子变了色了，黄了！”一个三十来岁的人说。

“真是，这样旧的袍子还穿着，也太俭省了，如史伯伯！”绰号叫做小耳朵的珊贵说，接着便是一阵冷笑。

“年纪老了还要什么好看，随随便便算了，还做什么新的，知道我还能活……”如史伯伯想到今天是人家的喜期，说到“活”字便停了口。

“老年人都是这样想，但儿子总应该做几件新的给爹娘穿。”

“你听，这个人专门说些不懂世事的话，阿凌哥！”如史伯伯听见背后稍远一点的地方有人这样说。“现在的世界，只有老子养儿子，还有儿子养老子的吗？你去打听打听，他儿子出门了一年多，寄了几个钱给他了！年轻的人一有了钱，不是赌就是嫖，还管什么爹娘！”接着就是一阵冷笑。

如史伯伯非常苦恼，也非常生气，这是他第一次听见人家的奚落。的确，他想，儿子出门一年多，不曾寄了多少钱回家，但他是一个勤苦的孩子，没有一刻忘记过爹娘，谁说他是喜欢赌喜欢嫖的呢？

他生着气踱到别一间房子里去了.

喜酒开始，大家嚷着“坐，坐”，便都一一的坐在桌边，没有谁提到如史伯伯，待他走到，为老年人而设，地位最尊敬，也是他常坐的第一二桌已坐满了人，次一点的第三第五桌也已坐满，只有第四桌的下位还空着一位。

“我坐到这一桌来，”如史伯伯说着，没有往凳上坐。他想坐在上位的品生看见他来了，一定会让给他的。但是品生看见他要坐到这桌来，便假装着不注意，和别个谈话了。

“我坐到这一桌来，”他重又说了一次，看有人让位子给他没有。

“我让给你，”坐在旁边，比上位卑一点地方的阿琴看见品生故意装作不注意，过意不去，站起来，坐到下位去，说。

如史伯伯只得坐下了，但这侮辱是这样的难以忍受，他几乎要举起拳头敲碗盏了。

“品生是什么东西！”他愤怒的想，“三十几岁的木匠！他应该叫我伯伯！平常对我那样的恭敬，而今天，竟敢坐在我的上位！……”

他觉得隔座的人都诧异的望着他，便低下了头。

平常，大家总要谈到他，当面称赞他的儿子如何的能干，如何的孝顺，他的福气如何的好，名誉如何的好，又有田，又有钱；但今天座上的人都仿佛没有看见他似的，只是讲些别的话。

没有终席，如史伯伯便推说已经吃饱，郁郁的起身回家。甚至没有走得几步，他还听见背后一阵冷笑，仿佛正是对他而发的。

“品生这东西，我有一天总得报复他！”回到家里，他气愤愤的对如史伯母说。

如史伯母听见他坐在品生的下面，几乎气得要哭了。

“他们明明是有意欺侮我们!”她嗄着声说，“咳，运气不好，儿子没有钱寄回家，人家就看不起我们，欺侮我们了！你看，这班人多么会造谣言：不知哪一天我到阿彩婶那里去了一次，竟说我是向她借钱去的，怪不得她许久不到我这里来了，见面时总是冷淡淡的。”

“伊明再不寄钱来，真是要倒霉了！你知道，家里只有十几元钱了，天天要买菜买东西，如何混得下去!”

如史伯伯说着，又忧郁起来，他知道这十几元钱用完时，是没有地方去借的，虽然陈四桥尽多有钱的人家，但他们都一样的小器，你还没有开口，他们就先说他们怎样的穷了。

三天过去，第四天晚上，如史伯伯最爱的十五岁小女儿放学回来，把书包一丢，忍不住大哭了。如史伯伯和如史伯母好不伤心，看见最钟爱的女儿哭了起来，他们连忙抚慰着她，问她什么。过了许久，几乎如史伯母也要流泪了，她才停止啼哭，呜呜咽咽地说：

“在学校里，天天有人问我，我的哥哥写信来了没有，寄钱回来了没有。许多同学，原先都是和我很要好的，但自从听见哥哥没有钱寄来，都和我冷淡了，而且还不时的讥笑地对我说，你明年不能读书了，你们要倒霉了，你爹娘生了一个这样的儿子！……先生对我也不和气了，他总是天天的骂我愚蠢……我没有做错的功课，他也说我做错了……今天，他出了一个题目，叫做‘冬天的乡野’，我做好交给他看，他起初称赞说，做得很好，但忽然发起气来，说我是抄的！我问他从什么地方抄来，有没有证据，他回答不出来，反而愈加气怒，不由分说，拖去打了二十下手心，还叫我面壁一点钟……”她说到这里又哭了，“他这样冤枉我……我不愿意再到那里读书去了！”

如史伯伯气得呆了，如史伯母也只会跟着哭。他们都知道那位先生的脾气，对于有钱人家的孩子一向和气，对于没有钱人家的孩子只是骂打的，无论他错了没有。

“什么东西！一个连中学也没有进过的光蛋！”如史伯伯拍着桌子说，“只认得钱，不认得人，配做先生！”

“说来说去，又是自己穷了，儿子没有寄钱来！咳，咳！”如史伯母揩着女儿的眼泪说，“明年让你到县里去读，但愿你哥哥在外面弄得好！”

一块极其沉重的石头压在如史伯伯夫妻的心上似的，他们都几乎透不过气来了。真的穷了吗？当然不穷，屋子比人家精致，田比人家多，器用什物比人家齐备，谁说穷了呢？但是，但是，这一切不能拿去当卖！四周的人都睁着眼睛看着你，如果你给他们知道，那么你真的穷了，比讨饭的还要穷了！讨饭的，人家是不敢欺侮的；但是你，一家中等人家，如果给了他们一点点，只要一点点，穷的预兆，那么什么人都要欺侮你了，比对于讨饭的，对于狗，还厉害！……

过去了几天忧郁的时日，如史伯伯的不幸又来了。

他们夫妻两个只生了一个儿子，二个女儿：儿子出了门，大女儿出了嫁，现在住在家里的只有三个人。如果说此外还有，那便只有那只年轻的黑狗了。来法，这是黑狗的名字。它生得这样的伶俐，这样的可爱；它日夜只是躺在门口，不常到外面去找情人，或去偷别人家的东西吃。遇见熟人或是面貌和善的生人，它仍躺着让他进来，但如果遇见一个坏人，无论他是生人或熟人，他远远的就嗥了起来，如果没有得到主人的许可，他就想进来，那么它就会跳过去咬那人的衣服或脚跟。的确奇怪，它不晓得是怎样辨别的，好人或坏人，而它的辨别，又竟和主人所知道的无异。夜里，如果有什么声响，它便站起来四处巡行，直至遇见了什么意外，它才嗥，否则是不做声的。如史伯伯一家人是这样的爱它，与爱一个二三岁的小孩一般。

一年以前，如史伯伯做六十岁生辰那一天，来了许多客。有一家人家差了一个曾经偷过东西的人来送礼，一到门口，来法就一声不响的跳过去，在他的脚骨上咬了一口。如史伯伯觉得它这一天太凶了，在它头上打了一下，用绳子套了它的头，把它牵到花园里拴着，一面又连忙向那个人陪罪，拿药给他敷。来法起初嗥着，挣扎着，但后来就躺下了。酒席散后，有的是残鱼残肉，伊云，如史伯伯的小女儿，拿去放在来法的面前喂它吃，它一点也不吃，只是躺着。伊云知道它生气了，连忙解了它的绳子。但它仍旧躺着，不想吃。拖它起来，推它出去，它也不出去。如史伯伯知道了，非常的感动，觉得这惩罚的确太重了，走过去抚摩着它，叫它出去吃一点东西，它这才摇着尾巴走了。

“它比人还可爱！”如史伯伯常常这样的说。

然而不知怎的，它这次遇了害了。

约莫在上午十点钟光景，有人来告诉如史伯伯，说是来法跑到屠坊去拾肉骨吃，肚子上被屠户阿灰砍了一刀，现在躺在大门口嗥着。如史伯伯和如史伯母听见都吓了一跳，急急忙忙跑出去看，果然它躺在那里嗥，浑身发着抖，流了一地的血。看见主人去了，它掉转头来望着如史伯伯的眼睛。它的目光是这样的凄惨动人，仿佛知道自己就将永久离开主人，再也看不见主人，眼泪要涌了出来似的。如史伯伯看着心酸，如史伯母流泪了。他们检查它的肚子，割破了一尺多长的地方，肠都拖出来了。

“你回去，来法，我马上给你医好，我去买药来。”如史伯伯推着它说，但来法只是望着嗥着，不能起来。

如史伯伯没法，急忙忙地跑到药店里，买了一点药回来，给它敷上，包上。隔了几分钟，他们夫妻俩出去看它一次，隔了几分钟，又出去看它一次。吃中饭时，伊云从学校里回来了。她哭着抚摩着它很久很久，如同亲生的兄弟遇了害一般的伤心，看见的人也都心酸。看看它哼得好一些，她又去拿了肉和饭给它吃，但它不想吃，只是望着伊云。

下午二点钟，它哼着进来了，肚子上还滴着血。如史伯母忙找了一点旧棉花旧布和草，给它做了一个柔软的躺的窝，推它去躺着，但它不肯躺。它一直踱进屋后，满屋走了一遍，又出去了，怎样留它也留不住。如史伯母哭了。她说它明明知道自己不能活了，舍不得主人和主人的家，所以又最后来走了一次，不愿意自己肮脏地死在主人的家里，又到大门口去躺着等死了，虽然已走不动。

果然，来法是这样的，第二天早晨，他们看见它吐着舌头死在大门口了，地上还流了一地的血。

“我必须为来法报仇！叫阿灰一样的死法！”伊云哭着，咒诅说。

“咳！不要做声，伊云，他是一个恶棍，没有办法的。受他欺侮的人多着呢！说来说去，又是我们穷了，不然他怎敢做这事情！……”说着，如史伯母也哭了起来。

听见“穷”字，如史伯伯脸色渐渐青白了，他的心撞得这样的厉害：譬如雷雨狂至时，一个过路的客人用着全力急急地敲一家不相识者的门，恨不得立时冲进门去的一般。

在他的账簿上，已只有十二元零几角存款。而三天后，是他们远祖的死忌，必须做两桌羹饭；供过后，给亲房的人吃，这里就须花六元钱。离开小年，十二月二十四，只有十几天，在这十几天内，店铺都要来收账，每一个收账的人都将说，“中秋没有付清，年底必须完全付清的，现在……”现在，现在怎么办呢？伊明不是来信说，年底不限定能够张罗一点钱，在二十四以前寄到家吗？……他几乎也急得流泪了。

三天过去，便是做羹饭的日子。如史伯伯一清早便提着篮子到三里外的林家塘去买菜。簿子上写着，这一天羹饭的鱼，必须是支鱼。但寻遍鱼摊，如史伯伯看不见一条支鱼，不得已，他买了一条米鱼代替。米鱼的价钱比支鱼大，味道也比支鱼好，吃的人一定满意的，他想。

晚间，羹饭供在祖堂中的时候，亲房的人都来拜了。大房这一天没有人在家，他们知道二房轮着吃的是阿安，他的叔伯兄弟阿黑今年轮不到吃，便派阿黑来代大房。

阿黑是一个驼背的泥水匠，从前曾经有过不名誉的事，被人家在屋柱上绑了半天。他平常对如史伯伯是很恭敬的。这一天不知怎样，他有点异样：拜过后，他睁着眼睛，绕着桌子看了一遍，像在那里寻找什么似的。如史伯母很注意他。随后，他拖着阿安走到屋角里，低低的说了一些什么。

酒才一巡，阿黑便先动筷箝鱼吃。尝了一尝，便大声的说：

“这是什么鱼？米鱼！簿子上明明写的是支鱼，做不起羹饭，不做还要好些！……”

如史伯伯气得跳了起来，说：

“阿黑！支鱼买不到，用米鱼代还不好吗？哪种贵？哪种便宜？哪种好吃？哪种不好吃？”

“支鱼贵！支鱼好吃！”

“米鱼便宜！米鱼不好吃！”阿安突然也站了起来说。

如史伯伯气得呆了。别的人都停了筷，愤怒地看着阿黑和阿安，显然觉得他们是无理的。但因为阿黑这个人不好惹，都只得不做声。

“人家儿子也有，却没有看见过连羹饭钱也不寄给爹娘的儿子！米鱼代支鱼。这样不好吃！”阿黑左手拍着桌子，右手却只是箝鱼吃。

“你说什么话！畜生！”如史伯母从房里跳了出来，气得脸色青白了。“没有良心的东西，你靠了谁，才有今天？绑在屋柱上，是谁把你保释的？你今天有没有资格说话？今天轮得到你吃饭吗？……”

“从前管从前，今天管今天！……我是代表大房！……明年轮到我当办，我用鲤鱼来代替！鸭蛋代鸡蛋！小碗代大碗！……”阿黑似乎不曾生气，这话仿佛并不是由他口里出来，由另一个传声机里出来一般。他只是喝一口酒，箝一筷鱼慢吞吞地吃着。如史伯母还在骂他，如史伯伯在和别人议论他不是，他仿佛都不曾听见。

几天之后，陈四桥的人都知道如史伯伯的确穷了：别人家忙着买过年的东西，他没有买一点，而且，没有钱给收账的人，总是约他们二十三，而且，连做羹饭也没有钱，反而给阿黑骂了一顿，而且，有一天跑到裕生木行那里去借钱，没有借到，而且，跑到女婿家里去借钱，没有借到，坐着船回来，船钱也不够，而且……而且……

的确，如史伯伯着急得没法，曾到他女婿家里去借过钱。女婿不在家里。和女儿说着，说着，他哭了。女儿哭得更厉害。伊光，他的大女儿，最懂得陈四桥人的性格：你有钱了，他们都来了，对神似的恭敬你；你穷了，他们转过背去，冷笑你，诽谤你，尽力的欺侮你，没有一点人心。她小时，不晓得在陈四桥受了多少的气，看见了多少这一类的事情。现在，想不到竟转到老年的父母身上了。她越想越伤心起来。

“最好是不要住在那里，搬到别的地方去。”她哭着说，“那里的人比畜生还不如！……”

“别的地方就不是这样吗？咳！”老年的如史伯伯叹着气，说。他当然知道生在这世间的人都是一样的。

伊光答应由她具名打一个电报给弟弟，叫他赶快电汇一点钱来，同时她又叫丈夫设法。最后给了父亲三十元钱，安慰着，含着泪送她父亲到船边。

但这三十元钱有什么用呢？当天付了两家店铺就没有了。店账还欠着五十几元。过年不敬神是不行的，这里还需十几元。

在他的账簿上，只有三元零几个铜子的存款了！

收账的人天天来，他约他们二十三那一天一定付清。

十二月十六日，账簿上只有二元八角的存款……

“这样羞耻的发抖的日子，我还不曾遇到过……”如史伯伯颤动着语音，说。

如史伯母含着泪，低着头坐着，不时在沉寂中发出沉重的长声的叹息。

“啊啊，多福多寿，发财发财！”忽然有人在门外叫着说。

隔着玻璃窗一望，如史伯伯看见强讨饭的阿水来了。

他不由得颤动着站了起来。“这个人来，没有好结果，”他想着走了出去。

“啊，发财发财，恭喜恭喜！财神菩萨！多化一点！”

“好，好，你等一等，我去拿来。”如史伯伯又走了进来。

他知道阿水来到是要比别的讨饭的拿得多的，于是就满满的盛了一碗米出去。

“不行，不行，老板，这是今年最末的一次！”阿水远远的就叫了起来。

“那末你拿了，我再去盛一碗来。”如史伯伯知道，如果阿水说“不行”，是真的不行的。

“差得远，差得远！像你们这样的人家，米是不要的。”

“你要什么呢！”

“我吗？现洋！”阿水睁着两只凶恶的眼睛，说。

“不要说笑话，阿水，像我们这样的人家，哪里……”

“哼！你们这样的人家！你们这样的人家！我不知道吗？到这几天，过年货也还不买，藏着钱做什么！施一点给讨饭的！”阿水带着冷笑，恶狠狠地说。

“今年实在……”如史伯伯忧郁地说。

但阿水立刻把他的话打断了：

“不必多说，快去拿现洋来，不要耽搁我的工夫！”

如史伯伯没法，慢慢地进去了，从柜子里，拿了四角钱。正要出去，如史伯母急得跳了起来，叫着说：

“发疯了吗，一个讨饭的，给他这许多钱！”

“没有办法，没有办法！”如史伯伯低声的说着，又走了出去。

“四角吗，看也没有看见。我又不是小讨饭的，哼！”阿水，忿然的说，偏着头，看着门外。“一千多亩田，二万元现金的人家，竟拿出这一点点来哄小孩子！谁要你的！”

“你去打听打听，阿水！我哪里有这许多……”

“不要多说！快去拿来……”阿水不耐烦的说。

如史伯伯又进去了。他又拿了两角钱。

“六角总该够了罢，阿水？我的确没有……”

“不上一元，用不着拿出来！钱，我看得多了！”阿水仍偏着头说。

这显然是没有办法的。如史伯伯又进去了。

在柜子里，只有两元零两角……

“把这角子全都给了他算了，罢，罢，罢！”如史伯伯叹着气说。

“天呀！你要我们的命吗？一个讨饭的要这许多钱！”如史伯母气得脸色青白，叫着跳了出去。

“哼，又是两角，又是两角！”阿水冷笑地说。

“好了，好了，阿水！明年多给你一点。儿子的钱的确还没有寄到，家里的钱已经用完了……”

“再要多，我同你到林家塘警察所去拼老命！看有没有这种规矩！”如史伯母暴躁的说。

“好好！去就去！哼！……”

“她是女人家，阿水，原谅她。我明年多给你一点就是了。”如史伯伯忍气吞声的说，在他的灵魂中，这是第一次充满了羞辱。

“既这样说，我就拿着走了，到底是男人家。哼！我是一个讨饭的，要知道，一个穷光蛋，什么事情都做得出来的！……”他拿了钱，喃喃的说着，走了。

走进房里，如史伯母哭了。如史伯伯也只会陪着流泪。

“阿水这东西，就是这样的坏！”如史伯伯非常气忿的说。“真正有钱的人家，他是决不敢这样的，给他多少，他就拿多少。今天，他知道我们穷了，故意来敲诈。”

忽然，他想到柜子里只有两元，只有两元了……

他点了一炷香，跑到厨房里，对着灶神跪下了……不一会，如史伯母也跑进去在旁边，跪下了。

……两个人口里喃喃的祷祝着，面上流着泪……

十二月二十二日的清晨，如史伯伯捧着账簿，失了魂似的呆呆地望着。簿子上很清楚的写着：尚存小洋八角。

“啊，这是一个好梦！”如史伯母由后房叫着说，走了出来。她的脸上露着希望的微笑。

“又讲梦话了！日前不是做了不少的好梦吗？但是钱呢？”如史伯伯皱着眉头说，

“自然会应验的，昨夜，”如史伯母坚决地相信着，开始叙述她的梦了，“不知在什么地方，我看见地上泼着一堆饭，‘罪过，饭泼了一地，’我说着用手去拾，却不知怎的一到手就烂了，像浆糊似的，仔细一看，却是黄色的粪。‘啊，这怎么办呢，满手都是粪了。’我说着，便用衣服去揩手，哪知揩来揩去，只是揩不干净，反而愈揩愈多，满身都是粪了。‘用水去洗罢，’我正想着要走的时候，忽然伊明和几个朋友进来了。‘啊，慢一点，伊明慢一点进来！’我慌慌张张叫着说，着急了，看着自己满身都是粪，满地都是粪。‘不要紧的，妈妈，都是熟人，’他说着向我走来，我慌慌张张的往别处跑，跑着跑着，好像伊明和他的朋友追了来似的。‘怎么办呢，怎么办呢，满身都是粪！’我叫着醒来了。你说，粪不就是黄金吗？呵，这许多……”

“不见得应验，”如史伯伯说。但想到梦书上写着“梦粪染身，主得黄金”，确也有点相信了。

然而这不过是一阵清爽的微风，它过去后，苦恼重又充满了老年人的心。

来了几个收账的人，严重的声明，如果明天再不给他们的钱，他们只得对不住他，坐索了……

时日在如史伯伯夫妻是这样的艰苦，这样的沉重。他们俩都消瘦了，尤其是如史伯伯，他觉得自己仿佛是一匹拖重载的驴子，挨着饿，耐着苦，忍着叱咤的鞭子，颠蹶着在雨后泥途中行走。但前途又是这样的渺茫，没有一线光明，没有一点希望，时光留住着罢，不要走近年底！但它并不留住，它一天一天的向这个难关上走着。迅速地跨过这难关罢！但它却有意延宕，要走不走的徘徊着。咳，咳……

夜上来了。他们睡得很迟。他近来常常咳嗽，仿佛有什么梗在他的喉咙里一般。

时钟警告地敲了十二下。四周非常的沉寂。如史伯伯也已沉入在睡眠里。

钟敲二下，如史伯伯又醒了。他记得柜子里只有小洋八角。他预算二十四那一天就要用完了。伊明为什么这几天连信也没有呢？伊光打去的电报没有收到吗？来不及了，来不及了，现在已是二十三，最末的一天，一切店铺里的收账人都将来坐索了！这是一种什么样的耻辱，六十年来没有遇到过，不幸，不幸！……

忽然，他倾着耳朵细听了，仿佛有谁在房子里轻着脚步走动似的。

“谁呀？”

但没有谁回答，轻微的脚步出去了。

“啊！伊云的娘！伊云的娘！起来！起来！”他一面叫着，一面翻起身点灯。

如史伯母和伊云都吓了一惊，发着抖起来了。

衣橱门开着，柜子门也开着，地上放着两只箱子，外面还丢着几件衣服。

“有贼！有贼！”如史伯伯敲着板壁，叫着说。

住在隔壁的是南货店老板松生，他好像没有听见。

如史伯母抬头来看，衣橱旁少了四只箱子，两只在地上，两只不见了。

“打！打！打贼！打贼！”如史伯伯大声的喊着，但他不敢出去。如史伯母和伊云都牵着他的衣服，发着抖。

约莫过去了十五分钟，听听没有动静，大家渐渐镇静了。如史伯伯拿着灯，四处的照，从卧房里照起，直照到厨房。他看见房门上烧了一个洞，厨房的砖墙挖了一个大洞。

如史伯母检查一遍，哭着说把她冬季的衣服都偷去了。此外还有许多衣服，她一时也记不清楚。

“如果，”她哭着说，“来法在这里，决不会让贼进来的。……仿佛他们把来法砍死了，就是为的这个……阿灰不是好人，你记得。我已经好几次听人家说他的手脚靠不住……明天，我们到林家塘警察所去报告，而且，叫他们注意阿灰。”

“没有钱，休提起警察！”如史伯伯狠狠的说，“而且，你知道，明天如果儿子没有钱寄来，不要对人家说我们来了贼，不然，就会有更不好的名声加到我们的头上，一般人一定会说这是我们的计策，假装出来了贼，可以赖钱。你想，你想……在这样的世界上，最好是不要活着！……”

如史伯伯叹了一口气，躺倒在藤椅上，昏过去了。

但过了一会，他的青白的脸色渐渐绯红起来，微笑显露在上面了。

他看见阳光已经上升，充满着希望和欢乐的景象。阿黑拿着一个极大的信封，驼背一耸一耸地颠了进来，满面露着笑容，嘴里哼着恭喜，恭喜。信封上印着红色的大字，什么司令部什么处缄。红字上盖着墨笔字，是清清楚楚的“陈伊明”。如史伯伯喜欢得跳了起来，拆开信，以下这些字眼就飞进他的眼里：

……儿已在……任秘书主任……兹先汇上大洋二千元，新正……再当亲解价值三十万元之黄金来家……

“呵！呵！……”如史伯伯喜欢得说不出话了。

门外走进来许多人，齐声大叫：“老太爷！老太太！恭喜恭喜！”

阿黑，阿灰，阿水都跪在他们的前面，磕着头……

岔　路

希望滋长了，在袁家村和吴家村里。没有谁知道，它怎样开始，但它伸展着，流动着，现在已经充塞在每一个人的心的深处。

有谁能把这两个陷落在深坑里的村庄拖出来吗？有的，大家都这样的回答说，而且很快了。

关爷的脸对着红的火光在闪动，额上起了油汗，眉梢高举着，睡着似的眼睛一天比一天睁大开来。他将站起来了。不用说，他的心已被这些无穷数的善男信女所打动，每天每夜的诉苦与悲号，已经激起了他的愤怒。

没有谁有这样的权威，能够驱散可恶的魔鬼，把袁家村和吴家村救出来，除了他。人们的方法早已用遍了：熟食，忌荤，清洁，注射……但一切都徒然。魔鬼仍在街头、巷角、屋隅，甚至空气里，不息地播扬着瘟疫的种子。白发的老人，强壮的青年，吮乳的小孩，在先后的死亡。一秒钟前，他在工作或游息，一秒钟后，他被强烈的燃烧迫到了床上，两三天后，灵魂离开了他的躯体。

这是鼠疫，可怕的鼠疫。它每年都来，一到春将尽夏将始的时候。它毁灭了无数的生命，直至夏末。它不分善和恶，不姑恤老和幼，也不选择穷或富。谁在冥冥中给撞到，谁就完了。决没有例外。袁家村里常常发现，一个家庭里不止死亡一个人。在吴家村，有一个大家庭，一共十六个人，全都断了气。乡间的木匠一天比一天缺乏，城里的棺材也已供不应求。倘若没有那些不怕死的温州小工从城里来，每天七八十个死尸怕没有人埋葬了。尸车在大路上走过，轧轧的声音刺着每个人的心，白的幡晃摇着，像是死神的惨白的面孔。

恐怖充满在袁家村和吴家村。人口虽多，这样的持续到夏末，人烟将绝迹了。山谷，树木，墙屋，土地，都在颤栗着，齐声发出绝望的呻吟。

然而，希望终于滋长了。

关爷已在那里发气，他要站起来了。

出巡！出巡！抬他出来！大家都一致的说着。

两个村长已经商议了许多次，这事情必须赶紧办起来。谁到县府去说话？除了袁家村的村长袁筱头，没有第二个。他和第一科科长有过来往。谁来筹备一切杂务？除了吴家村的村长吴大毕，也没有第二个。他的村里有许多商人和工人。费用预定两万元，两村平摊。

一天黎明，袁筱头坐着轿子进城了。

名片递到传达室，科长没有到。下午等到四点钟，来了电话，科长出城拜客去了，明天才回。袁筱头没法，下了客栈。然而第二天，科长仍没有来办公，他焦急地等待着，询问着。传达的眼睛从他的头上打量到脚跟，随后又瞪着眼睛望了他

一眼，

第三天终于见到了。但是科长微笑地摇一摇头，说，“做不到!”袁筱头早已明白，这在现在是犯法的。如果在五年前，自己就不必进城，要怎样就怎样；假使不办，县知事就会贴出告示来，要老百姓办的，在鼠疫厉行的时候。可是现在做官的人全反了。他们不相信菩萨和关爷，说这是迷信，绝对禁止。告示早已贴过好几次。年年出巡的关爷一直有三年不曾抬出来了，谁都相信，今年的鼠疫格外厉害，就是为的这个。三年前，曾经秘密地举行过一次，虽然捕了人，罚了款，前两年的鼠疫到底轻了许多。袁筱头不是不知道这些。正因为知道，才进城。老百姓非把关爷抬出来不可。捕人罚款，这时成了很小的事。

“人死的太多……”

“关爷没有灵。”

“没有灵，老百姓也要抬出来……”

“违法的。”

“人心不安……”

“徒然多花钱。”

袁筱头宁可多化钱。他早已和吴大毕看到这一点，商决好了，才进城的。现在话锋转到了这里，他就请科长吃饭了。一次两次密谈后，他便欣然坐着轿子回到村里。

袁家村和吴家村复活了。忙碌支配着所有的人。扎花的扎花，折纸箔的折纸箔，买香烛的买香烛，办菜蔬的办菜蔬。从前行人绝迹的路上，现在来往如梭地走着背的抬的掮的乡人，骡马接踵地跟了来。锣和鼓的声音这里那里欢乐地响了起来，有人在开始练习。年青的姑娘们忙着添制新衣，时时对着镜子修饰面孔，她们将出色地打扮着，成群结队的坐在骡马上，跟着关爷出巡。男子们在洗刷那些积了三年尘埃的旗子，香亭，彩担。老年人对着金箔，喃喃地诵着经。小孩子们在劈拍地偷放鞭炮。牛和羊，鸡和猪，高兴地啼叫着，表示它们牺牲的心愿。虽然村中的人仍在不息地倒下，不息地死亡，但整个的空气已弥漫了生的希望，盖过了创痛和悲伤。每一个人的心已经镇定下来。他们相信，在他们忙碌地预备着关爷出巡的时候，便已得到了关爷的保护了。

没有什么能够比这更迅速，当大家的心一致，所有的手一齐工作的时候。只忙碌了三天。一切都已预备齐全。谁背旗子，谁敲锣，谁放鞭炮，谁抬轿，按着各人的能力和愿意，早已自由认定，无须谁来分配。现在只须依照向例，推定总管和副总管了。这也很简单，照例是村长担任的。袁家村的村长是袁筱头，吴家村的是吴大毕。只有这两个人。总管和副总管应做的职务，实际上他们已经同心合力的办得十分停当了。名义是空的，两个人都说，“还是你正我副，”然而两个人都推让着。

在往年，没有这情形，总是年老的做正。但现在可不同了。袁筱头虽然比吴大毕小了十岁，县府里的关节却是他去打通的。没有他，抬不出关爷。吴大毕非把第一把交椅让给他不可。然而袁筱头到底少活了十年，不能破坏老规矩。他得让给吴大毕。

“但是，县府里说这次是我主办的，岂不又要多花钱?”

吴大毕说出最有理由的话来，袁筱头不能再推辞了。

名义原是空的，吴大毕说。然而是老规矩，吴家村的人都这样说，当他们听见了这一决定以后。年轻的把年老的拼到下位，这是大大的不敬，吴大毕怎样见人？若论功绩，拿着大家的钱，坐着轿子去送给别人，你我都会做，何况还有酒喝？吴大毕可为了这样那样小问题，忙得一刻没有休息，绞尽了脑汁，他们纷纷议论着。吴家村的空气立刻改变了。它变得这样快，电一般，胜过鼠疫的传播千万倍。大家的脸上都现着不快乐的颜色。吴大毕丢了脸，就是全村的人丢脸。这事情一破例，从此别的事情也不堪设想了。吴家村和袁家村相隔只有半里路，可以互相望到炊烟，山谷，森林和墙屋，可以听鸡犬的叫声。往城里去的是一条路，往关帝庙去的也是一条路。人和人会碰着脚跟，牲畜和畜牲会混淆，尤其每天不可避免的，总有小孩子和小孩子吵架。在吴家村的人看起来，袁家村的人本来已经够凶了，而现在又给他们添了骄傲。以后很难抬头了，大家忧虑地想着。

吴大毕也在忧虑地想着，在他自己的庭中徘徊，当天晚上。外面的空气，他全知道。而且他是早已料到的。在他个人，本来并不打紧。他的胡须都白了，一个人活到六十七岁，还有什么看不透，何况总管一类的头衔也享受过不晓得多少次数。袁筱头虽然小了十岁，可是也已白了头发，同是一个老人。有什么高下可争。在做事方面，袁筱头的本领比他大，是事实。他自己到底太老了，不大能活动。打通县府的关节，就是最眼前的一个实例。他觉得把这个空头衔让给袁筱头是应该的。然而这在全村的人，确实很严重，他早已看到，本村人会不服，会对袁家村生恶感。平日两村的青年，是常常凭着血气，免不了冲突的。谦让是老规矩，他当时可并不坚决地要把总管让给袁筱头。但袁家村有几个青年却已经骄傲地睁着蔑视的眼光，在推袁筱头的背，促他答应了。他想避免两村的恶感，才再三让让，决心把总管让给了袁筱头。可是现在，自己一村的人不安了。

“你这样的老实，我们以后怎样做人呢?”吴大毕的大儿子气愤地对着自己的父亲说。

“你那里晓得我的苦衷!”

“事实就在眼前，我们吴家村的人从此抬不起头了!”他说着冲了出去。

他确实比他的父亲强。他生得一脸麻子。浓眉、粗鼻、阔口、年青、有力、聪明，事前有计划，遇事不怕死，会打拳，会开枪。村里村外的人都有点怕他，所以他的绰号叫做吴阿霸。

吴阿霸从自己的屋内出去后，全村的空气立刻紧张了。忧虑已经变成了愤怒。有一种切切的密语飞进了每个年青人的耳内。

同时在袁家村里，快乐充满了到处。有人在吃酒，在歌唱，在谈笑，尤其是袁载生，袁筱头的儿子，满脸光彩的在东奔西跑。“现在吴家村的人可凶不起来了，尤其是那个吴阿霸!”他说。他有一个瘦长的身材，高鼻、尖嘴、凹眼、脾气躁急，喜欢骂人。他最看不上吴阿霸，曾经同他龃龉过几次。

“单是那一脸麻子，也就够讨厌了！”他常常这样说。在袁家村的人看起来，吴家村的人本来是凶狠的，自从吴阿霸出世后，觉得愈加蛮横无理了。这次的事情，可以说是给吴阿霸一个大打击，也就是给吴家村的人一个大打击。到底哪一村的力量大，现在可分晓了，他们说。

但是吴家村的人同时在咬着牙齿说，到底哪一村的力最大，明日便分晓！这一着我让你，那一着你可该让我！明天，看明天！

明天来到了。

吴家村的人很像没有睡觉，清早三点钟便已挑着抬着背着扛着一切东西，络绎不绝的从大道上走向虎头谷。关帝庙巍立在丛林中，阴森而且严肃。在火炬的照耀下，关爷的脸显得格外的红了。他在愤怒。

天明时，袁家村的人也到了。袁筱头和吴大毕穿着长袍马褂，捧着香，跪倒在蒲团上，叩着头。炮声和锣鼓声同时响了起来。外面已经自由地在排行列。

“还是请老兄过去，”袁筱头又向吴大毕谦让着说。

“偏劳老弟。”

在浓密的烟雾围绕中，袁筱头严肃地走进神龛，站住在神像前，慢慢抬起低着的头。锣鼓和炮声暂时静默下来。吴大毕领着所有的人跪倒在四周的阶上。一会儿，袁筱头睁着朦胧似的眼睛，虔诚地说了：

“求神救我们袁家村和吴家村！”他说着，战颤地伸出右手，拍着神像的膝盖。

关爷突然站起来了。

锣鼓和炮声又响了起来，森林和山谷呼号着。伏在阶上的人都起了战栗。

有两个童男震惊地献上一袭新袍，帮着袁筱头加在神像上。袁筱头战栗地又拍着神像的另一膝盖，神像复了原位。

有几个人扶着神像，连坐椅抬出神龛，安置在神轿里。袁筱头挥一挥手，表示已经妥贴，四周的人便站了起来，呐喊着。

队伍开始动了。

为头的是大旗、号角、鞭炮、香亭、彩担、锣鼓、旗帜、花篮、鞭炮、乐队，随后又是各色的旗帜、彩担、松柏扎成的龙虎和各种动物、锣鼓、鞭炮、香亭，各种各样草扎的人、木牌、灯笼……随后捧着香的吴大毕，袁筱头，关爷的神轿……二三十个打扮着各色人物骑马的童男，百馀个新旧古装的骑骡马的童女……队伍在山谷和大道上蜿蜒着，呼号着，炮声鼓声震撼着两旁的树木，烟雾像龙蛇似的跟着队伍一路行进。路的两旁站立着许多由邻村而来的男女和过客，惊异地观望着。他们知道这是为的什么，但是他们毫不恐惧，他们仿佛已经忘记了不幸的悲剧了。

是哪，就是袁家村和吴家村的人也全忘记了。行进着，行进着，他们忽然走错了路了。在袁家村和吴家村分路的大道上，队伍忽然紊乱起来。有一部分人一直向吴家村走去，一部分人在叫喊，警告他们走错了路。但他们像被各种嘈杂声蒙住了耳朵似的，仍叫喊着前进。有些人在岔路上停住了。他们警告着，阻挡着后来的队伍。可是后面仍有人冲上来，人撞着人，脚踏着脚，东西碰着了东西。辱骂的声音起来了。有人在大叫着："往吴家村去！往吴家村去！"

谁叫着往吴家村去呀？袁家村的人明白了：全是吴家村的人！这简直发了疯，老规矩也不记得吗？每年每年，都是先到袁家村的！每年每年都是先把神像在袁家村供奉一天，然后顺路转到吴家村去，而今天，却有人要先到吴家村了！袁家村的人不是早已杀好了猪羊，预备好了鸡鸭？要是给耽搁一天，这些东西还能吃？而且关爷迟一天巡到袁家村，不要多死一些人？该打，该打！袁家村人叫起来了。

"前面什么事情呀？这样的闹，这样的乱？"袁筱头和吴大毕惊异地查问着。

"吴家村的人要先到吴家村去，不肯依照老规矩！"袁载良愤怒地回答说，对着站在吴大毕身边的吴阿霸圆睁着眼睛。

"他们说，老规矩已经被袁家村的人破坏，所以也要翻新花样哩！"吴阿霸回答说，讥笑的眼光直射到袁载良的面上。

"这话怎样讲？"吴大毕吃惊地问。他已经有了不好的预感了。

"问你自己！"袁载良的愤怒的眼光移到了吴大毕面上。"你是村长，你该晓得！"

"不许闹！"袁筱头厉声地喊住了自己的儿子。

"问你父亲去吧！"吴阿霸说，"他是总管老爷哩！"

袁筱头已经明白了。他的脸突然苍白起来。显然这事情是极其严重的。前面的队伍早已紊乱，喊打声代替了炮声和鼓声，恐怖遍彻了各处。

“就传令过去，先到吴家村！”他大声的喊着。

“不行！父亲！”袁载良坚决地回答说。“全村的人不能答应！”

“为了两村的平安！”

“袁家村人宁可死光！”

“抽签，由关帝爷决定！好吗，老兄?”袁筱头转过头去问吴大毕。

“也好，老弟，由你决定吧！吴家村人太不讲理了！”

“不行！父亲！谁也不能答应的！吴老伯晓得自己的人错了，当然依照老规矩！”

“老规矩早就给你们破坏了！现在须照我们的新规矩。”吴阿霸说着，握紧了拳头，“不必抽签！我们比一比拳头，看谁的硬吧！”

“打死你这恶霸！”袁载良握着拳，跳起来，冲了过去。

“不准闹，为了两村的平安！”袁筱头把自己的儿子拦住了。

“滚开去！你这畜生！”吴大毕愤怒地紧锁了一脸的皱纹，骂起自己的儿子来。“你忘记吴家村死了多少人了！你忘记今天为什么要求关帝爷出巡了！……”

“没有办法，父亲！你可以退步，全村的人不能退步！你看我滚开了以后怎样吧！”吴阿霸说，咬着牙齿，立刻隐入在人丛中。

尖锐的哨子声接二连三的响了。打骂声，呼号声，到处回答着。队伍完全紊乱了。扁担、木杠、旗子、石头，全成了武器。年青的从后面往前冲，年老的和妇女们往后退，连路旁的看客们也慌张地跑了开去，有的人打破了头，有的踏伤了脚，有的撕破了衣，有的挤倒在地上……山谷，森林，空气，道路，全呼号着，战栗着……鲜红的血在到处喷洒……

袁筱头和吴大毕已经被疯狂的人群挤倒在路旁的烂田中，呻吟着，低微的声音从他们受伤的口角边颤动了出来：

“关帝爷救我们两村的人！……”

关帝爷愤怒地在路旁蹲着，他的一只眼睛已经受了石子的伤，他的一只手臂和两只腿子被木杠打脱了。他本威严地坐在神轿的椅子里，可是现在神轿和椅子全被拆得粉碎，变成了武器。强烈的太阳从上面照到他的脸上，他的脸同火一样的红，愤怒地睁着左眼，流着发光的汗……

真正的械斗开始了。两村的人都擦亮了储藏着的刀和枪，堆起了矮墙和土垒，子弹在空中呼啸着……

瘟疫在两个村庄里巡行，敲着每一家的门，但人们开大了门，听它自由出入，只封锁了各个村庄的周围，同时又希冀着突破别人的土垒。

每个村庄里的人在加倍的死亡，没有谁注意到。仇恨毁灭了生的希望。

“宁可死得一个也不留！”吴阿霸这样说，袁载良这样说，两村的人也这样说。

厦门印象

不准靠岸

船到厦门是在太阳下山的时候。潮水颇不小。太古公司有一个码头伸出在岸外，我在船上望见了码头上竖着一个吊桥。我们的轮船正停泊在码头外一丈多远的地方，这空隙似乎正是预备用吊桥来连接的。然而船已停了，却看不见码头上有什么人，也没有人预备把吊桥放下来。从岸上来接客的人都在码头旁边下了小划子到了我们的船边，我们船上的客人也都纷纷坐着划子上了岸。

“一定是那吊桥坏了，”我想，“不然，从吊桥上走过去多么方便呵！”

于是我也就随着接客的坐了一只小船上了岸，到一家码头边的旅馆里去住。在那里休息了一会，吃了一点东西，我又从旅馆里走了出来，想去望一望厦门的街市。

走出旅馆门口，我忽然看见太古码头上的人拥挤得很厉害，吊桥已经放下了，行李和货件纷纷由船上担了下来。原来吊桥并没有坏。

但是为什么不在船到的时候放下来呢？我猜想不出来。我很想问问这原因，可是没有一个熟人，又听不懂厦门话。

第二天，我跟着行李的担子到了往集美去的汽船码头。那只汽船很小，和划子一样大——甚至可以说比划子还小。这时的潮水也很大。但汽船却没有停靠到岸边来。它只是停在离岸一二丈远的地方。我想不出这原因，只得跟着大家下了一只划子，渡到汽船边去。

在汽船上，我注意地望着海港，看见大小的轮船非常的多，但都停泊在海港的中间，或离岸不远的地方。只有太古公司是特别的。

“听说厦门是一个有名的都市，厦门人有钱的很多，为什么不造码头呢？”我想，心里觉得很奇怪。“由轮船上下都须坐划子，不是很不便利吗？”

我觉得厦门人仿佛是不大聪明的，在这一件事情上。

但是过了几天，我的这个感觉却给我的朋友推翻了，我开始相信厦门人的智慧和力量来。

原来厦门有三大姓，人最多势力也最大。那三姓便是姓陈的，姓吴的和姓纪的。纪姓人世代靠弄划子过日子。自从有了轮船汽船，他们的生活受了很大的影响。他们不甘心，因此集合起来，不许轮船公司造码头，不许轮船靠岸。太古公司虽是外国人办的，而且单独的造好了码头，他们也不怕。据说这中间曾经起了许多纠纷，但最后还是穷人们得了胜利，只许码头上的吊桥在轮船停泊后两小时才放下来。

“不准靠岸！”每个弄划子的人都对轮船有着这样的念头。

中国首富的区域

到了厦门不久，我忽然听到一个意外的消息，说是我的一个老朋友住在鼓浪屿。于是我急忙坐着船到那里去。

鼓浪屿真是一个奇异的岛屿。它很小，费了一个钟头，就可在它的周围绕了一个圈子。这里有很光滑的清洁的幽静的马路，但马路上没有任何种类的车子。这里的房子几乎全是高大的美丽的洋房。

“你看这一间屋子，一定以为是很穷的人住着的吧？”我的朋友忽然指着一间小小的破屋，对我说。“如果你这样想，你就错了。这一类房子里的主人常常是有几万几十万财产的。”

“照你说来，这一个岛屿里全是富人了，”我说。

“自然。穷人是数得清的。以面积或人口做单位，这里是全中国的首富呢！”

“怎么有钱的人全集中在这里，可有什么原因吗？”

“因为这里太平。除了这里，全省的土匪几乎如毛的多。”

“你未免笑话了！”我说，“既然土匪那末多，只要混进来一二十个，不就不大太平了吗？”

我的朋友听了我的话，忽然沉默了。我留心观察他的面色，他的眼睛红了。我也就沉默下来，不再提起这事情。我想，大约是我的语气使他感觉到不快乐了。

过了一会，我们一道走上了日光岩。这里是鼓浪屿最高的山顶。厦门的都市和其他的岛屿全进了我们的眼睛。

“你看见这边和那边是些什么船吗?”我的朋友指着鼓浪屿的周围的海面，问我说。

我依他所指的方向看去，这里那里停泊着军舰，有的打着日本的旗帜，有的打着英美的旗帜。

我恍然悟到了我的朋友刚才不快活的原因了。我记起了鼓浪屿原来是租给了外国人的。

“你看见这辉煌的铜牌吗?”我的朋友这样说，当我们走过几家华丽的洋房门前的时候。

我给他提醒了。这样的铜牌我已经瞥见了许许多多，以为一定是什么营业的招牌或者住宅的姓名，所以以前并没注意的去看那上面的字。

“大日本籍民……葡萄牙籍民……日斯巴泥籍民……”我一路走着，一路读着，我觉得的我是在中国以外的土地上。

球大王

我初到厦门是住在一个学校里。这样可爱的学生，我从来不曾遇到过。他们的身材都很高大结实，皮肤发着棕色的光，筋肉紧绽，一看见他们，便使我联想到什么报上所登的大力士的相片。

皮球是他们的生命。每天早晨，天还没有亮，我已在床上听见操场上的球声了。这声音一直继续到吃早饭，上课。他们永不会感到疲乏，连课间休息也几乎变成了运动的时间。每一班都有球队，常常这一班和那一班比赛，这一个学校和那一个学校比赛。有几次我看见一个运动员跌得很厉害，膝盖上流着血，禁不住自己的心怦怦跳动起来，却想不到他包扎好了，又立刻进了球场，仿佛并没有什么痛苦似的。

在我们江浙人的眼光里，我敢说他们每一个人都是球大王。

除了很好的体格以外，他们还有很好的德性。他们有诚挚的态度，坦白的胸怀，慷慨的心肠——而服从，尤其是他们的特点。他们从来不会让一个教员下不得台，或者可以说，他们不大会感觉到教员的缺点。

“怎么这里的学生这样好呢?”我常常想不出这原因来。

有一天，我忽然得到了一个有名的小学校的章程，里面藏着详细的规规。有一条是：骂人的学生，罚口含石头半点钟。还有几种的犯规是坐监狱。

这时我才明白了。

害人的苍蝇

但是过了不久，我忽然看到了另一面了。厦门有一个学校里的学生，把一个教员围在几十个人的中心，用木棍打破了眼睛，伤了腰背。

另一个学校的校长被学生用手枪击伤了两处。

第三个学校的学生分成了两派，带着手枪和手榴弹抢夺着学校。

我在别处也常常看到过学校里闹风潮的事，但总是离不开罢课，发宣言，贴标语，或者请愿，这些无用的方法；大不了，伸着拳，背着木棍。用手枪和手榴弹是不曾听见过的。

“这是这边司空见惯了的，”我的朋友告诉我说，“你该听见过械斗这个名词吧？从前在戚致平统治下，厦门的陈吴纪三大姓曾经和台湾人械斗了一年多呢。——你听见过苍蝇的故事吗？从前……”我的朋友开始讲述那个故事了。

“从前有两个异村的孩子在路上走着，遇见了一只苍蝇。它飞到了第一个孩子的鼻子上休息着，给这孩子知道了，他拍的一拳向自己的鼻子上打了去，不料没有打着苍蝇，却打痛了自己的鼻子。这苍蝇给他一赶，便飞到第二个孩子的鼻子上。第二个孩子也是用力的拍的一拳，向着自己的鼻子上打了去，但也没有打着苍蝇，一样的打痛了自己的鼻子。于是他大怒了，和第一个孩子争了起来：

“‘你不赶它，它不会飞到我的鼻子上来！’

“第一个孩子本来打痛了自己的鼻子，心里很不快活，给第二个孩子这么一说，也立刻大怒了。没有几句话，两个人便打成了一团。

“这时第一个孩子的母亲来了。她扯开了他们，问他们厮打的原因。

“‘你这孩子这么不讲理！苍蝇飞来飞去干他什么事！’

“第一个孩子的母亲说着，拍的一拳，打在第二个孩子的脸上。

“于是这给第二个孩子的母亲知道了。她赶到第一个孩子的母亲面前，说：

“‘你这女人这样不讲理！孩子打来打去干大人什么事！’

“第二个孩子的母亲这么说着，也是拍的一拳，打在第一个孩子的母亲的脸上。

“于是这一村里的人跑出来了，他们不肯干休。那一村里的人也不肯干休。最后两村的人都自己集合起来，作成了对垒，互相残杀攻击，死了许多人，结下死仇……”

我的朋友的话到这里终止了。他使我否认了“口含石头半点钟”的罚规的效力。

可怕的老鼠

四月的中旬，离开我到厦门才一月，忽然发生了一件极其可怕的现象。这现象不仅笼罩了厦门、鼓浪屿、集美，连闽南各县都在内了。

在这事情发生的前几天，我在报纸上读到了一条新闻，标题是“某街发现死鼠”，底下一连打着三个惊叹记号。

我很奇怪，死了一只老鼠，也有在报纸上登载的价值。细看这条新闻的内容也极平淡无奇，只报告这只死鼠发现在某处罢了。

站在我背后看报的两个学生在用本地话大声的说着，我听出了两个惊骇的字眼“啊唷！”底下就听不懂了。

我转过头去，看见他们的眼光正注射在报上的那条新闻。

“难道这和苍蝇一样的含有重要的意义吗？”我想。于是我问了。

“黑死症！可怕的黑死症又来了！”他们说。

“黑死症是一种什么样的病呢？我没有听见过。”

“一种瘟疫！又叫做鼠疫！”

于是他们开始讲了起来。

原来这是闽南最可怕的一种瘟疫。每年春夏之间，不可避免的必须死去许多人。它的微菌生长在鼠的身上，传染人身非常迅速。被它侵占的人立刻发高度的热，过不了一星期就死了。死了以后常常在颈间、手指间、或脚趾间，以及胁下膀下发出结核来。以前死的人多，常常来不及做棺材，一家十馀口的常常死得一个也不留。近来外国人发明了防疫针以后，虽然死的人减少了一些，但许多人还是听天由命的不愿意注射，而且等到微菌侵入，防疫针就没有效力，此外也就没有什么药可救了。

一星期以后，空气果然一天比一天紧张起来，报纸上天天登着某处死了多少人，某处死了多少人。我的耳内也时常听见死人的消息。这时防疫运动开始了。大扫除，注射，闹得非常纷乱。我们学校里死了几个人，附近的街上死得还要多。但是一般民众只相信神的力，这里那里把菩萨抬了出来。

我的一个朋友寄寓的一家本地人，甚至还把死在外面的人抬到屋内来供祭，入殓了以后，在厅里放上半月。

我虽然打了药水针，但完全给这恐怖的空气吓住了。偶然走到街上去，就看见了抬着的棺材，听到了哭声。

天灾人祸，未来在哪里呢？

人口兴旺

然而未来究竟是有的。天灾人祸虽然接连着，人口可并不会有减少的现象。他们只要留着一个人和财产一起，人口就会立刻兴旺的。

似乎就因为死的人太多的缘故吧，本地女子的地位因之抬高了。本地男子要讨一个妻子，总须花上很多的聘金。

我的老朋友所在的一家报馆里，有一个担水工人曾出了七百元聘金讨了一个妻子。他的另外的一个朋友是曾经出了三千元聘金的。

这样一来，人口似乎应该愈加少了？然而并不如此。他们有很聪明的办法的。

有一次，我的老朋友忽然带了一个六岁的小孩来，说是宁波人，要我和他用宁波话谈谈。我很奇怪，我的朋友居然会在这里寻到别的宁波人，而且把他的孩子也带来了。

那孩子穿着不很整洁的衣服，面色很难看，像是一个穷人的儿子。我想，一定是我的朋友发现了一个流落在这里的宁波人，想借同乡的观念，来要我援助了。

于是我便说着宁波话，请他走近来。

但是他没有动，露着怯弱的眼光。

“你是那里人呢?”我仍用宁波话问他。

“呒载!”他说的是厦门话，意思是不晓得。

“怎么？是厦门人吧?”我问我的朋友说。

“是宁波人，他有点怕生哩!”

“你姓什么呢，小朋友?”我又问了。

“呒载!”他摇着头说。

“几岁呢?说吧，不要怕呵!”

“呒载!”又是一样的回答。

“用上海话问问看吧，也许是在上海生长的。”我的朋友说。

于是我又照着办了。但他的回答依然是这两个字。

“到底是哪里人呢?”我问我的朋友说。

“老实说，不清楚，只晓得是宁波那边人。”

“你从哪里带来的呢?”

“一个朋友家里。他是从人贩子那里买来的。”

“不犯法吗?”

“在这里是官府不禁止的。花了一二百元钱，就可买到一个。本地人几乎每家都要买一二个的。”

我给他说得吃惊了。这样的事情，我从来没有听见过。

“这孩子到这里快半年了，”我的朋友继续着说，“他从来不说话，偶而说了几句，也没有人听得懂。他只知道说‘呒载’，无论他懂得或不懂得。仿佛白痴似的，据说他到这里的头一天，脱下衣服来，一身都是青肿的。显然人贩子把他打得很厉害。他只会‘呒载’，大约就是受了人贩子的极大的威迫的缘故了。这里是一个人口贩卖的倾销市场，也就是人口贩运的总机关。来源是上海，上海的每一只轮船到这里，没有一次没有贩卖人口。……”

我给这些话呆住了。

罗马字拼音

厦门话真不易懂，跑到那里好像到了外国一样。就连用字，也有许多是我们一时不容易了解的。学校的布告常常写着拜六拜五，省去了一个“礼”字。街名常常连着一个“仔”字。从某处到某处的路由牌，写着“直透”某处。

有一次，我看见街上有一个工厂，外面写着很大的招牌，叫做某某雪文厂。我不懂得“雪文”是什么，跑到门口去一看，原来里面造的是肥皂，才记起了英文的 soap，世界语的 sapo，法文的 savon，而厦门人肥皂是叫做 sapon 的。

我的老朋友告诉我，厦门话古音很多。如声方面，轻唇归重唇的，例如“房”读若旁；舌上归舌头的，“澈”读若铁；娘日归泥，“娘”读若良，“人”读兰。韵方面：有闭口韵，如“三”读 sam，“今”读 kim，入声带阻，如“一”读 it，“十”读 tsap，“沃”读 ok，

然而，我的那位老朋友虽然平日在文字学和音韵学方面有特殊的修养，在厦门已住上三四年了，他还是不大会说厦门话。

同时，厦门人学普通话，也仿佛和我们学厦门话一样地困难。虽然小学校里就教国语，到了高中甚至大学的学生还不大会说普通话。他们写起文章来常常把“渐”写作“暂”，把“暂”写作“渐”，而“有”字尤其容易弄错。

但是，有一天我却看到了一种特别的现象。我看见许多男女老幼从一家教堂里出来，各人都挟了一二本书。这自然是圣经之类的书了。

“他们都受过很好的教育，都认得字吗？”我实在不相信；他们中间明明是有许多太年青的人或工人似的模样的。

一次，我在一家商店里买东西，瞥见了柜台上一张明信片。那上面全是横行的罗马字，看过去不是英文、法文、德文、俄文。

“怎么，你懂得罗马字拼音吗？”

“是的。我们这里不会写中国字的，就学这个。”

“谁教你们的呢？”

“在教会里学的。”

“不是北平几个弄注音字母的人发明的吗？”

“我们不知道。我们这里已经行了很久了。教会里的书全是用罗马字拼本地音的。”

我明白了。我记起了鼓浪屿有一家专门卖圣经的书店，便到那里去翻看，果然发现了全用罗马字拼厦门音的《新旧约》以及各种书籍，而且还有字典。据说是教会里的外国人所发明的。

永久的春天

我爱厦门，因为在这里的春天是长住的。

没有到厦门以前，我以为厦门的夏天一定热得厉害。但到了夏天，却觉得比上海的夏天还凉爽。

“上海的冬天冷得厉害吧？我们这里的人都怕到上海去哩！”

这话正和我到厦门去以前的心理是成为对比的。

没有离开过厦门的人，从来不曾见过雪。厦门的冬天最冷的时候也还有四十五度。草木是常青的。花的季节都提早了。离开繁盛的街道，随地可以看见高大奇特的榕树，连毛厕旁都种满了繁密的龙眼树。农人们一年播两次秧，还可以很从容的种植菜蔬。在我们江浙人种的不到一尺长的大蒜，在厦门却长得和芦苇差不多。岛上的山石大多是花岗岩，山峦重叠的起伏着。海涌着，睡着，呼号着，低吟着。晴朗的黄昏，坐着一只小舟，任它顺流荡去，默默地凝神在美丽的晚霞上，忘却了人间苦。狂风怒鸣的时候张着帆，倾侧着着小舟，让波浪泊泊地敲击着船边，让浪花飞溅在身上，引出内心的生的力来。黑暗的夜里，默数着对岸的星火，静静地前进着，仿佛驶向天空似的。

这一切，都告诉了我，春天在这里是长住的。

关于我的创作

S兄要我写一篇关于创作经验的文章，我虽则立即答应了下来，但总是怕动笔，正如我怕创作一样。一则我的创作少，经验不多，二则觉得这些经验写了出来，在高明的创作家看了未免浅薄，在开始创作的人看了恐怕得到坏的影响。现在一再延迟，终于不能不写了，只得稍微写一点，给了一个前面所写的题目。

我的创作生活的开始，离现在差不多有十年光景了。集成单行本的只有《柚子》《黄金》和《童年的悲哀》。过去的三年中几乎搁了笔，现在虽然又慢慢写了起来，也还不多。

《柚子》是我的处女作，写那些文章的时候，我的年纪还轻，所以特别来得热情，呼号，咒诅与讥嘲常常流露出来。现在看起来，觉得非常幼稚，没有技巧，不成为小说。但是可爱的地方也就在这里，不能当它们为小说看，却能当我的年青时代的生命的反映着。在那里有天真的孩子气，纯洁的灵魂与热烈的情感。文笔是直率的，有时也有一点诗似的美句。

此后我的年纪渐渐大了，热情也就渐渐有意无意地减少起来。《黄金》这一集子便代表了我那一时期的改变：其中一部分仍是带着热情写的，一部分是冷静地写的。譬如《黄金》这一篇，我冷酷地使小说中的主人公如史伯伯的压迫一天严厉一天，而结果却给了他一个圆满的梦。这虽然多半是技术方面的原因，但一方面也可看出我对他的热烈的同情。虽然我写这梦的另一个原因是想说明这样圆满的结果只有在梦中才能出现。因为热情的低降或有意的遏抑，所以那一个时期的小说的面貌以及内容，也就和以前的渐渐不同起来。

《童年的悲哀》这一集子，是继承着《黄金》那一集子的。《柚子》时期的热情到这时几乎完全没有了。它变成了乐观的希望。其中的《祝福》最显著。但是因为生活的体验愈多，认识愈浅，它在最后一篇的《宴会》中却变成了对于现实的趣味。这里的一个主人公是一个最卑污龌龊的人。一直到现在，我仍是很厌恶他，怕在实生活中遇到那样的人。但对于他的性格，我却很喜欢。因为拨开一切卑污，我看见了他的坚强的性格。他在这里虽然几次改变他的态度，都是在使用他的手段，想达到他的目的。目的虽是坏的，而他的坚强的性格是使我喜悦甚至敬服的。

这是开始。到了近来，我的这一种趣向仿佛渐渐浓厚了。不久以前所作的《胖子》和以戏剧的形式而出现的《面粉和马铃薯》就是。这里所写的都是些很滑稽的事情，足以叫人发笑。但是拨开那些笑料，还有一些别的。我是一个和别人一样的凡人，别人发笑的时候，不能不发笑，但在笑的时候，有时也许生出一种相反的感觉。这种感觉，或是喜悦或是厌憎，有时也许是冷眼的旁观，都是我对于人生所生的趣味。

在《柚子》时期，我的热情使我咒诅一切，攻击一切，不愿意接近一切坏的恶的生活；在《黄金》时期这种倾向渐渐淡了，开始对我所厌恶的放松了，而去求另一方面的善的好的；在《童年的悲哀》时期又渐渐改变了，而倾向于体验一切坏的恶的一面，直至现在。这并非单是创作一方面如此，还是因为我对于实生活所取的态度的缘故。我的年纪虽然还不大，或许还可以说是一个青年，但因为历年的生活的经历，现在终于到了像是老年人所取的态度了。这应该是很足惋惜的。但所幸的年纪终于还不大，虽然有时像老了，有时还像是小孩。有时笑有时是要哭的，有时悲观有时是乐观的，有时冷淡有时还是热烈的。这些，在自己的生活中，我最知道得清楚。因此在创作中也常常表显了这一面或那一面，或兼有了两面。这在别人看来也许觉得这是我的作品的毛病。但是实生活常常是这样，而我的脾气也几乎差不多：我有时很讲理性，有时一点也不讲；有时极其谦虚，有时极其骄傲；有时非常热烈，而有时又非常的冷酷。这种矛盾，说不定不是我一个人所独有，而是很多人所同有的吧。我的作品倘能够保持着这种的不一致，我倒是喜欢的。就是作风，文体以及结构，我也希望能够这样。我不愿意受任何人为的拘束和限制，正如我对于生活的各方面都想尝味一下一样。

我的创作不多的原因很多；第一当然是自己缺乏才能，写不出来，此外是忙于生活，懒惰，不高兴或不愿意写东西给人家看，缺乏了以前的热情，而最后则是想多多体验实生活。

并非在写处女集《柚子》的那时候，不想写得好，实际是因为缺少经验，不懂得技术，而同时又为热情所驱使的缘故。从《黄金》开始，一方面因为热情的减退，一方面则渐渐明白了自己的缺点，注重于写出的技术，便觉得要写得好不是一件容易的事。但这还不是最大的原因，使我的创作少；最大的原因是觉得生活少。虽然从十七八岁起，我就踏入了紧张的生活的战场，尝尽了许许多多的滋味，看见了各色各样的人，遇到了各色各样的事，一直到现在还不曾有过片刻的休息，总觉得还不够，觉得入世还不深。在日常生活中常常有许多足以写小说的好资料，创作的冲动也时常在激动着，杂志和报章的编辑先生也时常催促着我写，但我还是不愿意随便提起笔来。有很多好的材料，被我抛弃了，也有很多被我收藏着。有时，小说的材料有了，怎样写也定了，却只是不动笔，一直搁上一二年的也有。这种情形写出来的作品，常常和原先预定的不一样：或是主人公变作了配角，或是次要的意思却反而变成了主要的；预定在另一篇里的材料，拉到这里来了，或是这里的却分到另一篇去了；有时两篇并成了一篇，也有一篇分成了两篇。

例如前年在《小说月报》上发表的《小小的心》，就将材料保留了一年光景。这里的主人公阿品小孩子，原是和我们同住着的。他的性格，我给了他原样。有些事实是从我平日在许多小孩子上选择过来的，因为合于阿品的性格和年龄。阿品的保护人管束他不让他和我们接近是事实，但那是因为别的缘故！并不是如我所写的，阿品并不是买来的孩子，确实是他们的父母自己生的。我是一个最喜欢小孩的人，平时和小孩们很接近。想写一篇关于小孩的天真可爱的生活的故事，这念头远在五六年以前。遇到了阿品，经过一些日子，我这念头又起了。不用说，倘使那时动了笔，决不是像后来所写的那样。然而我没有写。我想留到我更理会阿品的时候。于是过了一些时候，我又遇到了另一个孩子。这个孩子才是真正的浙江人，被人家辗转贩卖到了福建。这时他的舌头才能生硬地说福建话，而同时对于故乡的话也正在若隐若现的趋向于忘却的时期。对于这个孩子，我想另写一篇。但也没有写。时候久了，看到人家买来的孩子愈多，同情心愈深，到了提笔的以前，终于把阿品和别的孩子并成了一个人，把他变成了被卖的孩子。这仿佛是不真实的，原来的阿品的命运并没有这样惨。但我并不是给原来的阿品作传记，而是写更多的孩子。在福建，或是在别的地方，受着同一命运的孩子的确多得很，我用阿品做了代表，应该仍是很真实的，我以为。至于在技术或别一方面，这样写出好不好乃是另一个问题。这种办法，在这篇故事里使我得到了一个好的经验，即是过了一年光景，我懂得了福建话，可以让我在这篇故事中增加了一点必需的条件。

有些人，常常以为这篇小说是在写谁，那篇小说写谁。这是错误的。当我要写的时候，虽然必须有见过或者深深地知道的人做我的人物的基本，但可并不想专门给这个人做褒或贬的传记。倘使我借用了他的眼睛或嘴巴，思想，行动或性格的一部分，乃是想给我的故事中的人物更逼真些，更实在些。即故事中的事实也是如此。我去年写的一篇《胖子》，据说有人以为是在写我的一个朋友，而且是骂他的，而且我的故事中的老妈子即是这个朋友所用的女工，还另外造上一些谣言。想起来觉得颇好笑。做小说骂人，不但从来不曾这样想过，即连把朋友的短处部分地采用到小说里去，我也不愿意。现在我知道人家所指的这个朋友的确很胖了，但在我写的时候，我毫不知道。胖子随便哪里都可遇到，我即使知道了，也用不着借用我的朋友。写这篇故事的成因，不晓得已经好久了。因为在日常生活中我常常发现一些人的脾气：没有得到理想中的东西，忙得不得了，达到了目的，又想退了回来，最后没有办法了，就想到了一种聊以自慰的方法。这意义扩而大之，可以包括到许多，即连以真为假，以假为真，以是为非，以非为是，最后终于变成了真真假假是是非非的也在内。这种脾气并不是一二个人所独有的，似乎很普遍，我自己也免不了。我觉得这情形可笑也可怜，早想把它写了出来，但怎样写，没有计划过。直至动笔一年前，不晓得怎样，忽然想到了把这意思装进瘦子和胖子里去，搁了一年，它才又变了一点样子，被写出来了。

然而，我的作品，虽然是这样难产，待写成了不久之后，我又常常不满意起来。我总觉得我的实生活的体验还不够，还没有深刻的透彻进去。一方面固然是已经缺乏了从前的热情，另一方面则是为的这个。

就因为我的创作不多，所以我的经验也少。关于其他的经验，我想还是不写出来好，恐怕是不值得看的。即连上面所写的，也希望高明的读者，不把它当做好的经验谈看。

一九三三年五月